ПРОВИНЦІАЛЬНЫЙ ДЕТЕКТИВЪ

Борис Акунин

ПЕЛАГИЯ И КРАСНЫЙ ПЕТУХ

Том I

ИЗДАТЕЛЬСТВО
Москва
2003

УДК 821.161.1
ББК 84 (2Рос=Рус)6
А44

Художник Ю.Д. Федичкин

Подписано в печать 11.02.03. Формат 84 × 108 1/32.
Усл. печ. л. 16,8. Тираж 60 000 экз. Заказ № 3021.

Акунин Б.
А44 Пелагия и красный петух. Роман в 2 т. Т. I / Б. Акунин. — М.: ООО «Издательство АСТ», 2003. — 317, [3] с. — (Провинціальный детективъ).

ISBN 5-17-018718-1 (Т. I)
ISBN 5-17-013379-0

Роман «Пелагия и красный петух» завершает трилогию о приключениях непоседливой очкастой монахини, преосвященного Митрофания и губернского прокурора Матвея Бердичевского. На сей раз запутанная нить, которую разматывает сестра Пелагия, заводит ее слишком далеко — туда, откуда, быть может, и вовсе нет возврата…

УДК 821.161.1
ББК 84 (2Рос=Рус)6

«Истинный реалист, если он не верующий, всегда найдет в себе силу и способность не поверить и чуду...»

Ф.М. Достоевский. «Братья Карамазовы»

Часть первая
ЗДЕСЬ

I

НА «СЕВРЮГЕ»

Про Колобка

Мяконько, кругленько вкатился Колобок на пароход «Севрюга». Выждал, пока на причал наползет густой клок тумана, весь съежился-скукожился и сделался сам похож на серое облачко. Шмыг к самому краю, да как скакнет на чугунный пал. Просеменил по натянутому, как струна, швартову до борта (для Колобка это была не штука — он раз на спор барыню на канате сплясал), и никто ничего. Здрасьте-пожалуйста, принимайте нового пассажира.

Конечно, не разорился бы и палубный билет купить. Всего-то тридцать пять копеек, если до следующей пристани, города Усть-Свияжска. Но для «разинцев» билет брать — свое ремесло не уважать. Пускай «гуси» с «карасями» билеты покупают.

Прозвище у Колобка такое, потому что маленький, ловкий, шагает мелко, пружинно, будто катится. И башка круглая, коротко стриженная. По бокам лопаточками уши, маленькие, но замечательно слухастые.

Про «разинцев» что известно? Такой речной народишко, собою незаметный, но без него и Река не Река, как болото без комаров. На берегу тоже мастера чистить чужие карманы имеются, название им «щипачи», но те публика мелкая, рваная и по большей части приблудная, нет им за это большого уважения, а «разинцам» есть, потому что они испокон веку.

Про то, откуда это слово взялось, толкуют двояко. Сами они считают, что от Стеньки Разина, который тоже на Реке-кормилице жирных «гусей» щипал. Обыватели по-другому говорят — мол, потрошат раззяв и разинь, оттого и «разинцы».

Сама работа хорошая, Колобку исключительно нравилась.

Сел на пароход, чтоб никто тебя не видал, потерся среди пассажиров до следующей пристани, да и сошел. Что взял — твое, что не смог — пускай себе дальше плывет.

Тут в чем козыри?

По Реке кататься воздушно, для здоровья польза. Это первое. Опять же людей видишь разных, иной раз такое занятное начнут рассказывать, что и про дело позабудешь. Это второе. А главное — ни тебе тюрьмы, ни каторги. Колобок двадцать лет на Реке работал, а что за тюрьма такая и знать не знал, в глаза не видывал. Поди-ка, возьми его с поличным. Чуть что — раз, и концы в воду. Кстати сказать, это про них, «разинцев», поговорка придумана, только остальному народу невдомек. «Концами» называют добычу. А вода — вон она, за бортом плещется. Запалился — кидай «концы» в воду, и нипочем не докажут, Река-матушка всё спрячет. Ну, накостыляют, конечно, это уж как полагается. Только и накостыляют-то несильно, потому что пароходами публика плавает всё больше культурная, деликатная, не то что в приречных селах. Там мужики от дикости и невежества запросто могут вора и до смерти уходить.

«Разинцы» еще себя «щуками» называют, а пассажиров «гусями» или «карасями». Кроме «концов в воду» есть и другая присказка, которую все повторяют, а настоящего смысла не понимают: на то в реке и щука, чтоб карась не дремал.

Первый весенний пароход для «разинца» — самый главный праздник, лучше любого престольного. За зиму освинцовеешь без дела, а бывает, что и оголодаешь. Сидишь-сидишь, клянешь зиму-докуку, ждешь весны-невестушки. Иной раз она, желанная, долго ломается, пароходное плавание чуть не до июня стоит, а в этом году весна к Колобку пожаловала совсем молоденькой девчоночкой и не кобенилась нисколько. Такая прильнула жаркая, такая ласковая — до беспримерности. Это же надо, первое апреля, а уже весь лед сошел, и навигация открылась.

Разлив на Реке был широченный, едва берега видать, но «Севрюга» шла строго по фарватеру, на самом малом ходу. Капитан из-за тумана сильно осторожничал, через две минуты на третью давал сипатый гудок: «У-дууу! Отвали-и-и — я иду-уууу!»

Капитану туман в досаду, а Колобку он первый товарищ. Если б можно сговориться — половину навара бы ему, родимому, отдавал, только вали погуще.

Нынче жаловаться было грех, туман расстарался на славу. Плотней всего стелился по-над рекой; нижнюю палубу, где каюты, почитай, совсем укутал; ботдек, где шлюпки и вдоль бортов мешочники-баульщики сидят, то отпустит, то накроет: будто в сказке какой — были люди, и вдруг все исчезли, осталось одно молоко. Выше тумана только черная высокая труба и мостик. Капитану, поди, там, наверху, кажется, что он не капитан, а Господь Бог Саваоф, и не на «Севрюге» плывет, а парит на облацех.

Все суда речной флотилии товарищества «Норд» назывались по какой-нибудь рыбе, такая у владельца причуда. От флагмана, трехпалубной «Белуги», где каюты первого класса по десяти рублей, до последней буксирной пыхтелки, какого-нибудь «Пескаря» или «Уклейки».

«Севрюга» на линии не из самых больших, но пароход хороший, хлебный. Ходит от Москвы до Царицына. Пассажиры всё больше дальние, которым в Святую Землю или вовсе в Америку. Многие по льготной шифкарте, от Палестинского общества. Колобок сам по морям не плавал, потому что незачем, но знал всё в доскональности.

По шифкарте товарищества «Норд» плавали так: из Москвы по Оке до Нижнего, после по Реке до Царицына, там поездом до Таганрога, а оттуда снова на пароход, только уже морской, и далее кому куда, согласно надобности. Если в Святую Землю плыть третьим классом, всего-навсего 46 рублей 50 копеек. Если в Америку, то, конечно, дороже.

Колобок пока никого не щипал, руки держал в карманах, только глаза и уши работали. Ну и ноги, само собой. Чуть загустеет туман — шарк-шарк на войлочных подметках от одних к другим и вприглядку-вприслушку. Что за люди? Хорошо ль себя блюдете?

Это так нужно: сперва всё высмотреть, изведать, а потом, ближе к пристани, чистенько сработать. И, самое главное, фартовых унюхать. Они тут наверняка трутся, тоже навигации заждались. Это зверье не Колобковой масти. На пароходе дела редко делают, в ихнем ремесле резону нет. Фартовые на воде только выбирают «гуся», а пух-перья с него после, на берегу берут.

Ну и пускай бы их, не наша печаль, да только беда в том, что фартовые ведь не с финским ножом в зубах ходят, а таятся, тут и ошибиться можно. Вася Рыбинский, уважаемый «разинец», этак вот с одного приказчика котлы золотые снял, а приказчик оказался никакой не приказчик — фартовый человек, из казанских. Сыскали они потом Рыбинского и, конечно, чугунок ему проломили, хоть Вася и невиноватый. Такой у фартовых обычай — невозможно им терпеть, чтоб у них тырили. Пока за срам не расквитаешься, обратно в ихнее обчество не показывайся.

* * *

Начал Колобок с ботдека. Там пассажир палубный, всё больше голь, но, во-первых, курочка по зернышку клюет, а во-вторых, такой у Колобка характер — что повкусней напоследок оставлять. Он и еду кушал так же. Если, скажем, греча с шкварками, то сначала крупу ложкой соберет, а сало до поры по краешку выложит, красиво. Если щи с мозговой косточкой, то сначала жижу выхлебает, потом капусту с морковкой стрескает, мясо обскоблит и лишь потом мозговую мякоть высасывает.

Значит, отутюжил шлюпочную палубу как положено: с юта на шкафут, потом на бак. Все корабельные слова и тонкости Колобок знал лучше любого матроса, потому что матрос, он парохода не любит. Ему, запьянцовской душе, поскорей бы на берег да в кабак, а «разинцу» на корабле всё на пользу, всё в интерес.

На носу, сбившись в кучку, сидели странствующие к Гробу Господню, десятка полтора мужиков и баб, рядом с каждым гордо выставлена суковатая палка — паломнический посох. Богомольцы ели хлеб-соль, запивали кипятком из жестяных чайников, на прочих путешественников поглядывали надменно.

Ну, так-то уж не задавайтесь, про себя сказал им Колобок. Есть и поблагостней вас. Сказывают, что иные святолюбцы в Палестину не пароходами добираются — на своих двоих. А как достигнут предела Обетованной Земли, дальше на коленках ползут. Вот она какая, истинная святость.

Всё же не стал трогать божьих странников, отошел. Что с них возьмешь? Само собой, у каждого рублей по пяти припрятано, и достать — пара пустяков, но это уж надо совсем бессовестным быть. А человеку без совести жить нельзя, даже и в воровском деле. Может, в воровском еще больше, чем в каком другом, иначе совсем пропасть можно.

Колобок давно для себя правило вывел, чтоб жилось душевней: если видно, что хороший человек или несчастный какой, с такого «концов» не брать, пускай у него лопатник сам наружу торчит, в руки просится. Резона нет. Разбогатишься, положим, на тридцать целковых, да хоть бы на все триста, а сам себя уважать не будешь. Таких воров, которые себя уронили, Колобок много видал. Дрянь люди, душу за мятые рублевики продали. Разве уважению цена триста рублей? Нет, шалишь. Может, таких денег и вовсе на свете нет.

Около немцев-колонистов потерся основательно. Эти, надо думать, в Аргентину собрались, такая у них, немцев, сейчас мода. Вроде им там земли дают, сколько хочешь, и в солдаты не берут. Немец, он вроде жида, нашему царю служить не любит.

Ишь, палубные билеты взяли, куркули. Деньжата у колбасников есть, но больно прижимисты.

Сел Колобок под шлюпкой, послушал немецкий разговор, да только плюнул. Говорят, будто дурака валяют: гук-маль-ди-да.

Один, красномордый, докурил трубку, положил на палубу, близехонько. Ну, Колобок не устоял, прибрал хорошую вещь, не стал на после откладывать. Сейчас-то туман, а потом еще неизвестно как повернется.

Трубку рассмотрел (из фарфора, с малыми фигурками — заглядение), сунул в тыльник, холщовый мешок на веревке — под мышку вешать.

С почином.

Дальше духоборы сидели, вслух божественную книжку читали. Этих Колобок не тронул. Знал — в Канаду едут. Люди тихие, никому от них никакой обиды, за правду терпят. Писатель граф Толстой за них. Колобок читал одну его книжку, «Сколько человеку земли нужно». Смешная — про то, какие дураки мужичье.

Ладно, духоборы, плывите себе, Бог с вами.

Со шкафута и до самой кормы сплошь жиды пошли, но тоже не толпой — кучками. Это Колобку было не в диковину. Знал он: такая это нация, что промеж себя всё грызутся.

У них, как и у наших, первый почет тем, которые в Палестину плывут. Колобок постоял, послушал, как «палестинский» жидок гордился перед «американским». Сказал ему: «Мы, не в обиду вам сказать, едем за духом, а вы за брюхом». «Американец» стерпел, отбрехиваться не стал, только голову повесил.

У «палестинского» Колобок вынул из кармана складной метр, портновский. Невелик навар, но можно Глаше-вдове подарить, она бабам юбки шьет, спасибо скажет. У «американского» взял часы. Барахло часы, медные, рублишка на полтора.

Прибрал добычу в мешок и затесался в кучу-малу пейсатых парней, галдевших кто по-своему, но большинство по-русски. Все тощие, кадыкастые, голоса писклявые.

Галдели они, потому что к ним с каютной палубы раввин поднялся, жидовский поп. Вот они к нему и кинулись.

Поп был собой видный, в шапке с меховой оторочкой, в пиджаке до колен. Длинная седая бородища, пейсы — как еще две бороды, густые брови — будто две вовсе маленьких бороденки. Обступили его жиденята и давай жаловаться. Колобок тут как тут — ему чем тесней, тем вольготней.

— Ребе, вы говорили, мы поплывем, как Ноевы избранники на ковчеге! А тут какой-то *хойшех*! — пищал веснушчатый еврейчик. — Кого здесь только нет! Мало этих *американсров*, так еще *апикойресы**-сионисты, и гои, пожирающие свиной жир [это он про немцев, догадался Колобок], и даже — тьфу на них! — гои, прикидывающиеся евреями!

— Да-да, «найденыши»! И с ними, говорят, сам ихний пророк! Про которого вы страшное говорили! — подхватили другие.

— Мануйла? — сверкнул глазами раввин. — Он здесь? Хвост сатанинский! Смотрите у меня! Близко к нему не подходить! И к «найденышам» тоже!

* Апикойрес — безбожник *(идиш)*.

Один из жалобщиков пригнулся к поросшему седыми волосками уху и зашептал, но не так чтобы тихо, Колобок слышал каждое слово.

— А еще, говорят, *эти* здесь. «Христовы опричники». — Слова были произнесены жутким, свистящим шепотом, и все прочие сразу примолкли. — Убить нас хотят! Ребе, они не выпустят нас живыми! Лучше бы мы остались дома!

Про «христовых опричников» Колобок в газете читал. Давно известно, что в иных городах, где у людей дела мало, а злобы много, чуть какая оказия, сразу кидаются евреев бить. Чего ж не побить, не пограбить, если начальство дозволяет? Но кроме обычных громильщиков с некоторых пор завелись еще какие-то «опричники», люди серьезные, которые поклялись жидам и ихним потатчикам спуску не давать. И вроде бы уже убили кого-то — адвоката какого-то и еще студента. Адвоката ладно, все они жиганы бесстыжие, но студент чем им помешал? Поди, тоже отец-мать есть.

Ладно, это дела дальние. На Реке-матушке, слава Тебе, Господи, ни «опричников», ни погромов отродясь не бывало.

Пока жиденята шумели, Колобок одному-другому-третьему по карманам прошелся, но всего злата добыл пятак да двугривенный.

А еврейский поп послушал-послушал да как ногой топнет.

— Молчать!

Стало тихо. Старичище очки с носа сдернул и сунул в карман (блеснула оправа — никак золотая?). Вынул из другого кармана пузатую книжицу в кожаном переплете, раскрыл. Грозно заклёхтал что-то по-своему, а после повторил по-русски,— видно, были тут жиды, которые собственное наречие не довольно понимали.

— «И сказал Господь Моисею: «Доколе злому обществу сему роптать на Меня? Ропот сынов Израилевых, которым они ропщут на Меня, Я слышу. Скажи им: живу Я, и все вы, которые роптали на Меня, не войдете в землю, на которой Я клялся поселить вас». Слыхали, что сказано Моисею, маловеры?

Со своей белой бородой, с поднятым кверху пальцем он и сам был похож на Моисея с картинки, какую Колобок видал в Библии.

Все поклонились. И Колобок тоже согнулся. Просунул руку между двумя впереди стоящими. Рука у него была особенная, почти что вовсе без костей, на хрящевом ходу. Изгибаться могла повсякому, а если надо, то и удлинялась сверх всяких человеческих возможностей. Этой своей замечательной рукой Колобок дотянулся до раввинова кармана, мизинчиком подцепил очки и присел на корточки. Уточкой, уточкой — шмыг в туман.

Очки попробовал на зуб. Ей-богу, золотые!

А еврейский поп грохотал из-за согнутых спин:

— Не будь я Арон Шефаревич, если не изгоню всякого, кто будет роптать и малодушествовать! Посмотрите на себя, глисты сушеные! На что вы сдались «опричникам»? Да кому вы вообще...

Не стал Колобок слушать дальше, убрался от греха.

* * *

Туман совсем заплотнел, еле-еле перила видать. Вдоль них-то «разинец» и заскользил.

У-дууу!!! — оглушительно загудело наверху. Значит, рубка тут.

А как пароход отдуделся, донеслись до Колобковых ушей странные слова.

Кто-то впереди выводил нараспев:

Дыханье дав моим устам,
Она на факел свой дохнула,
И целый мир на Здесь и Там
В тот миг безумья разомкнула,
Ушла — и холодом пахнуло...

— Брось завывать, Колизей, — оборвал другой голос — резкий, насмешливый. — Лучше мускулатуру укрепляй. На что я тебе раббер-болл давал?

С левого берега дунуло ветром, и пелена вмиг попрозрачнела. Колобок увидел под лесенкой рубки целое собрание: парни сидят, человек двадцать, и с ними две девки.

Чудна́я была компания, нечасто такую увидишь. Среди парней много очкастых и кучерявых, да и носастые есть — по виду вроде еврейчики, а вроде и нет. Очень уж веселые, у всех рот до ушей. Один постарше, плечистый, под распахнутой блузой тельняшка, в зубах трубка. Не иначе морской человек, вот и бородка без усов — это моряки так бреют, чтоб угольком из трубки не подпалиться.

Еще чудней были девки. Верней, не девки — барышни.

Первая тоненькая, белокожая, глазищи в пол-лица, но волосы, дурочка, зачем-то по-мальчишьи обстригла. А волосы знатные, густые, с золотым отливом.

Вторая низенькая, кругленькая, а одета — умора: на голове белая полотняная шапка с маленькими полями, вместо юбки короткие штаны зеленого цвета, так что ноги все на виду, обута в белые шкарпетки и необстоятельные тапки на кожаных ремешках.

Колобок аж глазами захлопал от непривычного зрелища. Надо же — и лодыжки видно, и толстые ляжки, все в цыпках от холода.

И не только ногами заинтересовался.

Что за люди? Куда едут и зачем? И что за «рабербол» такой?

Непонятное слово произнес бородатый. Тот же, что читал стихи, на его попрек засмеялся, стал рукой дергать. Колобок присмотрелся — в пальцах у парня черный шар зажат, и он его давит, давит. А зачем?

— Зябнешь, Малке? — спросил бородатый толстушку — тоже на цыпки ее посмотрел. — Ничего, будешь вспоминать эту поездку, как рай. Прохладно, и воды сколько хочешь. Я почему назначил сбор в Нижнем? Чтоб с Россией попрощались. Глядите, дышите. Скоро нечем будет. Вы еще не знаете, что такое настоящая жара. А я знаю. Раз в Порт-Саиде стояли, надо было обшивку подлатать. Я у кэптена на неделю отпросился, захотелось пустыню на зуб попробовать, присмотреться.

— И что, присмотрелся? — спросила нежная барышня.

— Присмотрелся, Рохеле, присмотрелся, — усмехнулся бородач. — У меня кожа не такая белая, как у тебя, и то к вечеру физиономия волдырями пошла. Губы растрескались, все в крови. Горло будто напильником надраено. А воду пить — ни-ни, нужно соль лизать.

— Зачем соль, Магеллан? — удивился один из парней.

— А затем, что, когда потеешь, из организма соль уходит, это страшней обезвоживания. Так и сдохнуть можно. Потею, лижу соль, но еду вперед. У меня решено твердо: двести верст до Газы, там дневка, и обратно. — Магеллан выпустил струйку дыма. — Только в Газу я не попал, сбился. Понадеялся на солнце, не взял компас, дурак. На третий день пустыня начала качаться, подплывать. Как на волнах: влево-вправо, влево-вправо. Березовую рощу вдали увидал, потом озеро. Эге, соображаю, до миражей допотелся. А вечером, когда от барханов протянулись длинные полосы, из-за холма налетели бедуины. Я сначала подумал: еще один мираж. Представьте: треугольные тени, несутся со сверхъестественной быстротой, и всё крупнее, крупнее. Это они верблюдов вскачь погнали. Главное — всё в полной тишине. Ни звука, только тихо-тихо шелестит песок. Меня предупреждали про разбойников. Винчестер с собой, револьвер. А я застыл в седле, идиот идиотом, и смотрю, как мне навстречу несется смерть. Красивое зрелище — не оторвешься. В пустыне ведь что самое опасное? От солнца и зноя инстинкт самосохранения притупляется, вот что.

Все слушали рассказчика, затаив дыхание. Колобку тоже было интересно, но и о деле забывать нехорошо. У толстозадой Малки из кармашка ее потешных штанов заманчиво торчал кошелек. Колобок его даже уж и вынул, но положил обратно. Жалко стало дуреху.

— Да не так! Я же показывал! — прервал рассказ Магеллан. — Что ты кистью дергаешь? Пальцами, пальцами! Дай сюда!

Отобрал у очкастого Колизея шар, принялся его стискивать.

— Ритмично, ритмично. Тысячу, десять тысяч раз! Как ты арабскую лошадь за уздцы удержишь с такими пальцами? Лови, работай.

Кинул шар обратно, но недотепа-стихоплет не поймал.

Шар стукнулся о палубу и вдруг как подпрыгнет. Так звонко, задорно — Колобку очень понравилось.

И покатился мячик по настилу, подскакивая, а тут справа опять наполз туман и утопил всю честную компанию в белой простокваше.

— Раззява! — послышался голос Магеллана. — Ладно, после подберешь.

Но на чудо-мячик уже нацелился Колобок. Занятная штуковина. Подарить ее Пархомке-газетчику, пускай малой порадуется.

Только бы за борт не утек. Колобок прибавил ходу.

Со стороны посмотреть — наверно, смешно: два колобка катятся, один маленький, другой большой.

Стой, не уйдешь!

Мячик наткнулся на что-то темное, остановился, и тут же был ухвачен. Колобок так увлекся погоней, что едва не налетел на человека, сидевшего на палубе (об него-то шустрый раббер-болл и запнулся).

— Пардон, — культурно извинился Колобок. — Это моё.

— Берите, коли ваше, — ласково ответил сидевший.

И повернулся к соседям (там рядом еще двое были), продолжил разговор.

Колобок только рот разинул. Эти показались ему еще чудней предыдущих.

Два мужика и баба, но одеты одинаково: в белых хламидах до пят, а посередке синяя полоса — у бабы пришита лента, у мужиков кое-как краской намалевано.

Это «найденыши» и есть, скумекал Колобок. Те самые, про кого евреи ругались. Видеть он их раньше не видывал, но читать приходилось — и про жидовствующих, и про пророка ихнего Мануйлу. В газете про всё на свете прочитать можно.

«Найденыши» — люди русские, но от Христа отступились, подались в жидовскую веру. Зачем им жидовская вера и отчего их зовут «найденышами», в голове не осталось, но запомнил Колобок, что газета отступников крепко ругала и про Мануйлу писала плохое. Много он народу обманом от православия отвратил, а это кому ж понравится?

Вот и Колобок этих троих сразу не полюбил, стал думать, что бы у них такое утырить — не для поживы, а чтоб знали, как Христа предавать.

Пристроился сбоку, за цепным ящиком, затаился.

Тот, в кого мячик попал, был сильно в возрасте, с мятым лицом. По виду из спившихся приказных, однако трезвый. Говорил мягко, обходительно.

— Истинно вам говорю: он самый Мессия и есть. Христос — тот ложный был, а этот самый доподлинный. И распять его у злых людей не получится, потому что Мануйла бессмертный, его Бог бережет. Сами знаете, убивали его уже, а он воскрес, да только на небо не вознесся, среди людей остался, потому как это его пришествие — окончательное.

— Я, Иегуда, насчет обрезания сомневаюсь, — пробасил огромный мужичина. По ручищам, по черным точкам на роже Колобок определил — из кузнецов. — На сколько резать-то надо? На палец? На полпальца?

— Этого я тебе, Иезекия, не скажу, сам в сомнении. Мне в Москве сказывали, как один сапожник себе ножницами отрезал лишку, так чуть не помер потом. Я, например, думаю пока воздержаться. Доедем до Святой Земли — там видно будет. Мануйла-то, говорят, не велел обрезаться. Вроде, я слышал, не было от него на это «найденышам» благословения.

— Брешут, — вздохнул кузнец. — Надо резаться, Иегуда, надо. Настоящий еврей завсегда обрезанный. А так что ж, и в баню в Святой Земле срамно сходить будет. Засмеют.

— Твоя правда, Иезекия, — согласился Иегуда. — Хоть и боязно, а, видно, надо.

Тут голос подала баба. Голос был гнилой, гнусавый, что и неудивительно, поскольку носа на лице у бабы не наблюдалось — провалился.

— Эх вы, «боязно». А еще евреи. Жалко, я не мужик, я бы не испугалась.

Что ж у них, иродов, спереть-то, размышлял Колобок. Мешок, что ли, у кузнеца?

И уж потихоньку начал подбираться к мешку, но здесь к троим сидевшим подошел четвертый, в такой же хламиде, только синяя полоса не намалеванная, а пришитая белой ниткой.

Этот Колобку еще противней показался: глаза с прищуром, морда плоская, масленая, жирные волосья до плеч, паршивая бороденка. Не иначе из кабатчиков.

Те трое так и вскинулись:

— Ты что, Соломоша, одного его оставил?

А пожилой, которого звать Иегуда, огляделся по сторонам (но Колобка не приметил, куда ему) и тихонько говорит:

— Ведь уговорено — чтоб при казне беспременно двое были!

Колобок решил, что ослышался. Но плоскомордый Соломоша махнул рукой:

— Куды она денется, казна? Спит он, а ларчик под подухой у него, да еще руками облапил. Душно там, в комнате.

И сел, снял сапог, затеял портянку перекручивать.

Колобок глаза потер — не сон ли.

Казна! Ларчик!

Ай да первая навигация, ай да «Севрюга»!

Пустяки эти ваши золотые очки, а про остальное прочее и говорить нечего. В каюте, под подушкой у Мануйлы-пророка, ждал Колобка ларец с казной. Вот она, мозговая косточка!

Так, говорите, уснул ваш пророк?

И «разинца» вмиг сдуло из-за ящика.

Трапчиком, трапчиком слетел Колобок на нижнюю палубу. Там никого и ничего не видно, только желтые пятна сквозь белое — каютные окна светятся.

Колобок спросил у желтых пятен: ну-ка, в котором из вас казну везут?

На окнах были занавески, но не до самого верху. Если на стульчик встать (а стульчики на палубе имелись, будто нарочно для Колобковой надобности), можно поверх шторки заглянуть.

В первом окошке увидал Колобок трогательную картину: семейное чаепитие.

Папаша — густобородый, солидный — потягивал чай из большого стакана. Напротив, на диванчике, вышивала супруга в домашнем чепце —особа немножко мужеподобная, но с чрезвычайно мягким и добрым лицом. А по обе стороны от папеньки, прильнув к его широким плечам, сидели детки: сын-гимназист и дочка, тех же примерно лет. Однако не двойняшки — паренек чернявый, девица золотоволосая.

Дочурка напевала. Тихонько, так что через стекло слов было не слыхать, только некое ангельское колебание воздуха. Взгляд у барышни был мечтательный, розовые губки то раскрывались пошире, то вытягивались трубочкой.

Колобок залюбовался на райское видение. В жизнь бы у таких славных тырить не стал.

Сынок сказал что-то, поднялся. Поцеловал папеньку — да как нежно-то, прямо в губы. Взял фуражку, вышел в коридор. Должно быть, прогуляться надумал, воздухом подышать. Папенька ему вслед воздушный поцелуй послал.

Колобок растрогался. Вот ведь какого грозного вида мужчина. У себя в конторе или в присутствии, поди, внушает подчиненным трепет, а при семье, в домашности, истинный агнец.

Ну и вздохнул, конечно, по собственной одинокой жизни. Где уж «разинцу» семьей обзаводиться?

А уже следующее окно оказалось то самое, Мануйлино. Опять Колобку повезло.

Тут и на стул лезть не пришлось, занавески были сдвинуты неплотно. В зазор Колобок увидал тощего русобородого мужика, лежащего на бархатном диване. Подумал: тоже еще пророк, паству на палубу загнал, а сам в первом классе шикует. И как сладко спит-то, аж слюни изо рта висят.

Что это там под подушкой блестит? Никак шкатулка лаковая.

Ну спи, спи, да только покрепче.

Колобок заерзал от нетерпения, но велел себе не мельтешить. Дело наклюнулось нешуточное, тут бы не запороться.

С коридора войти, замок отомкнуть?

Нет, еще увидит кто. Проще отсюда. Туман-заступничек выручит.

Что окно закрыто, это глупости. На то у всякого «разинца» имеется особый инструмент, «цапка». Подцепляешь ею винты, которые раму держат (только сначала не забыть из масленочки покапать, чтоб не скрипнуло), рраз слева, рраз справа, и почти готово. Теперь пощедрей тем же маслицем сбоку, в пазы. И вира-вира помалу.

Окошко поползло вверх безо всякого шума, как следовало.

Дальше просто. Влезть внутрь, на цыпочках к дивану. Шкатулку из-под подушки потянуть, вместо нее подсунуть полотенце скрученное.

Чтоб спящий ненароком не проснулся, нужно дыхание слушать — оно всегда подскажет. А на лицо смотреть нельзя — иной человек это чувствует, когда на него во сне пялятся.

Колобок весь сжался, чтобы лезть в окно, и уж даже голову просунул, но тут вдруг рядом, совсем близко, заскрипела рама, и женский голос громко, запальчиво сказал:

— Ну уж это вы бросьте!

У Колобка всё так и упало: беда, запалился!

Выдернул голову обратно, повернулся — отлегло.

Это в соседней каюте окошко открыли. Наверно, душно им стало.

Тот же голос сердито продолжил:

— Вот, воздуха свежего глотните, владыко! Бог знает, до чего вы договорились! Хоть грехи-то мои у меня не отбирайте!

Густой бас, тоже сердитый, ответил:

— Мой это грех, мой! Я попустительствовал, я тебе послушания назначал, мне и отвечать! Да не перед прокуратором столичным — перед Господом Богом!

Ай, нехорошо. Разбудят пророка, крикуны проклятые.

Колобок опустился на четвереньки, переполз к открытому окну. Осторожно, одним глазком, заглянул.

Сначала показалось, что в каюте двое — седовласый архиерей с узорчатым крестом на груди и монашка. Потом в углу усмотрел третьего, тоже монаха. Но тот сидел безгласно, себя никак не высказывал.

Из-за чего ор, люди божьи? По-христиански нужно, со смирением. Пассажиров перебудите.

Монашка вроде как услыхала Колобково пожелание. Вздохнула, голову повесила.

— Владыко, клянусь вам: никогда больше не соблазнюсь. И вас искушать не буду. Только не казните себя.

Архиерей пошевелил густыми бровями (одна уже почти седая, другая по преимуществу еще черная), погладил инокиню по голове.

— Ничего, Пелагиюшка, Бог милостив. Может, и отобьемся. А грех наш вместе отмолим.

Хара́ктерная пара. Про себя Колобок им уже прозвища дал: Лисичка-сестричка (это из-за рыжей прядки, что выбилась из-под апостольника) и Кудеяр-атаман (больно уж неблагостного, воинственного вида был поп). Как из песни:

Бросил своих он товарищей,
Бросил набеги творить;
Сам Кудеяр в монастырь ушел
Богу и людям служить!

В другое время Колобок с большим интересом послушал бы про грех, приключившийся между владыкой и монашкой. Но сейчас до того ли? Помирились, кричать перестали, и слава Те, Господи.

Сызнова перебрался на коленках под пророково окно.

Взялся руками за раму, приподнялся.

Дрыхнет, родимый. Не проснулся.

В самый последний миг, когда уже и поделать ничего было нельзя, услышал Колобок сзади шорох. Хотел обернуться, да поздно.

Что-то хрустнуло и взорвалось прямо в Колобковой голове, и не было для него больше ни весеннего вечера, ни речного тумана — вообще ничего.

Две крепкие руки взяли обмякшее тело за ноги и протащили по палубе к борту — быстро, чтоб не натекло крови. Тыльник, подмышечный мешок для добычи, зацепился было за ножку столика. Рывок — веревка лопнула, движение продолжилось.

А потом Колобок пролетел по воздуху, на прощанье послал Божьему свету целый фонтан брызг и соединился с Рекой-матушкой.

Она приняла своего непутевого сына в ласковые объятья, немножко покачала, побаюкала, да и уложила поглубже, в дальнюю темную спаленку, на мягкую перину из ила.

Столичные неприятности

— А все же удивительно, откуда Константин Петрович дознался, — в который уже раз повторил владыка Митрофаний, мельком оглянувшись на глухой шум за окном — будто на палубу уронили тюк или штуку полотна. — Поистине, высоко сидит, далеко глядит.

— Его высокопревосходительству и по долгу службы так полагается, — вставил из угла отец Серафим Усердов.

Разговор об одном и том же длился между преосвященным, его духовной дочерью Пелагией и епископовым секретарем третий день. Затеялся еще в Петербурге, после неприятной беседы с обер-прокурором Святейшего Синода Константином Петровичем Побединым. И в поезде про эту неприятность было говорено, и в московской гостинице, а теперь и на пароходе, что вез губернского архиерея и его спутников в родной Заволжск.

Контры с обер-прокурором у владыки были давние, но доселе прямой конфронтации все же не достигали. Константин Петрович словно приглядывался, примеривался к маститому оппоненту, уважая в нем силу и правду, ибо и сам был муж сильный и тоже при своей правде, однако ж ясно было, что рано или поздно две эти правды схлестнутся, ибо слишком отличны одна от другой.

От вызова в столицу, пред суровые очи обер-прокурора, Митрофаний ожидал чего угодно, любого притеснения, да только не с того фланга, откуда последовал удар.

Начал Константин Петрович по своему обыкновению тихо, как бы на мягких лапах. Похвалил заволжца за хорошие отношения со светской властью, а более всего за то, что губернатор Митрофаниева совета слушает и ходит к нему исповедоваться. «Вот пример неотделимости государства от церкви, на чем единственно только и может стоять здание общественной жизни», — сказал Победин и для вящей значительности воздел палец.

Потом нестрого пожурил за мягкотелость и беззубие в отношениях с инославцами и иноверцами, которых в Заволжье полным-полно: и колонисты-протестанты там имеются, и католики из прежних ссыльных поляков, и мусульмане, и даже язычники.

Манера говорить у его превосходительства была особенная — будто доклад по бумажке читает. Гладко, складно, но как-то сухо и для слушателей утомительно: «Государственная церковь — это система, при которой власть признает одно вероисповедание истинным и одну церковь исключительно поддерживает и покровительствует, к более или менее значительному умалению в чести, праве и преимуществе иных церквей, — назидательствовал Константин Петрович. — Иначе государство потеряло бы духовное единение с народом, подавляющее большинство которого придерживается православия. Государство безверное есть не что иное, как утопия невозможная к осуществлению, ибо безверие есть прямое отрицание государства. Какое может быть доверие православной массы к власти, если народ и власть верят по-разному или если власть вовсе не верует?»

Митрофаний терпел лекцию сколько мог (то есть недолго, ибо терпение никак не входило в число архиереевых *forte*) и в конце концов не сдержался, прервал высокого оратора:

— Константин Петрович, я убежден, что православное верование — истиннейшее и милосерднейшее из всех, и убежден не из государственных соображений, а по приятию души. Однако, как известно вашему высокопревосходительству из предыдущих наших бесед, почитаю вредным и даже преступным обращать иноверующих в нашу религию посредством насилия.

Победин покивал — но не согласительно, а осуждающе, как если бы и не ждал от епископа ничего, кроме невежливого прерывания и строптивости.

— Да, мне известно, что ваша заволжская... фракция [это неприятное и, хуже того, *чреватое* слово Победин еще и интонацией подчеркнул] — враг всяческого насилия.

На этом месте обер-прокурор выдержал паузу и нанес сокрушительный, вне всякого сомнения заранее подготовленный удар:

— Насилия и *преступности* [опять интонационное подчеркивание]. Но я и не подозревал, до каких степеней простирается ваша истовость в искоренении сей последней. — Дождавшись, чтобы на лице Митрофания от этих странных слов появилась настороженность, Победин с грозной вкрадчивостью спросил. — Кем вы и ваше окружение себя вообразили, владыко? Новоявленными Видоками? Ширлоками Холмсами?

Сестра Пелагия, присутствовавшая при разговоре, на этом месте побледнела и даже не сдержала тихого возгласа. Лишь теперь до нее дошло, почему преосвященному было велено взять с собой на аудиенцию и ее, скромную инокиню.

Обер-прокурор немедленно подтвердил нехорошую догадку:

— Я не случайно попросил вас пожаловать вместе с начальницей вашей прославленной монастырской школы. Вы, верно, думали, сестра, что речь пойдет об образовании?

Пелагия и в самом деле так думала. Занять место начальницы заволжской школы для девочек архиерей благословил ее всего полгода назад, по смерти сестры Христины, однако за этот недолгий срок Пелагия успела нареформаторствовать вполне достаточно, чтобы навлечь на себя неудовольствие синодского начальства. Она была готова отстаивать каждое из своих нововведений и запаслась для этого множеством убедительнейших аргументов, но услышав про Видока и какого-то неведомого Ширлока (должно быть, тоже сыщика, как и знаменитый француз), совершенно растерялась.

А Константин Петрович уже тянул из коленкоровой папочки лист бумаги. Поискал там что-то, ткнул в строчку белым сухим пальцем.

— Скажите-ка, сестра, не приходилось ли вам слышать про некую Полину Андреевну Лисицыну? Умнейшая, говорят, особа. И храбрейшая. Месяц назад оказала полиции неоценимую помощь в расследовании злодейского убийства протоиерея Нектария Зачатьевского.

И в упор уставился своими совиными глазами на Пелагию.

Та пролепетала, краснея:

— Это моя сестра...

Обер-прокурор укоризненно покачал головой:

— Сестра? А у меня другие сведения.

Всё знает, поняла монахиня. Какой стыд! А стыдней всего, что соврала.

— Еще и лжете. Хороша Христова невеста, — кольнул в больное место Победин. — Сыщица в рясе. Каково?

Впрочем, во взгляде могущественного человека был не гнев, а скорее любопытство. Как это — черница, а расследует уголовные преступления?

Пелагия больше отпираться не стала. Опустила голову и попробовала объяснить:

— Понимаете, сударь, когда я вижу, как торжествует злодейство, а особенно когда кого-то невинно обвиняют, как это было в упомянутом вами деле... Или если кому-то грозит смертельная опасность... — Она сбилась, и голос задрожал. — У меня вот здесь, — монахиня приложила руку к сердцу, — будто уголек загорается. И жжется, не отпускает до тех пор, пока правда не восстановится. Мне бы, согласно моему званию, молиться, а я не могу. Ведь Бог от нас не бездействия ждет и не тщетных стенаний, а помощи — кто на какую способен. И вмешивается Он в земные дела, лишь когда в борьбе со Злом человеческие силы иссякают...

— Жжется, вот здесь? — переспросил Константин Петрович. — И молиться не можете? Ай-я-яй. Ведь это бес в вас, сестра, сидит. По всем приметам. Нечего вам в монашестве делать.

Пелагия от таких слов помертвела, и на выручку кинулся Митрофаний:

— Ваше высокопревосходительство, не виновата она. Это я велел. Мое благословение.

Синодский предводитель, похоже, только того и ждал. То есть по видимости поведения даже совсем не ждал и ужасно изумился, руками замахал: не верю, мол, не верю. Вы?! Вы?! Губернский архипастырь?

И словно бы утратил дар речи. Померк лицом, смежил веки. После паузы сказал устало:

— Идите, владыко. Молиться буду, чтоб вразумил меня Господь, как с вами быть...

Такая вот приключилась в Петербурге беседа. И пока еще неизвестно было, к чему она приведет, какое наитие по поводу заволжской «фракции» снизойдет обер-прокурору от Всевышнего.

— Повиниться бы надо перед Константином Петровичем, — нарушил паузу Усердов. — Такой это человек, что не зазорно и склониться со смирением...

Это, пожалуй, было верно. Константин Петрович — человек особенный. Для него в Российской империи, как сказал персонаж пьесы Островского, «невозможного мало». Свидетельство тому было явлено заволжцам еще в самом начале петербургской аудиенции.

На столе его высокопревосходительства зазвонил один из телефонов — самый красивый: красного дерева, с блестящими трубками. Победин прервался на полуслове, поднес палец к губам, а другой рукой покрутил рычаг и приставил к уху рожок.

Секретарь Усердов, сидевший на краешке стула с портфелем, в котором был заготовлен отчет по епархиальным делам, первым догадался, кто телефонирует, — вскочил и вытянулся на военный лад.

Во всей России было только одно лицо, ради которого Константин Петрович стал бы сам себя прерывать. Да и известно было, что из Дворца в кабинет обер-прокурора особый провод протянут.

Голос венценосца посетители, конечно, слышать не могли, но все равно впечатлены были сильно, а особенно тем, с какой отеческой строгостью выговаривал Победин помазаннику Божию:

— Да, ваше величество, редакция присланного от вас указа не показалась мне удовлетворительной. Я составлю новую. И помилование государственного преступника тоже никак невозможно. Некоторые ваши советчики так развратились в мыслях, что почитают возможным избавление от смертной казни. Я русский человек, живу среди русских и знаю, что чувствует народ и чего требует. Да не проникнет в сердце вам голос лести и мечтательности.

Надо было видеть в ту минуту лицо отца Усердова: на нем был и испуг, и трепет, и сознание сопричастности великому таинству Высшей Власти.

Секретарь у преосвященного был всем хорош, по части исполнительности и аккуратности даже безупречен, но не лежала к нему душа у Митрофания. Очевидно, именно поэтому архиерей был к отцу Серафиму особенно милостив, преодолевая ласковостью тяжкий грех беспричинного раздражения. Иной раз, бывало, и срывался, как-то даже запустил в Усердова камилавкой, но потом непременно просил прощения. Незлобивый секретарь пугался, подолгу не осмеливался произнести извиняющих слов, но в конце концов лепетал-таки: «Прощаю, и вы меня простите», после чего мир восстанавливался.

Непоседливая умом Пелагия однажды в связи с личностью отца Серафима высказала Митрофанию крамольную мысль о том, что на свете есть люди живые, настоящие, а есть «подкидыши», которые только стараются быть похожими на людей. Вроде как из другого мира они к нам подброшены — или, может, с другой планеты, чтобы вести за нами наблюдение. У одних «подкидышей» притворство получше получается, так что их почти и не отличишь от настоящих людей; у других похуже, и их сразу видно. Вот и Усердов из неудачных экземпляров. Если ему под кожу заглянуть, там, должно быть, какие-нибудь гайки и шестеренки.

Владыка монашку за эту «теорию» разбранил. Впрочем, завиральные мысли Пелагию посещали нередко, и преосвященный к этому привык, ругался же больше для порядка.

Про отца Серафима архиерей знал, что тот мечтает о высоком церковном поприще. А что ж? И учен, и благонравен, и собою прелесть как хорош. Власы и браду секретарь держал в чистоте и холености, умащивал благовониями. Ногти полировал щеточкой. Рясы и подрясники носил тонкого сукна.

Вроде бы и не было во всем этом ничего предосудительного, Митрофаний и сам призывал клир блюсти себя в приличной аккуратности, а все равно раздражался на своего помощника. Особенно в эту поездку, когда небесные сферы метнули в преосвященного огненными молниями. Ни поговорить по душам с духовной дочерью, ни высказать заветное. Сидит этот шестикрылый, усишки маленькой расчесочкой обихаживает. Молчит-молчит, потом не к месту встрянет, весь разговор испортит — вот как сейчас.

На призыв повиниться перед обер-прокурором Пелагия поспешно сказала:

— Я что же, я пожалуйста. Хоть перед святой иконой поклянусь: больше никогда и ни за что ни в какое расследование носа не суну. Будь хоть самая растаинственная тайна. Даже в сторону ту не взгляну.

А Митрофаний только покосился на секретаря, ничего ему не сказал.

— Пойдем-ка, Пелагиюшка, по кораблю пройдемся. Кости размять... Нет-нет, Серафим, ты тут сиди. Приготовь мне бумаги по консистории. Вернусь — перечту.

И оба с облегчением покинули каюту, оставив Усердова наедине с портфелем.

Всякой плоти по паре

По нижней палубе гулять не стали, потому что из-за тумана все равно не было никакой возможности разглядеть ни Реки, ни неба (да и самой палубы). Поднялись наверх, где кучками сидели пассажиры самого дешевого разряда.

Оглядев сквозь полупрозрачную мглу всё сие разномастие, Митрофаний вполголоса произнес: «Из скотов чистых, и из скотов нечистых, и из всех пресмыкающихся по земле, всякой плоти по паре...»

Крестьян-паломников благословил и допустил к руке. Прочих же, покидавших Россию навсегда и в благословении православного пастыря не нуждавшихся, лишь обвел грустным взглядом.

Негромко сказал спутнице:

— Вот ведь умнейший человек и искренне отечеству добра желает, а в каком заблуждении души пребывает. Погляди, сколько от него вреда.

Имени не назвал, но и так было ясно, про кого речь — про Константина Петровича.

— Полюбуйся на плоды его борьбы за добро, — горько продолжил преосвященный, проходя мимо сектантов и иноверцев. — Все, кто непохож на большинство, кто странен — из державы вон. Можно и насильно не гнать, сами уедут, от притеснений и государственного недоброжелательства. Ему мнится, что Русь от этого сплоченней, единодушней станет. Может, оно и так, да только победнеет красками, поскучнеет, поскуднеет. Наш прокуратор уверен, что ему одному ведомо, как нужно обустраивать и спасать отечество. Такие сейчас времена настали, что мода на пророков пошла. Вот они и лезут со всех сторон. Иные потешные, вроде нашего соседа Мануйлы. Другие посерьезней, вроде графа Толстого или Карла Маркса. Вот и Константин Петрович себя мессией возомнил. Только не всемирного, а локального масштаба, как в ветхозаветные времена, когда пророка посылали не ко всему человечеству, а только к одному народу...

Невеселые сетования епископа прервало почтенное семейство, тоже поднявшееся на шлюпочную палубу прогуляться: кряжистый господин, дама с вязанием и двое детей-подростков — миловидный гимназист и хорошенькая светловолосая барышня.

Гимназист сдернул фуражку и поклонился, прося благословения.

— Как вас зовут, юноша? — спросил Митрофаний славного паренька, осеняя крестным знамением всю семью.

— Антиной, ваше преосвященство.

— Это имя языческое, для домашнего употребления. А крестильное какое?

— Антип, ваше преосвященство.

— Хорошее имя, народное, — одобрил владыка.

Мальчик нежно коснулся губами его руки, и Митрофаний умилился, погладил Антипа-Антиноя по затылку.

Не спеша пошел дальше, а Пелагия задержалась — очень уж искусно клала петли мать благочестивого гимназиста. Монахиня и сама увлекалась вязанием, всегда носила на шее мешочек с рукодельем, однако по бестолковости пальцев вечно путала рядность и бедствовала с узелками.

«Как это вы, сударыня, так ловко накид кладете?» — хотела она спросить и вдруг заморгала, прижала очки к переносице.

Странные у мастерицы были руки: широкие и с волосками на пальцах.

Пелагия подняла глаза, узрела над кружевным воротничком неженскую, кадыкастую шею и ойкнула.

Удивительная дама остановилась, поймав взгляд монашки, и вдруг подмигнула.

Ее семейство проследовало дальше, так что обе энтузиастки вязания оказались наедине.

— Вы мужчина? — шепотом спросила Пелагия, широко раскрыв глаза.

Та кивнула, поднесла палец к губам: тс-с-с.

— А... они кто? — инокиня растерянно кивнула вслед плечистому господину и прелестным чадам.

— Моя семья. — Голос у переодетого был высокий, с подвзвизгом, от женского почти неотличимый. — Мой муж, Лев Иванович. И наши деточки, Антиной и Саломея. Мы содомиты.

Последняя фраза была произнесена совершенно обыденным тоном, как если бы говоривший сказал «мы одесситы» или «мы менонниты».

— С-содомиты? То есть... то есть мужеложцы? — с запинкой произнесла Пелагия стыдное слово. — А как же барышня? И потом... разве у вас могут быть дети?

— Саломея не барышня, он раньше в мужских банях работал. Там его Левушка и подобрал. Так нежен, так нежен! А как поет! Антиной — тот веселый, озорной, иной раз и пошалить любит, но Саломеюшка — просто ангел. Мы все трое Льва Ивановича любим, — мечтательно произнес поразительный собеседник. — Он настоящий мужчина, не то что обычные. Для настоящего мужчины женщины мало, для него все прочие мужчины, как женщины.

Слушать было и стыдно, и интересно. Пелагия обернулась на Митрофания — далеко ли отошел. Только бы не узнал, бедный, кого это он так ласково благословил.

Преосвященный был неподалеку. Остановился около группы евреев, к чему-то там прислушивался. Вот и хорошо.

— И давно вы? Ну... вот так живете? — с любопытством спросила монахиня.

— Я недавно. Семь месяцев всего.

— А раньше?

— Раньше жил как все. Супругу имел, дочку Служил. Я, знаете ли, преподаватель классической гимназии. Латынь, древнегреческий. До сорока лет дожил, а кто я и что я, не понимал. Будто сквозь пыльное стекло вагона на жизнь смотрел, а жизнь катилась всё мимо, мимо. А как встретил Льва Ивановича, стекло сразу лопнуло, рассыпалось. Вы не представляете, как я счастлива! Будто воскресла из мертвых!

— Но как же ваша семья? Я имею в виду *ту* семью.

Преподаватель классической гимназии вздохнул.

— Что ж я мог, когда тут любовь и воскресение? Всё им оставил. Деньги в банке, сколько было. Дом. Дочку жалко, она у меня умненькая. Но ей лучше без такого отца. Пускай помнит меня, каким я был раньше.

Посмотрев на чепец и шелковое платье воскресшей, Пелагия не решилась оспаривать это утверждение.

— Куда же вы теперь направляетесь?

— В Содом, — был ответ. — Я же вам сказала: мы содомиты.

Пелагия опять перестала что-либо понимать.

— В какой Содом? Тот, что уничтожен Господом вместе с Гоморрой?

— Был уничтожен. А теперь возрожден. Один американский миллионщик, мистер Джордж Сайрус, известный филантроп, нашел место, где стоял библейский Содом. Сейчас там возводится город-рай — для таких, как мы. Никаких полицейских гонений, никакого общественного презрения. И никаких женщин, — лукаво улыбнулся собеседник. — Из вас, натуралок, все равно не получится такой женщины, какая может получиться из мужчины. Хотя, конечно, и у вас есть на что посмотреть. — Бывший классицист оценивающе обвел взглядом фигуру инокини. — Бюст —это не штука, можно ваты подложить, а вот плечи, линия бедра...

— Иродиада! Куда ты запропастилась? — донесся из тумана зычный голос. — Дети хотят назад, в каюту!

— Иду, милый, иду! — встрепенулась Иродиада и поспешила на зов любимого.

Каких только существ нет у Господа Бога, подивилась Пелагия и двинулась по направлению к Митрофанию.

Увидела, что преосвященный успел перейти от пассивного действия — внимания чужим речам — к действию активному: потрясая десницей, выговаривал что-то седобородому раввину, окруженному гурьбой подростков.

Из-за чего начался спор, сестра не слышала. Должно быть, владыка по обычной своей любознательности стал выспрашивать евреев, куда едут, да из каких видов — по нужде ли, из-за веры ли, или, быть может, бегут от несправедливых преследований, да и сшибся на чем-то с иудейским собратом.

— ...Оттого-то вы повсеместно и гонимы, что гордыни в вас много! — грохотал владыка.

Ветхозаветный отвечал ему не менее громоподобно:

— Гордость у нас есть, это правда! Человеку без гордости нельзя! Он — венец творения!

— Да не гордости в вашем народе много, а именно что гордыни! Всеми, кто не по-вашему живет, брезгуете, всё запачкаться боитесь! Кто ж вас, таких брезгливых, любить-то будет?

— Не людьми мы брезгуем, а людской грязью! Что же до любви, то сказано царем Давидом: «Отовсюду окружают меня словами ненависти, вооружаются против меня без причины; за любовь мою они враждуют на меня, а я молюсь».

Раззадоренный отпором, Митрофаний воскликнул:

— Кого это вы любите, кроме своих единоплеменников? Даже и пророки ваши только к вам, евреям, обращались, а наши святые обо всем человечестве печалуются!

Пелагия подумала: жаль, обер-прокурор не слышит, как владыка иноверцев громит, то-то бы порадовался.

Диспут слушать было интересно, а еще интересней наблюдать: при всех религиозных отличиях оппоненты и темпераментом, и внешностью чрезвычайно походили друг на друга.

— Мы не отворачиваемся от человечества! — тряс седой бородой раввин. — Но помним, что на нас возложено тяжкое бремя — являть другим народам пример верности и чистоты. И ряды наши открыты всякому, кто хочет быть чистым. Пожелаете, и вас примем!

— Неправду говорите! — восторжествовал Митрофаний, и его борода тоже запрыгала. — Вон овцы эти заблудшие, «найденышами» называемые [и показал на троих бродяжек, что сидели поодаль в шутовских одеждах с синей каймой], потянулись к вашей вере, от Христа отреклись.

И что же? Пустили вы их к себе, почтенный ребе? Нет, нос воротите!

Раввин задохнулся от негодования.

— Этих... пустить?! Тьфу, тьфу и еще раз тьфу на них и на их лжепророка! Сказано в законе Моисеевом: «Волхвующие да будут преданы смерти: камнями должно побить их, кровь их на них». Я знаю, это вы, церковники, нам каверзу подстроили, чтобы нашу веру высмеять через вашего Мануйлу, клоуна базарного! Ваша подлая поповская повадка!

Один из учеников обличителя, постарше возрастом, чем другие, схватил раввина за рукав и испуганно зашептал что-то на идиш. Пелагия расслышала только одно слово — «полиция». Но иудей не устрашился.

— Сам вижу по кресту и шапке, что епископ. Пускай жалуется. Скажите, скажите полиции, что Арон Шефаревич оскорбил в вашем лице христианскую церковь!

Эти слова подействовали на преосвященного неожиданным образом. Вместо того чтобы еще пуще распалиться, он умолк. Должно быть, вспомнил, что у него, губернского архиерея, за плечами сила и государства, и господствующей церкви. Какой же тут диспут?

Да и Пелагию заметил, перед ней тоже совестно стало.

— Слишком вы гневливы, ребе, как и ваш иудейский Бог, — молвил владыка, помолчав. — Оттого и слышат Его глас столь немногие. А наш апостол Павел сказал: «Всякое раздражение и ярость да будут удалены от вас».

И, произведя по неприятелю сей последний залп, с достоинством удалился, однако по чрезмерно прямой спине и крепко сцепленным на пояснице пальцам Пелагии было ясно, что Митрофаний пребывает в нешуточном раздражении — разумеется, не на дерзкого раввина, а на самого себя, что ввязался в пустую и неподобную перепалку.

Отлично зная, что, когда преосвященный в таком расположении, лучше держаться от него подальше, монахиня не стала догонять своего духовного отца, предпочла задержаться. Да и надо было успокоить бедных евреев.

— Вас как зовут? — спросила она у худенького горбоносого подростка, испуганно смотревшего вслед епископу.

— Шмулик, — ответил тот, вздрогнув, и с точно таким же испугом уставился на монахиню. — А что?

Бледненький какой, пожалела мальчика Пелагия. Ему бы получше питаться да побольше на улице играть, а он, наверное, с утра до вечера за Талмудом просиживает.

— Вы скажите вашему учителю, что не нужно бояться. Владыка Митрофаний не станет никому жаловаться.

Шмулик дернул себя за пейс, обернутый вокруг уха, и торжественно сказал:

— Ребе Шефаревич никого не боится. Он — великий человек. Его призвал в Ерушалаим сам *ха-*

хам-баши, чтобы помог укрепить святой город от шатания.

Кто такой хахам-баши, Пелагия не знала, но почтительно покивала.

— Ерушалаим — укрепил! — Шмулик восторженно блеснул глазами. — А? Вот как ценят нашего ребе! Он тверд в вере, как камень. Он знаете кто? Он новый Шамай, вот кто!

Про непримиримого Шамая, основоположника древнего фарисейства, монахине читать доводилось. Однако из фарисеев ей больше по нраву был другой вероучитель, снисходительный Гиллель. Тот самый, который, будучи спрошенным о сути Божьего Закона, ответил одной фразой: «Не делай другим то, что неприятно тебе самому, — вот и весь закон, а прочее лишь комментарии к нему».

Палубу снова заволокло рваной ватой, и унылые фигуры евреев закачались, побелели, сделались похожи на привидения.

Тем неожиданней было пение, вдруг донесшееся от центра палубы, откуда-то из-под капитанского мостика. Молодые голоса затянули «Дубинушку», весьма дружно и стройно.

Никак студенты?

Пелагии захотелось послушать. Но пока шла сквозь белую кисею, петь кончили. Только разошлись, только вывели с чувством: «Из всех песен одна в память врезалась мне, это песня рабочей артели», а ухнуть не ухнули. Хор распался, песня захлебнулась, единоголосье рассыпалось на разномастный гомон.

Однако монашка с пути все равно не свернула, решила посмотреть, что за молодежь такая.

Нет, то были не студенты. На первый взгляд похожи — и лицами, и одеждой, но по словам, долетевшим до слуха Пелагии, стало ясно, что это переселенцы в еврейскую Палестину.

— Ошибаешься, Магеллан! — воскликнул юношеский голос. — Арийская цивилизация стремится сделать мир прекрасным, а еврейская — нравственным, вот в чем главное различие. Обе задачи важны, но трудно совместимы, поэтому нам и нужно строить свое государство вдали от Европы. Мы будем учиться у них красоте, они у нас — морали. У нас не будет ни эксплуатации, ни подавления женского пола мужским, ни пошлой буржуазной семьи! Мы станем примером для всего мира!

Ах, как интересно, подумала Пелагия и тихонько встала в стороне. Должно быть, это и есть сионисты, про которых столько пишут и говорят. Какие симпатичные, какие молоденькие и какие хрупкие, особенно барышни.

Впрочем, молодого человека с шкиперской бородкой (того самого Магеллана, к которому обращался вития) хрупким назвать было трудно. Он и возрастом был старше остальных — пожалуй, лет двадцати пяти. Спокойные голубые глаза взирали на страстного оратора со снисходительной усмешкой.

— Нам бы в Палестине с голоду не подохнуть, не разнюниться, не пересобачиться между собой, — хладнокровно сказал он. — А про моральные идеалы после подумаем.

Пелагия наклонилась к милой девушке в детских штанишках (кажется, они назывались на британский манер — «шорты») и шепотом спросила:

— У вас коммуна, да?

Девушка задрала кверху круглое лицо, улыбнулась:

— Ой, монашка! Да, мы члены коммуны «Мегиддо-Хадаш».

— А что это такое? — присела на корточки любопытная черница.

— «Новый Мегиддо». «Мегиддо» на древнееврейском значит «Город Счастья». В самом деле был такой город, в Изреэльской долине, его разрушили — не то ассирийцы, не то египтяне, я забыла. А мы отстроим Мегиддо заново, уже и землю у арабов купили.

— Это ваш начальник? — показала Пелагия на бородатого парня.

— Кто, Магеллан? У нас нет начальников, мы все равны. Просто он опытный. И в Палестине бывал, и вокруг света плавал — его за это Магелланом прозвали. Он знаете какой? — в голосе голоногой барышни зазвучало неподдельное восхищение. — С ним ничего не страшно! Его «опричники» в Полтаве убить хотели — за то, что он еврейскую самооборону устроил. Он отстреливался! Его теперь полиция ищет! Ой! — Барышня испугалась, что сболтнула лишнее, и прижала пальцы к губам, но Пелагия сделала вид, что про полицию не расслышала или не поняла — известно ведь, что монашки глуповаты и вообще не от мира сего.

Девушка тут же успокоилась и как ни в чем не бывало застрекотала дальше:

— Это Магеллан про Город Счастья придумал. И нас всех собрал, и деньги раздобыл. Целых тридцать тысяч! Представляете? Он их в Яффу перевел, в банк, только на дорогу нам оставил, по восемь копеек на человека в день.

— Почему только восемь? Это же очень мало.

— Колизей (он студент исторического факультета), — девушка показала на одного из молодых людей, невообразимо тощего и сутулого, — подсчитал, что именно такой суммой — конечно, если перевести на нынешние деньги, — обходился хлебопашец во времена царя Соломона. Значит, и нам должно хватить. Мы ведь теперь тоже хлебопашцы. А деньги нам в Палестине понадобятся. Нужно покупать скот, осушать болота, строиться.

Пелагия посмотрела на заморыша Колизея. Как же такой будет мотыгой махать или за плугом ходить?

— А почему «Колизей»? Не такой уж он большой.

— Его вообще-то Фира Глускин зовут. А «Колизеем» его Магеллан прозвал. Ну, потому что все говорят «развалины Колизея», «развалины Колизея». Фира и правда не человек, а ходячая развалина — у него все болезни на свете: и искривление позвоночника, и плоскостопие, и гайморит. Но тоже вот едет.

Предмет обсуждения поймал на себе сердобольный взгляд монахини и весело крикнул:

— Эй, сестрица, едем с нами в Палестину!

— Я же не еврейка, — смутилась Пелагия, видя, что вся компания на нее смотрит. — И вряд ли когда-нибудь стану.

— И не надо, — засмеялся один из коммунаров. — Поддельных евреев и без вас хватает. Вы только поглядите вон на тех!

Все обернулись и тоже стали смеяться. Поодаль трое «найденышей», накрыв головы талесами, клали земные поклоны. Доносились истовые, сочные удары лбов о палубу.

— Ничего смешного, дурачье, — процедил Магеллан. — Тут за версту Охранкой несет. Этот их Мануйла на Гороховой жалованье получает, у меня нюх верный. Взять бы его, паскуду, за ноги, да башкой об швартовую тумбу...

Сионисты примолкли, а Пелагии стало жалко «найденышей». Никто их, бедных, не любит, все шпыняют. Просто не найденыши, а сироты какие-то. Кстати, интересно, откуда у них такое странное прозвание?

Подошла, чтобы спросить, но постеснялась — как-никак молятся люди.

И спохватилась, что слишком долго гуляет. Владыка будет недоволен. Надо зайти к нему — показаться, доброго вечера пожелать, а после к себе, во второй класс. Книжку почитать, к уроку подготовиться. Завтра-то ведь уже дома.

Спустилась по лесенке на каютную палубу.

Стеклянный глаз

Над Рекой, над залитыми водой берегами, над туманом, должно быть, пламенела заря — во всяком случае, впереди мгла была слегка окрашена розовым. Привлеченная этим магическим свечением, Пелагия прошла на нос парохода. Вдруг ветер хоть на минутку пробьет брешь в опостылевшей завесе, и можно будет полюбоваться предвечерним окрасом неба?

Ветер на носу и в самом деле дул, но не достаточно сильный, чтобы расчистить путь закату. Пелагия хотела повернуть обратно, но вдруг заметила, что она здесь не одна.

Впереди на плетеном стуле сидел какой-то человек, закинув длинные ноги в высоких сапогах на перила. Видно было прямую спину, широкие плечи, картуз с горбатой тульей. Мужчина затянулся папиросой, выпустил облачко дыма, моментально растворившееся в тумане.

И вдруг обернулся — резко, с кошачьей стремительностью. Должно быть, услышал дыхание или шелест подрясника.

На Пелагию смотрело узкое треугольное лицо с остроконечными, торчащими в стороны усами. Во взгляде незнакомца монашке почудилось что-то странное: вроде бы человек смотрел на нее, а вроде бы и не совсем.

Смутившись, что потревожила одиночество курильщика, она пробормотала:

— Прошу извинить...

Еще и неловко поклонилась, что уже было и лишним. Тем более что ответной учтивости от усатого не последовало.

Совсем напротив — он вдруг взял и выкинул штуку: осклабился во все десны, поднес руку к глазнице и — о ужас — вытащил левое око!

Пелагия вскрикнула и отшатнулась, увидев на ладони блестящий шарик с радужным кружком и черной точкой зрачка, и лишь потом сообразила, что глаз стеклянный.

Проказник сухо хохотнул, довольный эффектом. Глумливым скрипучим голосом сказал:

— Экая фря, а еще монашка. Грешно, матушка, воротить нос от калеки убогого.

Какой неприятный человек, подумала сестра, отвернувшись, и поспешила ретироваться. Если хочет, чтобы никто не нарушал его уединения, можно бы дать это понять и поделикатнее.

Шла вдоль борта, вела сражение с бесом обиды. Одолела рогатого быстро, без большого усилия — приучилась за годы монашества.

Впереди, примерно там, где полагалось быть каюте Митрофания, колыхалось что-то белое, непонятное.

Когда подошла поближе, увидела: это полощутся занавески — не в архиереевой каюте, а в соседней, где путешествует пресловутый пророк. Верно, открыл окно, да и забыл. А сам вышел или заснул.

Ужасно захотелось хоть глазком посмотреть на обиталище шарлатана. Если просто мимо пройти и совсем чуть-чуть скоситься, ведь это ничего?

На всякий случай оглянулась, убедилась, что вокруг ни души, и замедлила шаг, чтоб было время скоситься поосновательней.

У Мануйлы горела лампа — очень кстати.

Пелагия чинно дошествовала до окошка, нацелила боковое зрение вправо и чуть не споткнулась.

Пророк был у себя и, кажется, спал, но не на диване, как обыкновенный человек, а на полу, раскинув руки крестом. Это что же у них, «найденышей», так заведено? Или у Мануйлы специальный обет?

Монахиня сделала шажок поближе к окну, приподнялась на цыпочки.

Вот диво — на лице у спящего, в глазных впадинах, белели два яйца. Пелагия прижала перемычку очков к носу, да еще и прищурилась, чтобы получше разглядеть этакую странность.

Секунду спустя зрение приспособилось к тусклому каютному освещению, и стало видно: никакие это не яйца, а нечто настолько ужасное, что рот Пелагии разинулся сам собой — намеревался произнести краткое, достойное монахини восклицание «о, Господи!», но вместо этого исторг постыднейший бабий визг.

II

РЕШАЕМ РЕБУСЫ

Как правильно фотографировать трупы

— Правую руку крупным планом, — приказал следователь Долинин полицейскому фотографу, одновременно маня Пелагию пальцем. — Полюбуйтесь, сестра, на нынешних пророков. Уже дух из него вон, а всё за деньги хватался.

Пелагия подошла, перекрестилась.

Смерть Мануйлы была до невозможности безобразна. Кто-то проломил горе-пророку затылок ударом необыкновенной силы, от которого глазные яблоки выскочили из орбит. Их-то монашка в полумраке и приняла за куриные яйца.

Частицы мозга и костяная крошка были и на подушке, и на ковре. А еще смотреть на труп было мучительно из-за того, что ночная рубаха на покойнике задралась, обнажив бледный волосатый живот и срамное место, до которого, впрочем, черница постаралась взглядом не спускаться. В скрюченных пальцах Мануйлы был зажат обрывок сторублевой кредитки.

Ослепительно вспыхнул магний, но следователь остался недоволен.

— Нет-нет, милейший. Магний надо сыпать с обеих сторон от аппарата, не то будут тени. Да не кучкой, не кучкой, а полоской — дольше гореть будет. Штатива для вертикальной съемки у вас, конечно, нет? Ох, провинция-матушка...

Судебный врач вертел мертвую голову, держа ее за волосы.

— Удар-то каков! — Поковырял пальцем аккуратную дырку размером с серебряный рубль. — Что за сила, что за резкость! Будто шрапнельная пуля вошла. Проникание чуть не до третьего желудочка, а контур правильный, овальный, и края ровные. Никогда такой травмы не видел, даже в учебнике.

— Да-с, необычно, — согласился Долинин, нагибаясь. — Молотком, что ли? Только силища какая-то сатанинская. Чтобы глазные яблоки вылетели из орбит — это, скажу я вам...

В каюте сыро пахло подсыхающей кровью, Пелагию подташнивало. Хуже всего было то, что скверный запах мешался с ароматом кёльнской воды, которой несло от капитана «Севрюги». Тот присутствовал при осмотре по долгу службы, но стоял скромно, в сторонке, под ногами у специалистов не путался.

Сестра закрыла глаза, борясь с дурнотой. Нет на свете зрелища более страшного и удручающего, чем лишенное достоинства, осрамленное таинство смерти. Да еще эта замусоленная купюра...

— На детородном органе следы обрезания, сравнительно недавние, — сообщил доктор, продолжая осмотр. — Шрам еще багровый. Пожалуй, месяцев семь-восемь, вряд ли больше.

Дождавшись, когда врач и фотограф закончат свое дело и отойдут от покойника, Пелагия испросила у следователя разрешения прочесть молитву. Опустилась на колени и первым делом прикрыла мертвому наготу. Потом потянула из безжизненной руки суетный клочок бумаги. Ожидала, что закоченевшие пальцы не пожелают расставаться со своей собственностью, но обрывок вынулся на удивление легко.

Передавая улику следователю, Пелагия сказала:

— Странно. Это что же, он так и спал, сжимая в руках деньги? Или, будучи с уже проломленной головой, пытался вырвать их из рук злодея?

Долинин мгновение молчал, с интересом глядя на очкастую черницу. Потом хмыкнул, почесал переносицу над дужкой пенсне.

— В самом деле. Мерси за наблюдательность. Согласно показаниям Мануйлиных спутников, деньги — или, как они выражаются, «казна» — находились в ларце под подушкой... Ларец, понятное дело, отсутствует. Хм. С раскромсанной «до третьего желудочка» башкой хватать убийцу за руки? Чудеса. Запишем в раздел «ребусы».

И в самом деле записал что-то в кожаную книжечку. Пелагии это понравилось: человек не торопится с заключениями.

Долинин ей вообще нравился, потому что работал с толком, обстоятельно — сразу видно, человек сыскное дело знает и любит.

Можно сказать, повезло пророку Мануйле со следователем.

Дело мастера боится

Сначала-то складывалось совсем по-другому.

На крики монахини к каютному окну сбежались люди, заохали, заужасались. Еще больше шума произвели «найденыши». Узнав, что их предводитель убит, стали вопить, причитать:

— Мамоньки! Беда! Азохнвей! Караул! Элоим! — А чаще всего повторялось слово: — Казна! Казна!

Появился капитан и вместо того, чтобы восстановить порядок, устроил вовсе светопреставление — то ли с перепугу, то ли вследствие некоторой нетрезвости.

Пароходный начальник преобразился в мечущего молнии Зевса. Перед злосчастной каютой и под ее окном установил караулы из матросов, вооруженных пожарным инвентарем. Пассажирам первого и второго классов велел сидеть по каютам и не казать оттуда носа; всех палубных согнал на ют и поместил под охрану двух чумазых кочегаров с лопатами в руках. Сам же надел парадный белый китель, сбоку привесил огромный револьвер, а для истребления винного запаха вылил на себя целый флакон одеколона.

Усть-Свияжскую пристань «Севрюга», вопреки расписанию, прошла без остановки и бросила якорь лишь возле уездного города. Встала на отдалении от причала. К властям был командирован первый помощник — на шлюпке.

Час спустя пассажиры кают, расположенных по правому борту, увидели, как из клубящегося над водой вечернего тумана выплывает лодка, вся набитая людьми, по большей части в мундирах, но были и статские.

Производить дознание пожаловал не какой-нибудь там околоточный и даже не пристав. То есть, разумеется, были среди прибывших и пристав, и прочие чины, включая даже начальника уездной полиции, но главной персоной оказались не они, а сухощавый господин в цивильном. Его умные, цепкие глаза холодно поблескивали сквозь пенсне, узкая рука то и дело поглаживала бородку клином. На лацкане сюртука поблескивал университетский значок.

Штатский оказался большущим начальником, членом Совета министерства внутренних дел. Звали его Сергей Сергеевич Долинин. После через местных полицейских чинов выяснилось, что его превосходительство разъезжал по Казанской губернии с важной инспекционной поездкой. Узнав же об убийстве, приключившемся на пароходе товарищества «Норд», пожелал лично возглавить дознание.

Сам Сергей Сергеевич в беседе с преосвященным Митрофанием (которого счел долгом навестить сразу же, как только обнаружил в списке пассажиров столь значительную персону) пояснил свое рвение особенным значением личности убитого:

— Очень уж скандальной особой был господин Мануйла. Смею вас уверить, владыко, что шума и треска будет на всю Россию. Если, конечно... — тут Долинин запнулся и, кажется, чего-то недоговорил. В каком значении «если», осталось непонятным.

Пелагии, находившейся при Митрофании, почудилось, что при упоминании о «всероссийском треске» серые глаза следователя блеснули. Что ж, честолюбие — для служивого человека грех извинительный и, возможно, даже вовсе не грех, ибо способствует усердию.

Очень вероятно, что визит Сергея Сергеевича к архиерею был нанесен не из вежливости, а совсем по иной причине, практического свойства. Во всяком случае, едва покончив с изъявлениями почтительности, Долинин обернулся к Пелагии и деловито сказал:

— Вы, должно быть, и есть та монахиня, что обнаружила тело? Превосходно. С позволения его преосвященства [короткий поклон в сторону Митрофания] вынужден просить вас, сестра, проследовать со мной к месту злодеяния.

Вот и вышло, что Пелагия в числе немногих оказалась в тошнотворной каюте, пропахшей кровью и цветочным одеколоном.

Если б не этот запах, если б не присутствие обезображенного тела, наблюдать за спорой, профессиональной работой Сергея Сергеевича было бы сплошным удовольствием.

Начал он с того, что быстро набросал в блокноте план каюты, при этом всё время расспрашивая сестру:

— Угол ковра был загнут? Вы уверены? Окно было приподнято именно досюда? Уверены? Покрывало лежало на полу?

Определенностью ответов остался доволен, даже похвалил:

— Вы редкая свидетельница. Отличная зрительная память.

Заглянув в рисунок следователя, выглядевший довольно необычно, Пелагия, в свою очередь, тоже спросила:

— Что это такое?

— Это называется «кроки», — ответил Долинин, быстро чертя карандашом. — Схема места преступления. Вот здесь масштаб, в метрах. Буквы — обозначение сторон света, это обязательно. Поскольку тут корабль, роль севера исполняет нос («Н»), а вместо востока — стардек («С»), правый борт.

— Знаете, — сказала Пелагия, — стул стоял не так. Когда я заглянула в каюту, он был вон там. — Она показала, как стоял стул. — И бумаги на столе лежали ровной стопкой, а теперь они рассыпаны.

Сергей Сергеевич повертел головой вправо-влево и ткнул пальцем в капитана:

— Вы насвоевольничали, любезнейший?

Тот сглотнул, виновато развел руками.

Перебрав рассыпанные по столу листки, следователь взял один, исписанный корявыми печатными буквами. Прочел:

— «Барух ата Адонай Элохейну мелех ха-олам...» — Отложил. — Это какая-то еврейская молитва.

Пелагия, несколько воспрявшая духом после прикрытия наготы покойника, продолжала осматриваться.

Самой было удивительно, сколько всего она запомнила в краткие мгновения перед тем, как завизжать.

— А еще вот этой трубки здесь не было, — показала она на пенковую трубку, лежавшую на ковре.

Рядом с трубкой Долинин уже успел положить карточку с цифрой 8, а само вещественное доказательство зачем-то накрыл перевернутой стеклянной банкой.

— Вы в этом совершенно уверены? — расстроился он.

— Да. Я бы обратила внимание.

— Экая досада. Важнейшую улику мне похерили. А я, дурень, прикрыл, чтобы микроскопические частицы не сдулись.

Сергей Сергеевич подозвал капитана, спросил про трубку.

Тот подтвердил:

— Точно так. Это трубка боцмана Савенки, который со мной заходил, фонарем по углам светил. Не иначе обронил.

— Ай да сестрица, — восхитился Долинин. — Повезло мне с вами. Вы вот что, милая, побудьте-ка здесь еще. Глядишь, еще что-нибудь приметите или вспомните.

И в дальнейшем, размышляя вслух (была у следователя такая привычка), он адресовался только к Пелагии, не удостаивая вниманием прочих присутствующих, в том числе и начальника уездной полиции. Очевидно, обращаться с риторическими вопросами к смышленой монашке Сергею Сергеевичу было интересней или, так сказать, экзотичней.

— Что ж, сестра, теперь осмотрим одежду? — говорил он, перебирая платье убитого: нанковые брюки, жилетку, накидку белого полотна с синей полосой. — Тэк-с. Ярлычка на брюках не имеется. Дрянь брючишки-то, на барахолке куплены. А ехал первым классом и при «казне». Скупенек... Что у нас на рубашке? Есть меточка из прачечной? Как вы полагаете на этот счет, сестрица? ...Правильно полагаете, услугами прачечной наш пророк не пользовался... Сапоги пока отложим, их распарывать надо...

Покончив с одеждой, Долинин осмотрелся по сторонам, сам себе кивнул.

— Ну что ж, в каюте вроде бы всё. Осмотрим периферию. И начнем мы с вами, голубушка, конечно же, со способа проникновения.

Поколдовал у двери, самолично развинтив и вынув замок. Изучил его в лупу.

— Цара-апинки, — промурлыкал Сергей Сергеевич. — Свеженькие. Отмычка? Или новый ключ? Выясним-с.

Потом переместился к окошку. Что-то его там заинтересовало: влез коленями на столик, перегнулся.

Протянул руку назад, нетерпеливо пощелкал пальцами:

— Фонарь сюда, фонарь!

К нему кинулись сразу двое — капитан и начальник полиции. Первый тянул керосиновую лампу, второй — электрический фонарик.

Долинин отдал предпочтение прогрессу.

Светя электрическим лучом на паз рамы, протянул:

— Ца-апочкой поработали. Ясно-с. Вот вам, сестрица, и разгадка нашего ребуса. Взгляните-ка.

Пелагия взглянула, но ничего особенного не увидела.

— Ну как же? — удивился Сергей Сергеевич. — Винты-то откручены. И следы масла. «Разинец» потрудился, их почерк.

И тут же объяснил Пелагии, кто такие «разинцы». А она, хоть и приречная жительница, о таковых знать не знала.

— Картина проясняется, — с довольным видом объявил следователь. — Дело мастера боится. Мануйла проснулся, когда вор уже вынул из-под него шкатулку. Завязалась борьба. «Разинцы» обычно не мокрушничают, но этот, должно быть, ошалел от больших денег. Или перепугался. Вот и стукнул.

Стук-стук, донеслось от двери. Просунулась голова в фуражке.

— Ваше превосходительство, вот, на палубе нашли. У борта.

Сергей Сергеевич взял у полицейского холщовый мешок на рваной веревке, порылся там. Достал очки в золотой оправе, фарфоровую курительную трубку, портновский метр, каучуковый мячик. Лоб следователя пополз было недоуменными складками, но почти сразу же разгладился.

— Это же «тыльник»! — воскликнул мастер сыска. — Мешок, куда «разинцы» складывают добычу. Вот вам и подтверждение моей гипотезы!

— Зачем тогда вор его бросил? — спросила Пелагия.

Долинин пожал плечами:

— К чему «разинцу» эта дребедень, если он добыл настоящий хабар? Сорвал с плеча, чтоб не мешался, и выкинул. Да и не в себе был после убийства. Без привычки-то.

Всё сходилось. Пелагия была впечатлена сметливостью петербуржца, однако ее мысль уже поспешала дальше.

— Как вычислить, кто из пассажиров — «разинец»? У них есть какие-то особые приметы?

Сергей Сергеевич снисходительно улыбнулся.

— Если «разинец», а это беспременно «разинец», то его давным-давно след простыл.

— Куда ж он мог деться? С парохода никого не выпускали. «Севрюга» ведь к берегу не причаливала.

— Ну и что? «Разинцу» холодная вода нипочем, они как водяные крысы плавают. Соскользнул по якорной цепи в воду, да и был таков. Или еще раньше спрыгнул, сразу после убийства. Ничего-с. Дайте срок. Дальнейшее, сестрица, вопрос времени. Пошлю запрос по всем приречным управлениям. Отыщем как миленького... Что это вы там разглядываете?

Слушая Долинина, монахиня подошла к дивану и осторожно потрогала подушку.

— Не получается, — молвила она, наклоняясь к наволочке. — Никак не получается.

— Да что не получается-то? — подошел к ней следователь. — Ну-ка, ну-ка, выкладывайте.

— Ваша разгадка «ребуса» не годится. Не было никакой борьбы, и за руки убийцу жертва не хватала. Его на постели убили. Смотрите, — показала Пелагия, — на подушке отпечаток лица. Значит, в момент удара Мануйла лежал ничком. А вокруг капли крови, овальные. Стало быть, они капали сверху вниз. Если бы он дернулся, поднял голову, то капли были бы косые.

Сергей Сергеевич сконфуженно пробормотал:

— А ведь верно... Да и потеки крови на лице имеют направленность от затылка к носу. Вы правы. Каюсь, снебрежничал. Но позвольте, как же тогда труп оказался на полу, да еще в этакой позе?

— Убийца сволок его с дивана. Задрал рубашку и сунул в руку обрывок сторублевки. Это единственное возможное объяснение. Зачем он это сделал — предполагать не берусь.

Следователь озадаченно уставился на инокиню, немного помолчал и затряс головой.

— Ерунда какая-то. Нет-нет, сестра, вы ошибаетесь. Я думаю, дело было иначе. Вы не представляете, до чего живучи так называемые «пророки» и «старцы». В них таится поистине бесовская энергия, и умертвить этих одержимых куда как непросто. Помню, был у меня случай, еще в бытность судебным следователем. Вел я дело об убийстве некоего скопческого пророка. Ему духовные сыновья топором голову почти начисто оттяпали, на одном лоскуте кожи висела. Так пророк, представляете, еще с минуту бегал по комнате и махал руками. Кровь из него хлещет фонтаном, башка вроде заплечного мешка болтается, а он бегает. Каково? Вот и с Мануйлой нашим, должно быть, то же было. «Разинец» решил, что убил его, встал посреди каюты, начал купюры считать. А покойник вдруг очнулся, да и бросился деньги назад отбирать.

— С этакой пробоиной? При поврежденном мозжечке? — усомнился врач. — А впрочем, чего только не бывает... Физиология премортемных конвульсий слишком мало изучена наукой.

Пелагия спорить не стала — версия Сергея Сергеевича выглядела убедительней, чем ее собственная. Выходило, что этот «ребус» все-таки решен.

Но вскорости обнаружились и другие.

Пассажир из тринадцатой

— Как хотите, но рубаху мертвому он все равно задрал, — сказала Пелагия. — Вы обратили внимание на складки? Они пролегли к груди в виде буквы V. При падении так не получилось бы.

— В самом деле? — Долинин посмотрел на мертвое тело, но заботами благонравной инокини рубаха была одернута, так что никаких складок не осталось.

Сестру это не сбило.

— Потом посмотрите, на фотографических снимках. Получается, что убийца вовсе не был в ужасе от содеянного, а хотел именно поглумиться... Для такого поступка нужен особенный склад личности.

Сергей Сергеевич посмотрел дотошной свидетельнице в глаза с чрезвычайным вниманием.

— Я чувствую, что вы говорите это неспроста. Имеете основания кого-то подозревать?

Проницательность следователя заставила сестру опустить взгляд. Оснований для подозрения у нее никаких не было, да и быть не могло. Но безобразная проделка с осрамлением мертвого тела, а пуще того вылезшие из орбит глазные яблоки напомнили ей другую выходку, похожего свойства. Сказать или нехорошо?

— Ну же, — поторопил Долинин.

— Не то чтобы подозрение... — замялась монашка. — Просто здесь путешествует некий господин... Такой длинный, усатый, в ботфортах. У него еще глаз стеклянный... Узнать бы, что за человек...

Следователь глядел на Пелагию исподлобья, набычившись, словно пытался прочесть по ее лицу недосказанное.

— Рослый, длинноусый, в ботфортах, с искусственным глазом? — повторил он приметы и обернулся к капитану. — Есть такой?

— Так точно, в каюте номер тринадцать. Господин Остролыженский, имеет билет от Нижнего до Казани.

— В тринадцатой?

Долинин стремительно развернулся и вышел.

Оставшиеся переглянулись, но от обмена мнениями воздержались.

Капитан налил из графина воды, протер платком край стакана, стал жадно пить. Потом налил себе еще. Пелагия, начальник полиции, врач и фотограф смотрели, как над воротником белого кителя дергается кадык.

Ах, как нехорошо, терзалась Пелагия. Ни за что ни про что бросила тень на человека...

Едва капитан расправился со вторым стаканом и принялся за третий, дверь резко распахнулась.

— Вы велели всем пассажирам сидеть по каютам? — с порога бросил Долинин капитану.

— Да.

— Тогда почему тринадцатая пуста?

— Как пуста? Я собственными глазами видел, как господин Остролыженский туда входил! И предупредил его до особого распоряжения никуда не отлучаться!

— «Предупредил»! Нужно было в коридоре матроса поставить!

— Но это совершенно невозможно! Позвольте, я...

Капитан бросился к двери.

— Не трудитесь, — брезгливо поморщился Сергей Сергеевич. — Я только что там был. Багаж на месте, а пассажира нет. Входить и трогать что-либо запрещаю. У двери я поставил полицейского урядника.

— Ничего не понимаю... — развел руками капитан.

— Обыскать пароход! — приказал хмуро-сосредоточенный Долинин. — От трубы до угольной ямы! Живо!

Капитан и начальник полиции выбежали в коридор, а следователь уже совсем другим тоном, как равный равной, сказал монахине:

— Исчез ваш Стеклянный Глаз. Вот вам, мадемуазель Пелагия, ребус номер два.

На ироническое «мадемуазель» сестра не обиделась, потому что поняла — вольное обращение не для насмешки, а в знак симпатии.

— Этот не «разинец», — задумчиво произнес следователь. — Те никогда билетов не берут, да еще первого класса. Пожалуй, «фартовый». Их повадка.

— «Фартовый» — это бандит?

— Да, из какой-нибудь почтенной речной шайки. А то и залетный, среди них одинокие волки не редкость.

Подозрительное исчезновение одноглазого избавило Пелагию от чувства виноватости, она осмелела:

— Вы знаете, тот человек действительно был похож на разбойника. Только не мелкого хищника, даже не волка, а какого-нибудь тигра или леопарда.

Сказала — и застеснялась ненужной цветистости. Поэтому перешла на тон сухой, деловитый:

— Я вот чего не пойму. Если убийство совершил бандит высокого класса, то как быть с мешком, с этим, как его, «тыльником»? Зачем такому человеку мелкие кражи?

— Ребус, — признал Долинин. — Несомненный ребус.

И сделал запись в блокноте.

Полистал исписанные, изрисованные странички. Стал резюмировать.

— С первичным дознанием вроде бы всё. Итак. Благодаря вам, милая сестрица, у нас появился главный подозреваемый. Приметы известны (я после запишу с ваших слов поподробнее), имя тоже. Хотя имя скорее всего фальшивое. Теперь нужно разобраться с жертвой.

Долинин наклонился над трупом, недовольно поморщился.

— Ишь как ему физиономию-то перекосило. Будет сложность с опознанием.

— Зачем же его опознавать? — удивилась монахиня. — Ведь он путешествовал не один, а со спутниками. Они и опознают.

Взглянув на врача и фотографа, прислушивавшихся к разговору, Сергей Сергеевич сказал:

— Доктор, идите в капитанскую каюту и напишите отчет. Кратко, но не упуская существенного. Вас же [это уже фотографу] попрошу сходить к боцману и принести моток бечевки. Еще попросите нож — канатный, боцман знает.

И лишь оставшись с Пелагией наедине, ответил на вопрос, причем снизил голос до доверительной приглушенности:

— Знаете, мадемуазель, почему я кинулся сам расследовать это убийство?

Вопрос был явно риторический, и, выдержав положенную по сценическим законам паузу, Долинин наверняка ответил бы на него сам, однако монахиня, которой умный следователь нравился всё больше и больше, позволила себе вольность (раз уж не «сестрица», а «мадемуазель»):

— Полагаю, вам прискучила ваша инспекция, захотелось вернуться к живому делу.

Сергей Сергеевич коротко рассмеялся, отчего сухое, желчное лицо смягчилось и помолодело.

— Это, положим, верно и лишний раз заставляет меня восхититься вашей проницательностью. Я, знаете ли, и вправду никак не привыкну к административной деятельности. Коллеги завидуют: такой карьерный взлет, в сорок лет генеральский чин, член министерского совета, а меня всё ностальгия мучает по прежнему занятию. Я ведь еще год назад следователем был, по особо важным. И, смею уверить, недурным следователем.

— Это видно. Должно быть, начальство отметило вас за отличную службу повышением?

— Если бы. — Долинин усмехнулся. — Следователь, будь он хоть семи пядей во лбу, протри он хоть тысячу брюк на коленках да в придачу тысячу сюртуков на локтях, на этакие высоты нипочем не вознесется. Большие карьеры не так делаются.

— А как?

— Бумажным образом, дорогая сестрица. Бумага — вот ковер-самолет, на котором в нашей державе единственно и можно воспарить к горним высям. Я, когда за перо брался, о карьере, честно говоря, и не помышлял. Наоборот, думал — не поперли бы взашей за такую дерзость. Но сил больше не было смотреть на азиатчину в нашем следовательском деле. Написал проект реформы, разослал высшим лицам государства, которым доверено руководить охраной законности. Решил, будь что будет. Стал уже себе другую службу подыскивать, по адвокатской части. И вдруг вызывают раба Божьего на самый Олимп. Молодец, говорят. Такого, как ты, давно ждем. — Долинин комично поднял руки, словно капитулируя перед непредсказуемостью капризницы судьбы. — Мне же и поручили подготовить реформу, которая призвана урегулировать взаимодействие органов полицейского дознания и судебного следствия. Что называется, сам напросился. Теперь вот, подобно Вечному Жиду, скитаюсь по городам и весям. Наурегулировался так, что хоть волком вой. Однако вы, мадемуазель Пелагия, не думайте, что Долинин взял да и удрал со скучного урока, как гимназист. Нет, я человек ответственный, мальчишеским порывам не подвержен. Видите ли, с этим Мануйлой-пророком дело особенное. Его ведь уже второй раз убивают.

— Как так?! — ахнула Пелагия.

Заколдованный Мануйла

— А вот так. Этого субъекта многие терпеть не могут.

Сестра кивнула:

— Это я уже поняла.

— Первый раз Мануйлу убили три недели назад, в Тверской губернии.

— Простите, я что-то не...

Долинин махнул: мол, вы не перебивайте, слушайте.

— Убитый оказался мещанином Петровым или Михайловым, сейчас не помню. «Найденыш», последователь Мануйлы, и внешне на него похож. Отсюда и слухи о Мануйлином бессмертии.

— А вдруг это тоже не тот? — показала Пелагия на мертвеца.

— Резонный вопрос. Очень хотелось бы выяснить. Приметы, сколько я помню, сходятся. Жаль только, фотокарточкой пророка мы не располагаем. Судимостей Мануйла не имел, так что у нашего ведомства не было повода запечатлеть его прелестные черты. А спутники — что спутники. Я их велел пока запереть в каптерке, да только что от них, малахольных, толку? Они и соврать могут. А могут и сами заблуждаться насчет личности покойника.

— Какая удивительная история!

— Да уж... Не только удивительная, но, что более существенно, политическая. — Сергей Сергеевич посерьезнел. — Убийство пророка, особенно «бессмертного», это дело государственное. Во всех газетах прогремит, и не только российских. Тем более необходимо установить — Мануйла это или опять двойник.

Тут вернулся фотограф с бечевкой и коротким, очень острым ножом.

Кликнув из коридора полицейских, следователь отдал странное, даже кощунственное распоряжение:

— Этого [кивок в сторону покойника] одеть, усадить на стул, привязать бечевкой. Живо! — прикрикнул Долинин на заробевших служивых, а монашке пояснил. — Нужно привести труп в опознаваемое состояние. Новая метода, моего собственного изобретения.

Пока полицейские, кряхтя, просовывали еще не утратившие гибкости члены мертвеца в штанины и рукава, Долинин очень ловко отпорол ножом подметки на пророковых сапогах, взрезал голенища.

— Тэк-с, — довольно молвил он, вытягивая из распоротой кожи какие-то бумаги. Мельком проглядел их, слегка пожал плечами. Наперснице показывать не стал, а попросить Пелагия сочла неудобным, хоть и было очень любопытно.

— Посадили? — обернулся Сергей Сергеевич к полицейским. — Глаза-то, глаза. Фу ты, черт.

Сестра неосторожно взглянула — и тут же зажмурилась. Глазные яблоки свисали на щеки мертвеца, и смотреть на эту картину не было никакой человеческой возможности.

— Резиновую перчатку из моего чемоданчика, — послышался деловитый голос следователя. — Вот та-ак. Отлично, глазенапы встали. Вату. Нет-нет, два маленьких комочка и немножко раскатайте... Под веки ее, под веки. Открылись, очень хорошо... Эх, роговица подсохла, тусклая. У меня там пузырек с нитроглицерином и шприц, дайте-ка... В правый... В левый... Угу. Расчешем волосы... Теперь мокрым полотенцем... Готово. Открывайте глаза, мадемуазель, не бойтесь!

Пелагия осторожно, заранее скривившись, взглянула на покойника и обомлела.

На стуле — правда, в несколько принужденной позе и свесив голову набок — сидел костлявый бородатый мужик совершенно живого вида и смотрел на нее сосредоточенными, блестящими глазами. Был он в рубахе и жилетке, брюках. Борода и длинные волосы аккуратно расчесаны.

Внезапное воскрешение усопшего было настолько неожиданным, что сестра попятилась.

Сергей Сергеевич довольно рассмеялся:

— Ну вот, теперь можно мсье Шелухина и сфотографировать.

— Как вы его назвали? — переспросила Пелагия.

— Как в паспорте написано. — Следователь прочитал по извлеченной из голенища бумаге. — Петр Савельев Шелухин, 38 лет от роду, православного вероисповедания, крестьянин деревни Строгановки Старицкой волости Городецкого уезда Заволжской губернии.

— Это же у нас! — ахнула сестра.

— А я слышал, что Мануйла родом из Вятской губернии. Во всяком случае, начинал проповедовать он именно там. «Найденыши», впрочем, уверены, что их пророк родился в Святой Земле и вскорости отбудет обратно. Собственно, Шелухин и в самом деле имел билет до Яффы...

Зашипев, вспыхнул магний.

— Еще разок анфас. Потом в три четверти справа и слева. И оба профиля, — распорядился Долинин. Скептически поглядел на прибранного покойника, вздохнул. — Рост выше среднего, черты лица обыкновенные, волосы русые, глаза голубые, сложение худощавое, особых примет не имеется. Так выглядит по меньшей мере треть российских мужичков. Нет, господа, это никуда не годится. Мне нужна стопроцентная ясность...

Он нахмурил лоб, прикидывая что-то. Подергал себя за клинышек бородки. Решительно тряхнул головой.

— Сестра, отсюда до Заволжска плыть часов двенадцать, так? А сколько оттуда до Городца?

— Два дня по рекам. Но Городецкий уезд широкий, а Строгановка — это у самых Уральских гор. Туда надо лесом добираться, глухой чащей. Путь трудный, неблизкий. Я раз была в тех краях, с владыкой. По раскольничьим скитам ездили, уговаривали тамошних сидельцев властей не бояться...

— Поеду, — объявил Сергей Сергеевич, и его глаза сверкнули азартом. — Дело-то и в самом деле общественного значения. Чтоб Долинин, оказавшись на месте преступления, не дорылся до сути? Исключено. Пошлю министру телеграмму: в связи с чрезвычайными обстоятельствами инспекционная поездка прерывается. Он только рад будет, что я оказался в нужном месте и в нужное время.

III

СТРУК

Сама напросилась

На третий день пути выгрузились с баржи, заночевали в большом староверческом селе Городец, где бабы в белых платках, завидев рясофорную Пелагию, плевали через левое плечо. Дальше тронулись сухопутным ходом, через Лес.

Он никак не назывался — просто «Лес», и всё. Сначала лиственный, потом смешанный, затем почти сплошь хвойный, Лес тянулся на сотню верст до Уральского Камня, переползал через горы и за ними, выйдя на простор, растекался на всё невообразимо огромное пространство до самого Тихого океана, простроченный швами темных, широких рек, многие из которых тоже не имели имени, ибо где ж придумать такое количество имен, да и кому?

В Заволжье, у западной своей оконечности, Лес еще не вошел в полную силу, но даже и на сем мелководье отличался от европейских собратьев, как океанская волна отличается от озерной — особенной мощью и неспешностью дыхания, а еще абсолютным презрением к человеческому присутствию.

Дорога только по первости прикидывалась пристойным проселком, но уже на десятой версте оставила всякие претензии на разъезженность, усохла до размеров обычной тропинки.

Через час-другой тряски по поросшей весенней травкой колее, в которой тускло блестела черная вода, трудно было поверить, что на свете существуют города, степи, пустыни, открытое небо, яркое солнце. Там, на воле, уже вовсю царствовало тепло, на лугах желтели одуванчики, звонко жужжали полупроснувшиеся пчелы, а здесь в низинах серели островки снега, в оврагах пенилась талая вода пополам с ледяной крошкой, и лиственные деревья стояли в унылой зимней наготе.

Когда березы и осины сменились елями, стало еще бесприютней, еще темней. Пространство сомкнулось, свет померк, в воздухе появились новые запахи, от которых кожу покалывало мурашками. Пахло диким зверем — нешуточным, чащобным, а кроме того, какой-то неясной, сырой жутью. К ночи тревожный запах усилился, так что лошади жались к костру, боязливо фыркали и прядали ушами.

Пелагии поневоле припомнились заволжские сказания о всякой лесной нечисти: про медведя Бабая, что забирает девок себе в невесты, про Лису Лизуху, которая прикидывается красной девицей, навсегда уманивает парней и даже семейных мужиков. Страшней же всех по заволжским поверьям был человековолк Струк, огненны глазищи, кованы зубищи, которым пугают детей, чтоб далеко в лес не забредали. Из пасти у Струка шибают огонь и дым, бегать он не бегает, а скачет по верхушкам деревьев навроде рыси, если же сорвется и ударится о землю, то оборачивается лихим молодцем в сером кафтане. Не дай Боже такого мышастого человека в лесу повстречать.

В городе эти старинные предания казались наивным и симпатичным творением народного вдохновения или, как теперь всё больше говорят, фольклором, но в Лесу, под могильное уханье совы, под недальний вой волчьей стаи, верилось и в Бабая, и в Струка.

И уж совсем никакого сомнения не могло быть в том, что Лес живой, что он прислушивается к тебе, смотрит, и взор этот недобр, даже враждебен. Тяжелый взгляд Леса Пелагия чувствовала спиной, затылком, и подчас так остро, что оглядывалась назад и украдкой крестилась. То-то, поди, страх в чащобе одной оказаться.

По счастью, в Лесу она была не одна.

Снаряженная Сергеем Сергеевичем экспедиция выглядела следующим образом.

Впереди, бойко постукивая посохом, шагал проводник — волостной старшина; за ним — сам Долинин на крепкой соловой лошадке, уступленной высокому гостю городецким исправником; потом труп на телеге (в деревянном ящике, обложенный сеном и кусками льда), при телеге два стражника; замыкала маленький караван крытая парусиной повозка с провизией и багажом. На облучке сидел возница-зытяк, рядом с ним Пелагия, стоически переносившая и тряску на ухабах, и монотонный напев скуластого соседа, и едкий дым его берестяной трубки.

Боязливо поглядывая по сторонам, сестра не переставала сама на себя удивляться. Как это вышло, что она, тихая черница, начальница монастырской школы, оказалась в медвежьем углу, среди чужих людей, сопровождальщицей при трупе скандального лжепророка? Чудны промыслы Твои, Господи. А можно выразиться и по-иному — затмение нашло на инокиню. Заморочил, заколдовал ее энергичный петербургский следователь.

С парохода «Севрюга» сошли в Заволжске.

Никого из пассажиров, включая и «найденышей», Сергей Сергеевич задерживать не стал, поскольку располагал верным подозреваемым — пассажиром из тринадцатой каюты.

Пелагию поразило, что последователи Мануйлы не выразили желания сопровождать тело своего кумира в последнюю дорогу, а отправились себе дальше, в Святую Землю. Комментарий Долинина по сему поводу был таков:

— Неблагодарное занятие — быть пророком. Издох, и всем на тебя наплевать.

— А мне, наоборот, кажется, что этот человек, каким бы он ни был, свое дело сделал, — заступилась за Мануйлу и его убогую паству сестра. — Слово пережило пророка, как тому и надлежит быть. Мануйлы нет, а «найденыши» со своего пути не сбились. Кстати говоря, я не знаю, почему они себя так называют.

— Они говорят, что Мануйла «отыскал» их среди человеков, — объяснил Долинин. — Подобрал из смрада и грязи, запеленал в белые одежды, одарил синей полосой в знак грядущего царствия небесного. Там целая философия, впрочем довольно примитивного свойства. Какие-то обрывки из перевранного Ветхого Завета. А Христа и Евангелия они отвергают, поскольку желают быть евреями. Еще раз говорю, всё это чрезвычайно туманно и неопределенно. Насколько мне известно, Мануйла не очень-то заботился попечением о своих новоявленных «евреях». Задурит голову какой-нибудь простой душе и идет себе дальше, а эти бедолаги сами додумывают, что им теперь делать и как жить. Тут вы, пожалуй, правы. Смерть Мануйлы мало что изменит... Ах, сестрица, — лицо следователя ожесточилось. — Такое уж сейчас время. Ловцы душ вышли на большую охоту. И чем дальше, тем они будут становиться многочисленней, тем обильней будет их жатва. Помните, как у Матфея? «И многие лжепророки восстанут, и прельстят многих».

— «И по причине умножения беззакония во многих охладеет любовь», — продолжила апостолово речение Пелагия.

Долинин вздрогнул и посмотрел на монашку странно, будто слышал эти слова впервые или, может быть, никогда прежде в них не вдумывался.

— Бог с ней, с любовью, — хмуро сказал он. — Души бы от ловцов спасти.

«Без любви?», хотела спросить Пелагия, но не стала, потому что момент для отвлеченных дискуссий был неподходящий. Однако заметку себе сделала: похоже, что с любовной сферой жизни у следственного реформатора не всё благополучно. Интересно, женат ли?

Вслух же заговорила про другое:

— Ничего, что вы всех отпускаете?

— Пусть плывут. В первом же порту на «Севрюгу» сядут несколько агентов уголовной полиции, я распорядился по телеграфу. Не исключаю, что и Остролыженский из какой-нибудь щели вынырнет. Пароход — это ведь не чулан, всех закоулков не осмотришь. Ну а коли наша с вами версия вообще ошибочна и господин Стеклянный Глаз ни при чем...

— Как это «ни при чем»? — вскинулась Пелагия. — Куда же он тогда делся?

— Предположим, убит. И сброшен в воду. Быть может, увидел лишнее. Такие случаи не редкость... Так вот, если убийца не Остролыженский, а кто-то другой, то после моего ухода этот субъект успокоится, поубавит бдительности. Агенты проинструктированы обращать особенное внимание на тех, кто сойдет раньше, чем положено по билету. И вообще на всё мало-мальски подозрительное. До Царицына плыть еще далеко. Если убийца на пароходе, арестовать успеем.

Впечатленная предусмотрительностью следователя, Пелагия примолкла.

— А я тем временем прокачусь до Строгановки и обратно, — продолжил Сергей Сергеевич. — Проверю, что за Шелухин такой. А заодно, может быть, и оттуда какая-нибудь ниточка потянется.

И вдруг, безо всякого перехода и запинки, тем же деловым тоном:

— Милая сестрица, у меня к вам просьба. Странная, даже несуразная. Но мне почему-то кажется, что вы не придете в негодование, а коли повезет, то и согласитесь... — Он кашлянул и выпалил. — Не согласитесь ли составить мне компанию?

— В каком смысле? — не поняла монашка.

— В смысле совместного путешествия в Строгановку. — И Долинин быстро, пока собеседница не сказала «нет», продолжил. — Хоть этот Мануйла и отрекся от отеческой веры, но все равно ведь крещеная душа. Везти тело без духовного лица как-то нехорошо. Дадут мне в сопровождение какого-нибудь кислого чернеца. С вами было бы несравненно приятнее... — Тут Сергей Сергеевич спохватился, что последняя ремарка прозвучала слишком легкомысленно, и поспешил поправиться. — А главное, разумнее. Вы сами говорили, что бывали в этой глухомани. Поможете найти общий язык с тамошними обитателями...

— Я не бывала в Строгановке. Только в Старице, а это полсотни верст в сторону.

— Не важно, все равно тамошние обычаи вам знакомы. Да и боязни перед монахиней у местных будет меньше, чем перед заезжим начальником... И потом, мне показалось, что судьба этого горе-пророка вам небезразлична. Хоть молитву по дороге почитаете о его заблудшей душе... Ну что?

И так посмотрел в глаза, что Пелагия, уже подбиравшая слова для учтивого отказа, дрогнула.

Главное, понимала ведь, что это ее бес тщеславия искушает. Было совершенно ясно, в чем истинная причина «несуразной просьбы» Сергея Сергеевича. Оценил мастер сыска ее проницательность и остроглазие, надеется на помощь в расследовании.

Иной подоплеки, греховно-мирского свойства, Пелагия, будучи особой духовного звания, заподозрить себе не дозволила. Но и тщеславного беса оказалось достаточно.

Не устояла перед соблазном, слабая душа.

Сама виновата, сказала себе порозовевшая от удовольствия Пелагия. Надо было помалкивать, не соваться со своими умозаключениями. А теперь даже странно было бы бросить Сергея Сергеевича посреди расследования.

— Вы только согласие дайте, — тихонько попросил Долинин, видя ее колебания. — С его преосвященством я сам переговорю.

— Нет, — вздохнула Пелагия. — Лучше уж я.

О Женихе Небесном

К нелегкому разговору подготовилась основательно, постаравшись выстроить беседу на излюбленный Митрофанием мужской манер, то есть безо всякой эмоциональности, на одной логике.

Резонов, связанных с пользой следствия, не коснулась вовсе. Главный упор сделала на опасность, которой была чревата затеянная Долининым экспедиция.

— Если подтвердится, что сектантский пророк — уроженец нашей епархии, то-то Константину Петровичу выйдет подарок, — говорила сестра. — Ведь во всех газетах напишут, и про Заволжье непременно помянут. А в Синоде скажут: хорош заволжский архиерей, какого аспида из своего гнезда выпустил. Положение ваше и без того шатко.

— Я за свою кафедру не держусь, — насупился Митрофаний.

— Знаю. Так ведь не в вас дело, а в нас. Кого нам обер-прокурор вместо вас пришлет? Уж верно какого-нибудь своего любимца. Из ярых, из инквизиторов. Тут-то заволжскому миру и покою конец настанет.

И потом еще пространно доказывала, как важно, чтобы при опознании рядом с важным петербургским чиновником присутствовала она, свой для Митрофания человек. На самый худой случай — вовремя предварить о скверном обороте дела. А может быть, и не только для этого, потому что отношения с господином Долининым у нее сложились самые дружеские и очень возможно, что удастся повлиять на содержание и тон реляции, которую следователь пошлет в Петербург.

Владыка внимательно выслушал свою духовную дочь. Покивал, признавая резонность доводов. Потом надолго замолчал. А когда отверз уста, заговорил совсем о другом.

— Может быть, прав Победин — не нужно тебе монахиней быть? — задумчиво сказал преосвященный. — Ты только погоди, не полошись. Мы с тобой много рассуждали о предназначении земной жизни и вроде бы оба согласны в том, что главный долг каждого человека перед Богом — найти себя, собственный путь, прожить свою, а не чужую судьбу. Ты сама же и говорила, что главные беды людского рода оттого, что из тысячи человек девятьсот девяносто девять доживают до смерти, так себя и не поняв, прозанимавшись всю жизнь не своим делом. Я тоже думаю, что Богу ничего иного от нас не нужно — только чтоб всяк свою дорогу отыскал и прошел ее до конца. Взять, к примеру, тебя. Ведь ясно и мне, и тебе, что твое предназначение — человеческие тайны разгадывать. А ты, Пелагия, совсем другим занимаешься. Пускай монашеское дело наидостойнейшее — Господа о грешниках молить, но разве не получается, что ты на себя грех берешь? Прожить *не свою* жизнь, отринуть талант, пренебречь этим Божьим даром — грех наитягчайший, печальнейшее из всех преступлений, какие только может совершить человек против себя и Господа. Понимаешь, о чем я толкую?

— Понимаю, — ответила сестра задрожавшим голосом. — Вы хотите сказать, что у меня нет таланта к монашескому служению и что мое место не в келье, а в миру. Там от меня людям и Господу будет больше пользы.

Она опустила голову, чтобы владыка не увидал навернувшиеся слезы. Разговор перекашивался с мужской манеры на женскую, предвещающую плач и мольбы.

— Очень возможно, владыко, что так оно и есть. Но неужто забыли вы [здесь Пелагия подняла лицо и посмотрела на Митрофания ярко заблестевшими глазами], что я к монашеству не от благочестия пришла и не от духовной силы, а от самого края бездны? Даже не от края, а из самой бездны, куда неудержимо падала и уже готова была...

Голос монахини сорвался, она не смогла закончить фразы.

Увы, логическая беседа была бесславно провалена.

— Помню, — сказал архиерей. — Ты была в горе, в самогубительном отчаянии.

— Но мне повезло. Господь послал мне вас. И вы сказали: «Единственное твое спасение, если не хочешь навеки истребить свою душу, — прилепиться к Жениху Небесному, который никогда тебя не оставит, потому что он бессмертен».

— И это помню.

— Я послушалась вас. Я дала обет верности — Ему. Что же теперь, нарушить? Лишь из-за того, что у меня ловко получается расследовать земные секреты?

— Иисус поймет и простит.

— Он-то, конечно, поймет. Да только я с Ним так поступить не могу. Ведь я Христова невеста, я должна Ему служить.

— Христу можно и в миру служить, не хуже, чем в монастыре. Даже еще и лучше.

— Можно, но не в полную силу. Потому что придется себя делить между делами земными и Вечной Любовью. — Пелагия вытерла глаза платком и закончила твердо, уже безо всякого слезного дрожания. — Я обещала вам и снова повторю: никаких расследований больше не будет. Да тут моя ловкость и не понадобится. Господин Долинин сыщик от Бога, не мне чета.

Митрофаний посмотрел на свою рыжую наперсницу недоверчиво, тяжко повздыхал, но больше не перечил.

Отпустил.

Рассказ рогоносца

Известие о том, что преосвященный благословил Пелагию на поездку, не вызвало у Долинина ожидавшегося воодушевления. Он лишь кивнул, как бы принимая сообщение к сведению, и ничего не сказал, да еще нервно дернул углом рта. Всетаки не без странностей был господин.

И в дороге держался с подчеркнутой отстраненностью. Не шутил, в разговоры не вступал, ограничивался самой необходимой вежливостью. Будто подменили Сергея Сергеевича.

Монахиня вначале была в недоумении, тревожилась, не обидела ли его каким-нибудь неведомым образом, но после смирилась — списала угрюмость следователя на ипохондрический склад натуры.

Пока плыли на барже — сначала по притоку Реки, потом по притоку притока, — Долинин всё просматривал свой блокнот и писал какие-то письма или реляции. Пелагия ему не докучала. Вязала из собачьей шерсти жилетку для Митрофания, читала прихваченные в дорогу «Жизнеописания святых угодниц новейшего времени», а то и просто взирала на проплывающие мимо берега. Но когда пересела с баржи на повозку, два первых занятия стали невозможны вследствие тряски, а третье утратило смысл из-за ограниченности обзора: куда ни посмотришь, одни деревья.

По въезде в Лес Сергей Сергеевич первые полдня вел себя по-прежнему, держал дистанцию. Время от времени, правда, оборачивался в седле, будто проверяя, на месте ли монашка, не исчезла ли с облучка.

На обеденном привале Пелагия подошла к грубо сколоченному ящику, в котором покоился убиенный, стала шептать молитву. Думала: в чем смысл трагического происшествия под названием «внезапная смерть», когда человек расстается с душой во цвете лет, без подготовки и предупреждения? Зачем это Господу? Неужто лишь в пример и назидание прочим? Но как же тогда тот, кто умер? Достойно ли человеку быть всего лишь назидательным примером для других?

Так углубилась в непростые раздумья, что не услышала шагов — вздрогнула, когда у самого уха раздался долининский голос.

Как ни в чем не бывало, словно и не было двух с половиной дней молчания, следователь спросил:

— Ну-с, сестра, и что вы обо всем этом думаете?

— О чем?

— Вы ведь отлично поняли. — Лицо Сергея Сергеевича колыхнулось нетерпеливым тиком. — У вас наверняка выстроилась картина преступления. Кто, как, с какой целью. Вы женщина проницательная, острого ума, с превосходным чутьем. Оказали мне неоценимую помощь на этапе дознания. Так не останавливайтесь на полпути. Говорите. Гипотезы, догадки, самые фантастические предположения — я за всё буду благодарен.

Если бы вопрос был задан не теперь, а до слезного объяснения с Митрофанием, Пелагия непременно поделилась бы с Сергеем Сергеевичем всеми своими соображениями. Однако разговор с владыкой и данное обещание произвели в монахине решительную перемену. Чистосердечно признавшись себе, что в ее согласии ехать в Строгановку главную роль сыграли суетный азарт и греховная любознательность, инокиня строго-настрого запретила себе размышлять о том, куда подевался Стеклянный Глаз, он ли убил «пророка», и если он, то почему — из ненависти ли, из корысти ли, либо же по иным мотивам.

Следователю ответила смиренно, опустив глаза:

— Даже и не думала об этом. Не моего ума дело. У вас, должно быть, сложилось впечатление, будто я мню себя сыщиком в рясе. Уверяю вас, сударь, это не так. К лицу ли чернице путаться в мирские дела, да еще этакого греховного свойства? Если я в тот день и наговорила лишнего, то это от потрясения при виде мертвого тела. У вас, сударь, свои занятия, у меня свои. Бог вам в помочь, а я буду молиться за успех ваших трудов.

Он посмотрел на нее в упор, испытующе.

Потом вдруг улыбнулся — ясно, дружественно:

— Жаль. Подедуктировали бы вместе. А еще больше жаль, сестрица, что вы не служите в сыске. У нас женщин-агентов немного, но каждая стоит десятка мужчин. Вы же с вашими способностями стоили бы сотни. Ладно, не буду вам мешать. Вы, кажется, читаете молитву?

Отошел к костру, и с этого момента его поведение переменилось, он стал прежним Сергеем Сергеевичем — умным и немного насмешливым собеседником, в разговорах с которым время понеслось и быстрей, и насыщенней.

Теперь Долинин предпочитал ехать не впереди, а рядом с повозкой. Иногда сгонял зытя́ка с козел, брал вожжи сам. Бывало, что и спешивался, ведя лошадь в поводу. Предложил раз и Пелагии проехаться верхом, но она отговорилась иноческим званием, хотя очень хотелось, как в далекие времена, сесть в седло по-мужски, сжать коленями горячие, налитые бока лошади, приподняться в стременах и припустить влет по мягкой, звонко причмокивающей земле...

Насмешливый тон Сергея Сергеевича монахиню не раздражал, скорее импонировал, потому что в нем совсем не было цинизма, столь распространенного в образованной части общества. Чувствовалось, что это человек с убеждениями, с идеалами и — что по нынешним временам уж совсем удивительно — человек глубокой, не суесловной веры.

Из-за соседства с печальным грузом беседа сначала всё крутилась вокруг жертвы.

От Долинина монашка узнала кое-какие подробности о грешной жизни «ловца душ».

Проповедовать новоявленный мессия, оказывается, начал не столь давно — года два тому, однако успел обойти чуть не половину губерний и обзавелся немалым числом последователей, преимущественно самого простого звания. Толпами «найденыши» не собирались, массовых шествий не устраивали, однако внимания обращали на себя много — и своими бело-синими хламидами, и демонстративным неприятием христианства вкупе с православной церковью. При этом смысл Мануйлиной проповеди, как это обычно бывает у душесмутителей, поднявшихся из темной гущи народа, был туманен и логическому изложению не поддавался. Что-то такое, направленное против воскресного дня, священнослужителей, икон, колокольного звона, воинской повинности, свиноедства, еще невнятное прославление еврейства (хотя самих евреев Мануйла, если он вправду происходил из медвежьего угла Заволжской губернии, здесь и видеть-то не мог) да всякая прочая чушь.

В конце концов, рассказывал Долинин, бродячий проповедник заинтересовал самого обер-прокурора Победина, по долгу службы зорко следящего за всякого рода ересями. Сановник призвал к себе лапотного мужика и затеял с ним духовную дискуссию. («Константин Петрович любит духовное единоборство с еретиками, только чтоб непременно побеждать, в соответствии с фамилией», — усмехнулся Сергей Сергеевич, рассказывавший этот случай в комическом ключе, но, впрочем, безо всякой язвительности.) А Мануйла, не будь дурак, выждал, пока прекраснодушный обер-прокурор обернется к образу Спасителя перекреститься, да и стибрил со стола золотые часы с алмазами, подаренные Победину самим государем. Был уличен в краже, отведен в участок. Однако Константин Петрович пожалел бродягу и отпустил на все четыре стороны. «Даже сфотографировать не успели или бертильонаж сделать, а насколько это облегчило бы сейчас мою задачу!» — с сожалением вздохнул рассказчик, а заключил словами:

— Лучше б не выпускал, всепрощенец несчастный. Сидел бы Мануйла в кутузке, да жив был.

— Грустная история, — сказала Пелагия, дослушав. — А грустнее всего то, что православие, казалось бы, природная наша религия, многим из русских людей не дает душевного утешения. Не хватает в ней чего-то для простого сердца. Или же, наоборот, есть что-то примесное, неправдивое — иначе не шарахались бы люди от нашей церкви во всякие нелепые ереси.

— Есть. Всё в нашей вере есть, — отрезал Долинин, и с такой неколебимой уверенностью, которой Пелагия от этого скептика не ожидала.

Реплика монахини отчего-то разволновала следователя. Он некоторое время колебался, а потом, покраснев, сказал:

— Я вот вам расскажу... про одного человека историйку... — Сдернул пенсне, нервно потер переносицу. — Да что уж там про «одного» — про меня история. Вы умная, всё равно догадаетесь. Вы, сестра, второе существо на свете, кому мне захотелось рассказать... Не знаю почему... Нет, вру. Знаю. Но не скажу, не важно. Захотелось, и всё.

С Сергеем Сергеевичем что-то происходило, он волновался всё сильней и сильней. Пелагии это состояние в людях было знакомо: носит в себе человек нечто, жгущее душу, терпит, сколько может, иной раз годами, а потом вдруг возьмет и первому встречному, какому-нибудь случайному попутчику самое больное и выложит. Именно что случайному, в этом вся соль.

— Обычная история, даже пошлая, — начал Долинин, кривовато усмехаясь. — Таких историй вокруг полным-полно. Не трагедия, а так, сюжетец для скабрезного анекдота про мужа-рогоносца и блудливую жену... Была у одного человека (который перед вами, но я уж лучше в третьем лице, так приличнее) молодая и прекрасная собой жена. Он ее, разумеется, обожал, был счастлив и полагал, что она тоже счастлива, что проживут они вместе до гроба и, как говорится, скончаются в один день. Ну, не буду рассусоливать — материя известная... И вдруг — гром среди ясного неба. Полез он за какой-то ерундой в ее ридикюль... Нет, я лучше уточню, потому что это еще подчеркнет пошлость и комизм... Ему, дураку, пудреница понадобилась, прыщ присыпать, поскольку предстояло важное выступление в суде, а тут, понимаете, прыщ на носу, неудобно. То есть это мне тогда казалось, что выступление на процессе — штука очень важная, — перешел-таки с третьего лица на первое Сергей Сергеевич. — До той минуты, пока я в ридикюле записочку не обнаружил. Самого что ни на есть пикантного свойства.

Пелагия ахнула.

— Я же говорю, история пошлейшая, — оскалился Долинин.

— Нет, это не пошлость! — воскликнула монашка. — Это худшее из несчастий! А что часто случается, так ведь и смерть не редкость, но никто ее, однако, пошлой не называет. Когда единственный на всем свете человек предает, это еще хуже, чем если б он умер... Нет. Это я греховное сказала. Не хуже, не хуже.

Пелагия побледнела и два раза резко качнула головой, словно отгоняя какое-то воспоминание или видение, но Сергей Сергеевич на нее не смотрел и, кажется, даже не слышал возражения.

Продолжил прерванный рассказ:

— Бросился я к ней требовать объяснений, а она вместо того, чтобы прощения просить или хоть соврать, говорит: «Люблю его, давно люблю, больше жизни. Не решалась тебе сказать, потому что уважаю и жалею, но раз уж так вышло...» Оказался наш давний знакомый, друг семьи и частый гость... Богат, хорош собою, да еще и «сиятельство». Долго ли, коротко ли, переехала она к нему. Я совсем голову потерял. Какая там служба, какие важные процессы, если мир рушится... Никогда бы не подумал, что могу униженно умолять, рыдать и прочее. Смог, преотличным образом смог! Только всё впустую. Жена моя — существо доброе, сострадательное. Когда я рыдал, она вместе со мной слезы проливала. Я на колени, и она тоже сразу — бух! Так и ползаем друг перед дружкой. «Ты меня прости», «Нет, это ты меня прости», ет цетера, ет цетера. Однако при всей сострадательности дама она твердая, с важного не сдвинешь — это я и раньше в ней знал. И уважал. Конечно, и теперь не сдвинулась, только зря я терзал ее и себя. А однажды, воспользовавшись тем, что я разнюнился [здесь в голосе Сергея Сергеевича впервые прорвалось прямое ожесточение], она выпросила у меня отдать сына. Я отдал. Надеялся благородством и жертвенностью впечатлить. И впечатлил. Только вернуться ко мне она всё равно не вернулась... И знаменитый проект, реформаторский-то, написал я именно тогда. С тайной, почти безумной целью. Нарушил все субординации, тон взял предерзкий. Думал: выгонят со службы — так уж все равно, пускай одно к одному. А ну как вознесусь, карьеру сделаю? Ведь мысли-то неглупые, государственные, давно выстраданные... Сначала и вправду от должности отстранили. Я не содрогнулся, даже удовлетворение испытал. Ну, так тому и быть, думаю. У меня, видите ли, как раз в ту пору один план созрел.

— Какой план? — спросила Пелагия, догадываясь по тону, что план был какой-то очень нехороший.

— Отличнейший, — усмехнулся Долинин. — Даже единственный в своем роде. Дело в том, что у счастливых любовников свадьба наметилась. Ну, не вполне, конечно, полноценная, потому что венчания быть не могло, однако же нечто вроде свадебного пира. В столице ведь нравы не то что в провинции, там теперь и свадьба с чужой женой не редкость. «Гражданский брак» называется. Подготовили они всё на широкую ногу. По-современному, без ханжества. Уж пир так на весь мир. В том смысле, что настоящая любовь выше людских законов и злословия. А я сделал вид, что смирился с неизбежностью. Некоторые доброжелатели давно меня уговаривали «смотреть на вещи шире», вот я и посмотрел. — Сергей Сергеевич сухо, кашляюще рассмеялся. — Таким агнцем, таким толстовцем прикинулся, что — вы не поверите — был удостоен приглашения на сие празднество любви, в числе прочих избранных. Тут-то план и возник... Сначала хотел по примеру жителей страны Восходящего Солнца прилюдно брюхо себе ножом взрезать и внутренности прямо на свадебный стол вывалить — угощайтесь, мол. Но придумал еще лучше.

Пелагия вытаращила глаза и прикрыла ладонью рот.

Рассказчик неумолимо продолжал свою мучительную повесть:

— Приду, думал, с букетом и бутылкой ее любимейшего белого вина, которое раньше позволял себе покупать лишь два раза в год — на день ее ангела и в годовщину свадьбы. В разгар пира попрошу слова — мол, желаю тост произнести. Все, конечно, уши навострят, на меня уставятся. Такая пикантность: брошеный муж поздравляет молодых. Одни умилятся, другие внутренне осклабятся. И я произнесу речь, очень короткую. Скажу: «Любовь — всесокрушающая сила. Пусть вечно сияет вам ее улыбка, как сейчас просияет моя». Открою бутылку, наполню до краев кубок, подниму его выше головы и подержу так некоторое время — это специально для сына, который, конечно, тоже будет на пиру. Чтоб как следует всё запомнил. А после выплю содержимое кубка себе вот сюда. — Долинин ткнул пальцем себе в лоб. — Только в бутылке у меня будет не вино, а серная кислота.

Пелагия вскрикнула, но Сергей Сергеевич, кажется, опять не услышал.

— Я незадолго перед тем одно дело вел — преступление страсти. Там женщина одна, уличная, из ревности своему «коту» вот этак же плеснула в физиономию кислотой. В морге видел его труп: кожа вся сошла, губы изъедены вчистую, и этакая ухмылка голых зубов... Вот и я надумал молодым такую же «улыбку всесокрушающей любви» явить. Боли не боялся — даже алкал, как наслаждения. Только такая боль и могла бы сравниться с огнем, что сжигал меня изнутри все те месяцы... Я бы, конечно, скончался на месте, потому что при ожоге большой обширности сердце не выдерживает болевого потрясения. А они пускай жили бы себе и наслаждались счастьем. Сны по ночам видели... И сын чтобы на всю жизнь запомнил... Такой, в общем, у меня образовался план.

— И что помешало его исполнению? — шепотом спросила монахиня.

На сей раз Долинин услышал — кивнул.

— В самый канун знаменательного дня вдруг пришел мне вызов в самые эмпиреи власти. Свершилось-таки чудо, нашлись наверху люди государственного мышления. Обласкали, вознесли, дали новый смысл в жизни. Я, конечно, будучи всё еще не в себе, принял это за знак. Мол, вот она, возможность доказать жене, что я — великий человек, покрупнее ее графчика. Будут у меня и положение, и богатство, и власть.

По всем статьям его превзойду. Тогда-то она и пожалеет, раскается. (Ничего бы она, разумеется, не раскаялась, потому что не такая женщина, но я ведь говорю — не в себе я был.)

Прежде чем закончить рассказ, Сергей Сергеевич немного помолчал и договорил совсем другим тоном, безо всякого ожесточения и самоедства:

— Однако смысл знака был вовсе не в том. Мне впоследствии один человек растолковал — не важно кто, вы его не знаете. Он сказал: «Это вас Бог пожалел. Пожалел и спас вашу душу». Вот как просто. Меня Бог пожалел. И когда я понял это, то уверовал. Без мудрствований, без гипотез. Уверовал, и всё. С этого момента и началась моя настоящая жизнь.

— Это воистину так! — вскричала Пелагия и, поддавшись безотчетному порыву, выпалила. — Знаете, я тоже вам про себя расскажу...

Но следователь натянул поводья и остановил свою соловую, повозка же покатила дальше вперед.

Монахиня спрыгнула на землю, вернулась к Долинину. Уже не для того, чтобы про себя рассказать (поняла, что Сергею Сергеевичу сейчас не до чужих излияний), а чтобы договорить важное.

— Бог вам жизнь и душу спас. И этой милостью Он не ограничится. Пройдет время, рана зарубцуется, и вы перестанете гневаться на бывшую жену. Поймете — не виновата она. Просто она — не та, что предназначена вам Господом. И может быть, вы свою истинную супругу еще встретите.

Долинин улыбнулся — вроде бы насмешливо, но без колкости.

— Нет уж, слуга покорный. С меня довольно. Разве если встречу такую, как вы? Но подозреваю, что такой, как вы, на свете больше нет, а на монашке жениться, увы, никак невозможно.

Ударил лошадь каблуками и ускакал в голову каравана, оставив Пелагию в совершенном смущении.

Лесные ужасы

Долгое время после этого сестра ехала молча. Бог весть, где витали мысли монахини, но лицо ее было странным — одновременно грустным и мечтательным. Пелагия несколько раз улыбнулась, а между тем по щекам ее стекали слезы, и она, не замечая, смахивала их ладонью.

И вдруг настроение ушло, мысли сбились. Пелагия не сразу поняла, что ей мешает, что отвлекает.

Потом поняла: опять. Шеей, затылком она явственно ощущала чей-то пристальный взгляд.

Такое случилось уже не впервые. Давеча, во время дневного привала, было то же самое: Пелагия резко обернулась и увидела — в самом деле увидела, — как на дальнем краю поляны качнулась ветка.

Вот и сейчас монахиня не выдержала, оглянулась.

Схватилась за сердце: на ели сидела большая серая птица, пялилась на сестру круглыми желтыми глазами.

Сестра тихонько рассмеялась. Господи, филин! Всего лишь филин...

* * *

Но вечером, когда разбивали лагерь для ночевки, случилось такое, что ей стало не до смеха.

Пока мужчины строили шалаши и собирали хворост, инокиня отошла по природному зову. Стесняясь мужчин, забралась довольно далеко, благо сумерки еще не совсем сгустились, не заблудишься.

Вдруг откуда-то слабо пахнуло дымом, да не с поляны, а с противоположной стороны. Сразу вспомнились рассказы про чащобные пожары. Великий Лес горел редко, болота выручали, но если уж загорался, то никому и ничему не было спасения из этой огненной геенны.

Втягивая носом воздух, Пелагия пошла на подозрительный запах. Впереди в самом деле засветился подрагивающий огонек. Может быть, гнилушки?

Когда до огонька было совсем близко, вдруг раздался хруст. Не такой уж громкий, но звук был явно живого происхождения, и монахиня замерла.

За елью что-то шевельнулось.

Не что-то — кто-то!

Окоченевшая от страха инокиня заметила некое ритмичное помахивание. Пригляделась — хвост, волчий! И что самое невероятное, хвост болтался не у земли, а довольно высоко, как если бы зверь сидел на ветке!

Пелагия сотворила крестное знамение, попятилась, бормоча: «Бог нам прибежище и сила...»

Из сумерек донеслось негромкое рычание с каким-то странным причмокиванием, не столько свирепое, сколько — померещилось бедной монашке — насмешливое.

Опомнившись, она развернулась и со всех ног кинулась назад.

Бежала так, что споткнулась о пень, упала, подрясник разодрала, а сама и не заметила: тут же вскочила да припустила еще быстрей.

Вылетела на поляну вся белая, с закушенной от ужаса губой.

— Что такое? Медведь? — кинулся ей навстречу Долинин, выхватывая револьвер. Полицейские потянулись к винтовкам.

— Нет... нет, — пролепетала Пелагия, ловя губами воздух. — Ничего.

При виде костра и мирно куривших спутников ей стало стыдно. Волк на ветке, да еще причмокивающий? Чего только в лесу не привидится.

— Ну-ка, ну-ка, — тихо сказал Сергей Сергеевич, отводя ее в сторону. — Вы особа не из пугливых, а сейчас на вас лица нет. Что стряслось?

— Там волк... Странный... Вроде как на дереве сидит. И огонек светится... Я про Струка вспомнила. Знаете, такое лесное чудище, — призналась Пелагия, кое-как выдавив улыбку.

Но Долинин даже не улыбнулся. Посмотрел через ее плечо в синюю вечернюю чащу.

— Что ж, сходим посмотрим, что за Струк такой. Покажете?

Пошел вперед, светя фонариком. Шагал уверенно, не таясь, под ногами громко хрустели сучья, и страх съежился, отступил.

— Вон там, — показала монашка, выведя следователя к страшному месту. — Вон она, ель.

Сергей Сергеевич бестрепетно раздвинул колючие зеленые лапы, наклонился.

— Сучок, сломанный, — сказал он. — Наступил кто-то, и совсем недавно. Жалко, мох, а то бы следы остались.

— Он... Оно рычало, — пожаловалась Пелагия. — И как-то глумливо, не по-звериному. А главное, хвост вот на такой высоте был. — Привстала на цыпочки, чтобы показать. — Ей-богу! А огонек исчез. И дымом больше не пахнет...

Самой сделалось совестно — экую чушь несет.

Но Долинин и тут не стал насмешничать. Потянул носом:

— Отчего же, немного есть... Знаете, мадемуазель, я человек рационалистического склада, придерживаюсь научного мировоззрения. Однако же далек от мысли, что науке известны все земные тайны, не говоря уж о небесных. Наивно было бы полагать, что природа явлений исчерпывается законами физики и химии. Лишь очень ограниченные люди могут быть материалистами. Вы же не материалистка?

— Нет.

— Что ж вы тогда так удивились? Ну, испугались — это понятно, но удивляться-то зачем? Места здесь сами видите какие. — Он обвел рукой мрак, которым к ночи укутался Лес. — Где же обитать нечисти, если не в глубинах вод да лесных чащах?

— Вы шутите? — тихо спросила Пелагия.

Сергей Сергеевич вздохнул.

— Скажите, монахиня, Бог и ангелы существуют?

— Да.

— Значит, есть и Дьявол, и его присные. Это единственно возможный логический вывод. Существование белого невозможно без существования черного, — отрезал удивительный следователь. — Ладно, идемте чай пить.

IV

ПРИСНИЛОСЬ?

Дикой татарин

До Строгановки добрались к вечеру четвертого дня.

Деревенька разбросала свои неказистые домишки на просторном лугу, должно быть, отвоеванном у Леса еще в старинные времена.

Лет двести—триста назад, как явствовало и из названия деревни, здесь были владения купцов Строгановых — тех самых, покорителей Сибири. С прежних времен остался прямоугольник трухлявых бревен — следы крепостцы, да несколько десятков ям, память о некогда бывшей тут соляной фактории.

Жили в этих местах суровые длиннобородые мужики, потомки строгановских окаянцев, гулящего сброда, который еще в шестнадцатом столетии потянулся на здешнее приволье со всей Руси. То, что это насельники не мирного, земледельческого семени, чувствовалось сразу — и по отсутствию пашен, и по маленьким, сторожким оконцам изб, и по сушившимся на плетнях звериным шкурам. Строгановцы земли не пахали. Жили лесованием да скоблили в давно выработанных ямах каменную соль. Была она скверная, серая, такую брали лишь крестьяне из окрестных волостей, задешево.

А за соснами, на той стороне быстрой каменистой речки, виднелись утесы — первые отроги Уральских гор.

Объяснялся с Долининым староста — угрюмый дед, весь, как леший, заросший седым с прозеленью волосом. Кроме старика в общинной избе были еще двое немолодых мужиков, ртов не раскрывавшие и только настороженно пялившиеся на незваных гостей.

Если б не волостной старшина, приходившийся старосте кумом, никакого разговора, должно быть, вовсе бы не вышло.

Главное, зачем ехали, выяснилось почти сразу.

Заглянув в открытый ящик, староста перекрестился и сказал, что это точно Петька Шелухин, природный строгановец. Три года как ушел, и с тех пор его здесь не видывали.

— При каких обстоятельствах он покинул место жительства? — спросил Долинин.

— Чё-ко-ся? — вылупился на него староста, изъяснявшийся на местном говоре, с непривычки довольно трудном для понимания. — Чё талакаити?

— Ну, почему он ушел?

— То-оно, ушел и ушел. Мы лонись и домишку яво на обчество отписали, — обвел дед рукой горницу, надо сказать, прескверную — с низким потолком, в углах серым от паутины.

— «Лонись» — это «в прошлом году», — перевела Пелагия. — Они устроили в доме Шелухина общинную избу.

— Мерси. Я его не про избу спрашиваю. Что он за человек был, Шелухин? Почему из деревни ушел?

— ... человечишко, — отчетливо проговорил дед некрасивое слово, от которого монахиня поморщилась. — Тырта, дрокомеля. Хлопать был здоров, лижбо сбостить чаво. Не одинова учили.

— А? — спросил Долинин Пелагию.

Та пояснила:

— Хвастун, бездельник. Врал много. И в воровстве замечался.

— Похоже, что наш, — заметил Сергей Сергеевич. — Повадки сходятся. С чего вдруг Шелухин подался из этих чудесных мест? Спросите-ка лучше вы, сестра, а то мы с этим Мафусаилом как-то не очень друг друга разумеем.

Пелагия спросила.

Староста, переглянувшись с молчаливыми мужиками, ответил, что Петька «отошел с диком татарином».

— С кем? — переспросили хором Сергей Сергеевич и монашка.

— Ино был такой человек. Не наш. Сысторонь взялся, нивесть откель.

— Что такое «ино»? — нервно взглянул на помощницу Долинин. — И еще это — «сысторонь»?

— Да подождите вы, — невежливо отмахнулась от непонятливого следователя Пелагия. — Скажите, дедушка, а все же откуда, откель татарин-то пришел?

— Ниоткель. Татарина, то-оно, Дурка привела.

Тут уж и черница растерялась.

— Что?

В ходе долгого, изобиловавшего всякого рода недоразумениями разбирательства выяснилось, что Дуркой кличут немую и малахольную девчонку, строгановскую жительницу.

По поводу того, как Дурку звать на самом деле, между аборигенами возник спор.

Один мужик полагал, что Стешкой, другой — что Фимкой. Староста про имя дурочки ничего сказать не мог, однако сообщил, что немая живет с бабкой Бобрихой, которая «семой год» в «лежухе» (параличе). Дурка, как умеет, ухаживает за больной, ну и «обчество» чем-ничем помогает.

Однажды весной, тому три года, эта самая Дурка привела невесть откуда «сыстороннего» человека, «вовсе дикого».

— Почему дикого? — спросила Пелагия.

— Да, то-оно, как есть дикой. Башкой вертит, глазья таращит, талачет чёй-то, вроде по-людски, а толь безо всякого глузду. «Эй, фуани, эй, фуани». Чистый урод, какие в городах у церквы христарадничают.

— Урод? Он что, калека был? — встрял напряженно слушавший Сергей Сергеевич.

— Нет, — ответила монахиня. — «Урод» — это «юрод», «юродивый». Скажите, дедушка, а как тот человек был одет?

— Почитай, никак. Вовсе без порток, в одной холстине, поверху бласной веревкой опоясан.

— Какой-какой веревкой, сестрица?

Пелагия обернулась к следователю и тихо сказала:

— «Бласная» — это синяя...

Долинин присвистнул.

— Вот тебе, бабушка, и Юрьев день. Стало быть, в ящике у нас никакой не Мануйла... Quod erat demonstrandum*.

— Погодите, погодите. — Пелагия снова повернулась к старосте. — А почему вы взяли, что он татарин?

Дед покосился на черницу, напрямую не ответил — велел одному из мужиков:

— Донька, ты ей кажи, мне невместно.

— В баньку мыть яво повели, а у яво етюк обкорнатый, — пояснил Донька. — Как у татарвы.

— Что-что?

— Это я как раз понял, — заметил Сергей Сергеевич. — У «дикого татарина» было обрезание. Сомнений нет, это Мануйла. В самом деле бессмертен, прохвост...

Из дальнейшего разговора выяснились еще коекакие подробности.

Петька Шелухин, самый лядащий мужичонка во всей Строгановке, отчего-то привязался к «дикому», поселил у себя в избе, повсюду ходил за ним, как за родным братом. По свидетельству старосты, они и правда были похожи — и ростом, и

* Что и требовалось доказать *(лат.)*.

лицом. Петька так и звал чужака: «старшой брат», тот же прозвал своего попечителя «Шелухай».

— Не-е, не Шелухай. Шелуяк — во как татарин яво кликал, — поправил Донька.

— Ино так, — подтвердил второй мужик. — Шелуяк. И Петька отзывался.

Следователь велел позвать девчонку, что привела «татарина».

Привели. Но толку от нее никакого не вышло. Было Дурке, должно быть, лет четырнадцать, но из-за маленького роста и заморенности выглядела она на десять. О чем спрашивали — не понимала, только мычала. Скребла грязной пятерней спутанные волосья, шмыгала носом.

В конце концов Долинин махнул на нее рукой.

— Так, говоришь, подружился Шелухин с пришлым человеком? — повернулся он к старосте. — А на какой, собственно, почве?

Пелагия, тяжко вздохнув на безнадежного Сергея Сергеевича, приготовилась перевести его вопрос на строгановский язык — иначе непременно воспроизвелся бы разговор принца Датского с могильщиком («Известно, на какой, сударь — на нашей, датской»). И вдруг, по чистой случайности, взглянула на жавшуюся у двери Дурку. Теперь, когда взрослые перестали обращать на девчонку внимание, ее лицо переменилось: в пустых глазах зажглась искорка, выражение придурковатости исчезло. Девочка прислушивалась к разговору, да как жадно!

— Сягай, сягай! (Ступай! Ступай!) — прикрикнул на нее староста.

Та неохотно вышла.

Разговор про «дикого» был продолжен.

— Чем же татарин Петьке поблазнил? — спросила Пелагия.

— Петька хлопал, что дикой яму про Святу Землю талакает. Ишто про то, как по правде жить.

— Почему «хлопал»?

— Да де ж татарину про Святу Землю талакать, коли он по-нашему ни бельмеса не строчил?

— То есть совсем говорить не умел?

— Ага.

Один из мужиков (не тот, который Донька, а второй) сказал:

— Как они с Дуркой-то, а, батяня? Она мыкает, он гугукает. Умора. Охрим-то тады шутканул, а? «Дурка, грит, собе жаниха присватала. Баска будет семейка — Дурень да Дурка».

И погладил бороду рукой, что, должно быть, означало в Строгановке крайнюю степень легкомыслия, потому что староста одернул весельчака:

— Ты зубы-то не скаль. Или забыл, чаво после было?

— А что после было? — тут же поинтересовался Долинин.

Строгановцы переглянулись.

— Да прогнали мы татарина, — сказал староста. — Так-оно, отсизовали как следоват, в шургу башкой сунули, да хлестунами за околицу.

— Что они сделали? — беспомощно оглянулся на монашку Сергей Сергеевич.

— Избили до полусмерти, окунули в выгребную яму и выгнали из деревни кнутами, — объяснила она.

— За что? — покривился на местные нравы Долинин.

— Надо было яво, паскуду, до смерти уходить, — сурово произнес староста. — Ино етюк яво татарской оторвать. Дурку, сироту убогую, котора за ним, как псюха, бегала, опоганить хотел. Носит же земля иродов. Дурка после два дни беспамятно лежала.

Сергей Сергеевич нахмурился.

— Ну а Шелухин что?

— За татарином своим в лес побёг. Как мы зачали паскудника охаживать, Петька с мужиками махаться полез, не давал свово «старшого» поучить. Ну, мы и Петьке харю своротили. А как прогнали татарина в лес, Петька котомку завязал и за ним. «Пропадет он в лесу! — орал. — Он человек божий!» И боле мы Петьку не видали, до сего дня.

— А скажи-ка, дед, ино в какую сторону ушел от вас татарин? На закат, на восход, к северу ли, или, так-оно, к полуночи? — спросил Долинин.

Пелагия тихонько встала и направилась к двери.

Причин тому было две. Первая — что Сергей Сергеевич, кажется, понемногу осваивался с местной идиоматикой. А вторая заключалась в самой двери, которая вела себя загадочным образом — то приоткроется, то снова затворится, хотя сквозняка не было.

Выскользнув в темные сени, монахиня повертела головой и заметила в углу, за сундуком, некую тень.

Подошла, присела на корточки.

— Не бойся, вылезай.

Из-за сундука высунулась растрепанная голова. В темноте светились два широко раскрытых глаза.

— Ну, что спряталась? — ласково сказала Пелагия дурочке. — Ты зачем подслушивала?

Девчонка выпрямилась во весь свой невеликий рост, посмотрела на сидящую монахиню сверху вниз.

Да полно, дурочка ли она? — усомнилась Пелагия, глядя маленькой дикарке в глаза.

— Ты хочешь о чем-то спросить? Или попросить? Ты объясни — хоть знаками, хоть как. Я пойму. И никому не скажу.

Дурка ткнула пальцем сестре в грудь, где висел медный валаамский крестик.

— Хочешь, чтоб я побожилась? — догадалась Пелагия. — Христом-Богом тебе клянусь, что никому ничего не расскажу.

И приготовилась к нелегкому делу — расшифровывать мычание и жестикуляцию убогой.

Из горницы донесся звук шагов — кто-то направлялся к двери.

— К мельне приходи, — шепнула вдруг немая.

И юркнула мышонком из сеней на крыльцо.

В ту же самую секунду — ну может, в следующую — дверь распахнулась, и показался Сергей Сергеевич.

Пелагия не успела стереть с лица ошеломление, но следователь истолковал ее вскинутые кверху брови по-своему.

— Каков мерзавец, а? — зло сказал он. — Вот вам весь секрет его бессмертия. Бережется, добрый пастырь, других вместо себя подставляет. Понятно, почему пароходные «найденыши» не поехали тело пророка сопровождать? Знали, мерзавцы, что никакой это не пророк, а подмена.

— И кричали-то они, когда убийство обнаружилось, всё больше про казну, — припомнила Пелагия. — Надо было мне еще тогда внимание обратить.

— Подведем итоги? — предложил Долинин, когда они вышли на крыльцо. — Картина получается следующая. Мануйла доверил везти «казну» своему «меньшому брату» Петру Шелухину. Очевидно, предполагал, что за деньгами может быть охота. Не захотел своей драгоценной персоной рисковать.

— А я думаю, что охота была не за казной, а за самим Мануйлой.

— Основания? — быстро спросил следователь, сощурившись на Пелагию.

После штуки, которую выкинула Дурка, монахиня была в некоторой рассеянности и потому не вспомнила про данный зарок — пустилась в дедукцию.

— Вы ведь сами рассказывали, что на пророка уже было покушение. Разве в тот раз деньги похищали?

— Нет, не припомню такого.

— Вот видите. Дело в самом Мануйле. На пароходе действовал никакой не «разинец», и убийство совершилось отнюдь не случайно. Кому-то этот проходимец Мануйла очень крепко досадил.

— Кому?

Долинин хмурился всё суровей, а Пелагии — что скрывать — его напряженное внимание было лестно.

— Есть всего несколько вариантов. Во-первых... — начала было она, но прикусила язык — вспомнила, наконец, про обещание. И переполошилась. — Нет-нет! Не буду про это. Даже не уговаривайте! Зареклась я. Вы умный, сами всё сообразите.

Сергей Сергеевич усмехнулся:

— Работу рассудка запретить невозможно, тут зарекайся, не зарекайся. Особенно столь острого рассудка, как ваш... Ладно, если надумаете — изло́жите ваши «варианты» по дороге обратно. Больше нам тут делать нечего. Пророк живехонек, так что газетам придется давать опровержение. Какая реклама Мануйле! То его убили, то снова воскрес.

Он сплюнул с досады. То есть, не слюной, конечно, потому что интеллигентный человек, а символически — сказал «тьфу!».

— Нечего рассусоливать, нынче же и поедем.

— На ночь глядя? — встревожилась Пелагия, оглядывая освещенную луной Строгановку. В какой же стороне тут мельница?

— Ничего, не заблудимся. И так сколько времени зря потрачено. Думал, государственное дело, а вышел фук.

Кажется, вон она где спряталась, углядела монашка квадратное строение у речки и вроде бы даже услышала, как скрипит мельничное колесо.

— Мне так уехать невозможно, — сказала сестра. — Староста за священником в Старицу посылать не хочет. Говорит, лишних лошадей нет, да и платить придется. Так что ж теперь, человека, как собаку, зарывать? Отпеть я не отпою, не положено, но хоть молитву над могилой почитаю. Это мой долг. А вы не расстраивайтесь, сударь. Было бы куда хуже, если б вы сюда не приехали. Доложили бы начальству, что Мануйла убит, а потом обнаружилось бы, что ничего подобного. Попали бы в неловкое положение.

— Так-то оно так, а всё же... — проворчал Сергей Сергеевич, кажется, не на шутку расстроенный неудачей экспедиции. Должно быть, хотелось-таки честолюбивому реформатору покрасоваться перед газетчиками. — Ладно. Схороните Шелухина завтра утром. Только, уж пожалуйста, пораньше. Черт, как времени жалко!

Первый раз про петуха

Пожелав следователю доброй ночи и сказав, что определится на ночлег сама, Пелагия поспешила к речке.

Прошла улицей, мимо плетней, из-за которых тихо рычали небрехливые строгановские собаки, больше похожие на волков. За околицей, на лугу, шум воды стал слышнее. Когда же до мельницы оставалось совсем близко, от крепкого бревенчатого строения навстречу монахине двинулась щуплая фигурка.

Девочка нетерпеливо подбежала к сестре, схватила ее за руку цепкой, шершавой лапкой и спросила:

— Он живой? Живой?

— Кто? — удивилась Пелагия.

— Амануил.

— Ты хочешь сказать, Мануйла?

— Амануил, — повторила Дурка. — Яво Амануилом звать.

— Откуда ты знаешь?

— Знаю. Он вот этак тыкал [девочка ткнула себе пальцем в грудь] и толокал: «Амануил, Амануил». Он ишшо много чаво толокал, да я не проняла. Малая была и вовсе дурная.

Должно быть, «Мануил», сообразила Пелагия. А простонародное «Мануйла» возникло позднее, когда загадочный «татарин» пошел со своей проповедью по деревням.

— Живой твой Мануил, живой, — успокоила она Дурку. — Ничего с ним не случилось. Ты вот что, ты расскажи, где ты его нашла?

— Не я яво сыскала, Белянка.

И Дурка поведала Пелагии диковинную историю, выслушанную монахиней с чрезвычайным вниманием. Поражало еще и то, как складно, оказывается, умела говорить мнимая немая — много бойчей и красочней, чем деревенский староста.

А история была такая.

Началось с того, что из общинного птичника, за которым приглядывала маленькая Дурка, сбежала Белянка, курица-несушка крайне «сбрыкливого», то есть вздорного нрава. Птичник находился на противоположном берегу речки, так что искать беглянку следовало либо в кустарнике, либо дальше, возле «камней» (утесов).

Дурка обрыскала все кусты, но Белянку там не нашла. На беду наседка принадлежала старостину старшему сыну Доньке, мужику драчливому и бранчливому, которого Дурка «скаженно» боялась.

Делать нечего, пошла искать у «камней». И кричала, и по-куриному умоляла, и плакала, а всё впустую.

Так добралась до Чертова Камня, куда по своей воле в жизнь бы не забрела, да еще одна.

— Почему? — спросила Пелагия. — Что за Чертов Камень такой?

— Сильно поганое место.

— Почему поганое?

— А из-за барина.

И Дурка рассказала, что давным-давно у Чертова Камня пропал заезжий барин. Про то ей говорила бабаня, когда той еще от «лежака» язык не отшибло. А бабане ее дед рассказывал.

Может, сто лет назад это было, а может, и еще давнее, но только приехал в Строгановку барин. Сокровища искал — золото, самоцветы. Лазил по горам, куда местные отродясь не заглядывали, потому что им незачем. Рыл землю, спускался в «черевы» (пещеры). В череву Чертова Камня тоже полез. Взял с собой петуха.

— Зачем? — не поняла монахиня.

— А коли в череве заплукаешь, надо кочета пустить, он завсялды (непременно) лаз наружу сыщет.

Но не помог барину петух. Пропали оба — и человек, и птица, назад из пещеры не вышли. Тогда деревенские, кто посмелее, полезли искать. И нашли: от барина суконный треух, от петуха хвостяное перо. Боле же ничего. Черт их унес, потому что известно — камень-то его.

Ужас до чего страшно было Дурке идти в такое место, но и без Белянки не вернешься.

Шла «пооболонь» (вокруг) проклятого утеса, «веньгала» (плакала), дрожала вся. Вдруг слышит — вроде петух кукарекает: глухо, будто изпод земли. Заглянула за большой валун и ахнула. Там, за кустом, чернел лаз, и кукареканье доносилось именно оттуда.

Поняв, что это и есть та самая баринова пещера, Дурка долго не решалась в нее войти. Откуда там взялся петух? Неужто тот самый, которого черт уволок? Может, и пропавший барин тоже там? Куда как страшно!

Хотела убежать от греха. Вдруг слышит — кудахтанье. Знакомое, Белянкино!

Значит, там она, в пещере.

И, перекрестившись (молитву говорить не умела — «неязыкая» была), полезла добывать Белянку.

Сначала ничего разглядеть не могла, темно. Потом немножко приобыклась. Увидела белое пятно — Белянку. Кинулась к ней, а рядом петух. Бойкий такой, всё на курицу заскакивал. Вдруг глядит — немножко в сторонке лежит бородатый мужик в белой рубахе (так Дурке, во всяком случае, показалось), похрапывает. Если бы мужик не спал, она бы дунула из жуткого места и ни за что бы туда не вернулась. Но спящего что бояться? То есть, побоялась, конечно, малое время, но потом пригляделась, увидела, что нестрашный, и разбудила, отвела в деревню, вместе с петухом.

Кочет этот, красного пера, достался Дурке, потому что пещерный мужик показал: себе бери. Хороший оказался петух, не чета деревенским. Дурка с бабаней давали его чужих кур топтать, за пяток яиц, и оттого стали жить сильно лучше, а от кочета в Строгановке пошла порода «етучих» (то есть ненасытных до топтания) красных петушков. Самого-то его через год соседские петухи заклевали — очень уж драчлив был.

Дослушав рассказ до конца, Пелагия стала расспрашивать про Мануила: что он был за человек, как себя вел, не обижал ли. Помнила, за что мужики прогнали горе-пророка, и не могла взять в толк: если так, что ж Дурка о «паскуднике» так тревожится?

Девочка ничего плохого о своем обидчике не сказала, напротив. Когда говорила о нем, голосок стал мечтательным, даже нежным. Похоже, встреча с «диким татарином» стала главным событием в ее маленькой, убогой жизни.

Он добрый, сказала Дурка. «Беседничать» с ним хорошо.

— Да как же вы могли беседы вести? — не выдержала Пелагия. — Ты была неязыкая, он тоже, говорят, бессловесный был?

Про себя подумала: или прикидывался перед мужиками?

— Беседничали, — упрямо повторила Дурка. — Мануил так толокал, ни одинова словечка не поймешь, а ино всё понятно.

— Да что он тебе рассказывал-то?

— Разно, — ответила девочка и посмотрела в небо, на луну. На ее лице играла странная полуулыбка, совсем не детская. — Я ишшо малая была, как есть дура. Хочу яво умолить: «Никуда не уходи, у нас с бабаней живи», а сама толь «ме» да «ме».

— Когда же ты научилась говорить?

— Он, Мануил, от немотки слечил. Грит: «Ты, девка, ране толокать не жалала, потому не с кем тобе было и не об чем. А со мною затолокаешь».

— И всё это он тебе без слов выразил? — недоверчиво спросила Пелагия.

Дурка задумалась.

— Не помню. Повел меня на речку, велел разболочься (раздеться) нагола. Зачал водой на темко (темя) поливать, по плечам оглаживать. Так-то сладко! И наговор приговариват, волшебной. А Ванятка мельников нас свидал, побёг за мужиками. Прибегли они и давай яво, Амануила, сизовать, да за волосья по земле волочь, да ногами! Я как заору: «Не трожьте яво! Не трожьте!» Словами заорала, толь никто не сослыхал — тож орали все сильно. И так я обмирела (удивилась), что могу словами орать, — пала без памяти и лежала день и еще день. А проснулась, яво уж прогнали... Хотела за ним бежать, в Святу Землю. Амануил оттудова родом.

— Из Святой Земли? С чего ты взяла?

— Откель жа такому ишшо взяться? — удивилась Дурка. — А и сам мне про то толокал. Толь не побегла я. Потому он не велел. Я ишшо ране таво с им просилась — мычала «возьми меня, возьми». Боялась, не проймет, меня окроме бабани никто не пронимал. А он пронял. «Рано, грит, тебе в Святу Землю. Бабаня без тебя как? Вот ослобонит тя Господь, тады ко мне приходи. Ждать буду».

Лишь теперь, с запозданием, Пелагия сообразила, что девчонка, пожалуй, привирает или, выражаясь мягче, фантазирует. Придумала себе сказку и тешится ею. А, с другой стороны, чем ей, бедняжке, еще тешиться?

Пелагия погладила Дурку по голове.

— Почему ты молчишь? В деревне тебя считают немой и полоумной, а ты вон какая умница. Потолокай с сельчанами, к тебе и относиться станут по-другому.

— С кем толокать-то? — фыркнула Дурка. — И об чем? Я толь с бабаней толокаю, тихонько. Кажный вечор. Про Мануила ей сказываю, а она слухат. Отвечать не могет, без языка лежит. Когда я малая была, бабаня мне, бывалот, толокает-толокает, а я, дура, мычу. Теперя наспрот (наоборот). Я толокаю, бабаня мычит. Плохая она, помрет скоро. Схороню, тады ослобонюсь. И пойду к нему, к Амануилу. В Святу Землю. Толь сыперва (сначала) подрасту, девкой стану. На что ему малая девчонка? Годок-другой ишшо обождать надо. Гли-ко-ся, у меня чаво, — с гордостью сказала Дурка и распахнула ворот драного платьишка — показала едва-едва набухающие грудки: сначала одну, потом вторую. — Вишь? Скоро я девкой стану?

— Скоро, — вздохнула Пелагия.

Обе замолчали, каждая думала о своем.

— Слушай, — сказала монахиня, — а могла бы ты показать мне ту череву? Ну, где ты Мануила нашла?

— Чаво, покажу, — легко согласилась Дурка. — Как кочеты навтора (во второй раз) проголосят, сызнова к мельне приходи. Сведу.

Стыдный сон

До петушьего крика, который, согласно закону природы, должен предшествовать рассвету, было еще долго, часов, пожалуй, пять или шесть, так что следовало как-то определиться на ночлег.

Пелагия вернулась к общинной избе, чтобы спросить у старосты, где можно заночевать.

В доме горели окна, и монахиня, прежде чем войти, заглянула в одно из них.

Старосты в горнице не было. За дощатым столом сидел в одиночестве Сергей Сергеевич, а по лавкам вдоль стен улеглись остальные участники экспедиции.

Из этого было понятно, что изба выделена следователю и его команде под ночевку. И то — где ж их еще размещать? Гостинице в Строгановке взяться неоткуда.

Довольно долго сестра стояла неподвижно, глядя на Сергея Сергеевича.

Ах, какое лицо было у следователя, когда он думал, что никто его не видит! Ни насмешливости, ни сухости.

Лоб Долинина был пересечен страдальческими морщинами, у рта пролегла трагическая складка, а глаза сияли подозрительно ярко — уж не от слез ли?

Вдруг Сергей Сергеевич уронил лоб на скрещенные руки, и его плечи задрожали.

До того его было жалко — слов нет. Вот ведь какую муку несет в себе человек, а не гнется, не ломается.

И монахиня поймала себя на том, что ей очень хочется прижать русую голову страдальца к груди, погладить измученное чело, стряхнуть слезы с ресниц.

Да полно, испугалась вдруг она, жалость ли это? А если нет?

Если быть с собой до конца откровенной, совсем начистоту, из-за чего она так легко согласилась ехать с Долининым в Строгановку? Только ли в расследовании и защите Митрофания дело?

Нет, матушка, понравился тебе петербургский мастер сыска, уличила себя инокиня. А еще ты, грешница, почувствовала, что и сама ему нравишься. Вот и захотелось побыть с ним рядом. Или не так?

Так, повесила голову Пелагия, истинно так.

Вспомнила, как стиснулось сердце, когда он сказал ей невозможные слова — про то, что другой такой на свете нет, и не будь она монашка...

Ах, стыдно! Ах, нехорошо!

И хуже всего то, что страшным своим рассказом про серную кислоту Сергей Сергеевич задел в сердце какую-то струнку. Ничего нет опасней этого — когда в женском сердце, содержащемся в неукоснительной строгости, можно даже сказать, зажатом в ежовой рукавице, вдруг тонко зазвучит некая, казалось бы, давно и навсегда оборванная струнка...

Перепугалась черница так, что зашептала молитву об избавлении от искушения.

Испуг породил решительность.

Пелагия поднялась на крыльцо, вошла в сени и постучала в дверь горницы. Подождала несколько времени, чтобы Сергей Сергеевич успел распрямиться, стереть слезы, и переступила порог.

Долинин поднялся ей навстречу. Совладать с лицом не сумел — смотрел на инокиню с изумлением и чуть ли не страхом, словно был застигнут на месте преступления. Это лишний раз убедило ее в правильности решения.

— Вы вот что, — объявила Пелагия. — Вы не ждите меня. Возвращайтесь, нынче же. Что вам тут маяться? Вижу, вы даже спать не можете. Я останусь в Строгановке на денек-другой. Раз уж, благодаря вам, оказалась в этой глуши, займусь своим прямым делом. Я как-никак школьная начальница. Осмотрюсь, поговорю с крестьянами, со старостой. Может, отдадут мне девочек, какие поменьше, на обучение. Что им здесь в невежестве расти?

Подумалось: а ведь верно, и непременно нужно будет Дурку забрать, а бабушку ее можно пристроить в монастырскую больницу.

Была уверена, что Долинин станет отговаривать, даже горячиться.

Однако следователь смотрел на нее молча, не произносил ни слова.

Неужто понял истинную причину, ужаснулась Пелагия. Наверняка догадался — ведь человек он умный, тонкий.

Отвела глаза, а может быть, даже и покраснела. Во всяком случае, щекам стало горячо.

Сергей Сергеевич сухо, через силу вымолвил:

— Что ж... Может, так и лучше...

И закашлялся.

— Это ничего, — тихо, ласково сказала ему Пелагия. — Ничего...

Никаких других слов позволить себе не могла, да и этих бы не следовало. То есть в самих словах, совершенно невнятных, предосудительности не заключалось, но тон, которыми они выговорились, конечно, был непозволителен.

Долинин от этого тона дернулся, глаза блеснули злобой, чуть ли не ненавистью.

Буркнул:

— Ну, прощайте, прощайте.

Отвернулся.

Крикнул на подчиненных:

— Что разлеглись, мать вашу! Подъем!

Это он нарочно, про мать-то, поняла Пелагия. Чтоб поскорее ушла.

Странный человек. Трудно такому на свете жить. И с ним, должно быть, тоже трудно.

Поклонилась следователю в сердитую спину, вышла.

Ночевать решила на общинном дворе, в сарае. Там было не так душно, как в избе, да и, надо надеяться, без тараканов.

Поднялась по приставной лесенке на чердак, поворошила слежавшееся сено. Легла. Укрылась развернутым пледом. Велела себе уснуть.

Что проспит, не боялась.

Сарай был избран для ночлега еще и потому, что в нижнем его ярусе квохтали куры. Попрыгивал там и бойкий петушок, судя по масти из потомков того самого, пещерного. Этот будильник проспать не даст: первым, послеполуночным криком разбудит, даст время и умыться, и собраться с мыслями. А по второму кукареканью нужно будет поспешать к мельнице, на встречу с Дуркой.

Было слышно, как во дворе запрягают и укладывают поклажу долининские подчиненные.

Пелагия повздыхала, слыша нервные, отрывистые приказания Сергея Сергеевича. Зазвякала сбруя, заскрипели колеса. Экспедиция тронулась в обратный путь.

Пелагия повздыхала еще немного и уснула.

И приснился ей страшный, греховный сон.

Страшные сны она, конечно, видела и прежде. Случались и греховные — редко какой монашке не снится стыдное. Владыка разъяснял, что таких снов совеститься нечего и даже запрещал в них на исповеди каяться, потому что ерунда и химера. Нет в том греха, даже совсем наоборот. Если инок или инокиня в часы бодрствования гонят от себя плотского беса, тот затаивается до сонного времени, когда у человека ослабнет воля, и тогда уж лезет из подпола в душу, ночным мышонком.

Но чтобы сон был одновременно и жуткий, и стыдный — такого с Пелагией прежде не бывало.

Что самое поразительное, приснился ей вовсе не Сергей Сергеевич.

Увидела Пелагия мертвого крестьянина Шелухина — таким, каким он сидел, привязанный к стулу. Вроде бы совсем как живой, а на самом деле мертвый. Глаза открыты и даже поблескивают, но это от нитроглицерина. И открыты они, помнит Пелагия, потому что веки на вате держатся.

Присмотрелась она к покойнику и вдруг замечает: будто бы не Шелухин это? У того губы были бледно-лиловые и тонкие, а у этого сочные, ярко-красные. И глаза не совсем такие — глубже утопленные, колючие.

Точно не Шелухин, определила спящая. Похож, да не он. Мануил это, больше некому. И стоило ей про личность мертвеца догадаться, как тот вдруг зашевелился, перестал покойником прикидываться.

Сначала моргнул, но не враз обоими глазами, а по очереди — одним, потом другим, будто дважды подмигнул. Потом медленно облизнул свои красные губы еще более ярким влажным языком. Вроде ничего особенного — подумаешь, облизнулся человек, но ничего страшнее Пелагия в жизни не видывала и застонала во сне, заметалась головой по сену.

Мануил же раскрыл глазищи широко-широко, стал манить сестру желтым пальцем. И шепчет:

— Поди-ка, поди.

Ей бы бежать со всех ног, но странная сила качнула вперед, потянула к сидящему.

Твердая, грубая ладонь погладила обезволевшую Пелагию по щеке, по шее. Было и сладостно, и стыдно.

— Невестюшка моя, любенькая, — протянул Мануил, выговаривая слова на строгановский лад.

Мужская рука стала гладить Пелагию по груди. «Христом-Богом...» — взмолилась черница. Палец пророка нащупал наперсную цепочку, легко оборвал, отшвырнул крест в угол.

Тут Мануил хихикнул, затряс бородой и, потешаясь, передразнил:

— Христом-Бооогом... У, курочка моя. Ко-ко-ко, ко-ко-ко. — Да как заорет во всю глотку. — КУККА-РЕ-КУУУУ!!!

Пелагия, подавившись воплем, вскинулась.

Внизу истошно голосил петух.

О, Господи!

Стало тихо

В темноте зашуршало, зацокало. Это крикун хлопал крыльями, щелкал по перекладинам когтями — карабкался к Пелагии знакомиться.

— Ну здравствуй, здравствуй, — сказала монашка посетителю, который разглядывал ее, склонив хохластую голову на сторону.

— Ко-ко, — оценивающе молвил петушок.

Кажется, Пелагия ему понравилась. Он подошел ближе, бесцеремонно тюкнул клювом в обтянутое черным сукном колено.

— И ты туда же, — упрекнула его сестра.

В тусклом свете луны, просачивавшемся сквозь дырявую крышу, разглядеть пернатого в деталях было трудно. Да и что его разглядывать? Петух как петух.

— Ах ты, Петя-Петушок, масляна головушка, шелкова бородушка, — слегка дернула его за мясистую бородку инокиня.

Петух отскочил, но недалеко.

— Когда во второй раз кричать будешь? Скоро? — спросила сестра.

Не ответил.

Она спустилась во двор, к колодцу. Ополоснула лицо, расчесала волосы — благо стесняться некого.

Всё небо покрылось звездами. Пелагия как взглянула вверх, так и застыла.

Петушок был тут как тут. Вскóчил на колодезный сруб, тоже задрал голову. Может, ему показалось, что по небу рассыпано золотистое пшено. Он перескочил повыше, на колодезный ворот, вытянул шею, но до зернышек все равно не достал. Сердито заквохтал и снова:

— Куккарекуyy!!!

Чем привел Пелагию в недоумение. В каком это смысле он кукарекал? По своим петушьим часам или просто так, от досады? Можно этот крик засчитать как «навтора» или нельзя?

Но в других дворах тоже закричали кочеты. Значит, пора.

Пока пересекала луг, луна зашла. Сделалось совсем темно, как и положено перед рассветом.

Тропинка еле серела во мраке, а каждый шаг отдавался гулом. Сначала монахине даже показалось, что сзади кто-то идет, но потом сообразила — эхо. Она и не знала, что эхо бывает на открытом пространстве. Может быть, от особенной прозрачности воздуха?

Посередине луга обнаружилось, что петух увязался за своей новой знакомой. Прискакивал сзади, похлопывал крыльями. «Ах, какой отчаянный, — пожурила его монашка. — Вертопрах! Бросил и семейство, и жилище ради первой же юбки».

Пошикала на него, помахала руками: иди, мол, возвращайся. Но Петя-Петушок не послушался. Ладно, решила она, пускай себе. Захочет — дорогу найдет.

Дурка ждала у мельницы.

— Вот, видишь, я с кавалером, — сказала ей Пелагия. — Привязался. Гнала его, гнала...

— Глянулась ты яму. Таперь не отстанет. Они, красные, жуть какие цепучие. Ну чаво, пойдем на Камень иль как?

— Пойдем.

Лучше бы, конечно, наведаться туда днем, подумала Пелагия. Но днем могут заметить, а это ни к чему. Какая разница, день или ночь — все равно в пещере темно.

— Карасиновая? — уважительно кивнула девочка на лампу, что несла в руке монахиня.

— Да, на керосине. В городе сейчас все такие. А на улицах газовые фонари. Я тебе обязательно покажу.

Через речку перебрались по камням: впереди Дурка, Пелагия за ней, подняв рукой подол. Петушок прыгал сзади.

Потом довольно долго шли кустарником — пожалуй, с версту. А там начались и утесы.

Девочка шла быстро, уверенно. Монахиня еле за ней поспевала.

И опять, как в Лесу, у Пелагии возникло ощущение, что ночной мир на нее смотрит, причем не спереди, в глаза, а по-воровски — в спину.

Даже оглянулась и, конечно, заметила сзади шевеление каких-то теней, но испугаться себе не позволила. Если ночных теней пугаться, то как же в пещеру лезть? Вот где будет по-настоящему страшно.

Еще, может, и не полезу, дрогнула Пелагия. Посмотрю, где она, и довольно.

«А зачем смотреть? — спросила она себя. — На что тебе вообще понадобилась эта пещера?»

Не нашлась, что ответить, потому что никакого рационального ответа не было. И все же знала, пускай и не понимая резона, что взглянуть на место, где Дурка обнаружила пророка Мануила, *нужно*. Сергей Сергеевич, раз нерационально, не стал бы. Но ведь он мужчина, они устроены по-другому.

— Вон Чертов Камень, — остановилась девочка, показывая пальцем на темный горб, отвесно поднимавшийся кверху. — Нето повернем?

— Веди к пещере, — велела Пелагия и стиснула зубы, чтоб не заклацали.

Место и вправду было недоброе. Тут и днем, наверное, брала жуть — от тесно сдвинувшихся скал, от абсолютной, звенящей тишины. Ночью же и подавно.

Но Дурка, кажется, совсем не боялась. Должно быть, воспоминание о Мануиле окрашивало для нее этот зловещий ландшафт в иные, вовсе не страшные цвета.

— В череву часто наведываешься? — спросила Пелагия.

— Нутрь ни разочка не лазала. А к Чертову Камню бегаю.

— Почему же внутрь не идешь?

Девочка дернула плечом:

— Так.

Не захотела объяснить.

Петя-Петушок, кажется, тоже чувствовал себя отлично. Вскочил на большой камень, бодро растопырил крылья.

«Выходит, тут одна я трусиха?» — упрекнула себя Пелагия и попросила:

— Ну, где? Показывай.

Вход в пещеру оказался в заросшей кустами расщелине, которая вонзалась в скалу узким клином.

— Вона, — показала Дурка, раздвигая ветки.

Сквозь предрассветные сумерки чернело узкое отверстие. Высотой аршина полтора — чтоб войти, нужно согнуться.

— Полезешь? — уважительно спросила Дурка.

Петух прошмыгнул у ней между ног. С любопытством посмотрел на дыру, скакнул вперед и исчез.

— Конечно, полезу. А ты?

— Не, мне не можно.

— Здесь подождешь?

Дурка помотала головой:

— Бегти надо. Федюшка-пастух скоро стадо погонит. Да ты, тетенька, не робей. Толь далёко не уходи. Кто ее знает, череву-то... Обратко в деревню пойдешь — тропки держись. Ну, пакедочки.

Развернулась и помчалась назад, только белые икры засверкали.

Пелагия перекрестилась, вытянула вперед руку с фонарем. Полезла.

Дурка бежала легко, воздушно, и казалось ей, что она не бежит, а летит над белесой рассветной дымкой, что стелилась по-над землей. Даже руки в стороны раскинула, как птица-журавль.

Чтоб поспеть к выгону, нужно бы еще и быстрей припустить, не то настегает Федюшка по сидельному месту.

«Ничаво, ничаво», — шептала Дурка, несясь меж утесов. Так ловчей бежалось, если повторять: ни-ча-во, ни-ча-во.

Уже прикидывала: до кустарника добежит, а там задохнется, придется до речки шагом. Там можно сызнова запустить, по лугу-то. Поспеть бы только — вон уж почти совсем светло.

Но задохнуться она не успела, потому что убежала от Чертова Камня недалеко, шагов на полста.

Там, где тропинка прижималась к самому обрыву, от скалы навстречу бегущей качнулась большая черная тень.

— Аману... — хотела позвать Дурка, но не договорила.

Что-то хищно свистнуло, рассекая воздух.

Раздался короткий костяной хруст.

И стало тихо.

В пещере

Надо сказать, что, решившись проникнуть в черное отверстие, сестра Пелагия преодолела не обычную женскую опасливость, которой в чернице, пожалуй, почти и не было (во всяком случае, любопытство неизменно одерживало в ней решительную победу над робостью, даже и в ситуациях порискованней нынешней). Нет, здесь имелась причина более серьезная.

Дело в том, что с некоторых пор, после одной истории, приключившейся в неотдаленном прошлом, у инокини имелись особые счеты с пещерами. И теперь, от одного ощущения, что со всех сторон теснятся невидимые во мраке каменные стены, а сверху напирает невысокий свод, в душе у Пелагии вострепетал сырой, нерассуждающий ужас.

Протянув руку над головой и не нащупав потолка, она осторожно выпрямилась и заставила себя успокоиться.

Ну что страшного могло быть в этой «череве»? Хищный зверь?

Непохоже. Если бы медведь или волчья стая облюбовали пещеру себе под жилище, чувствовался бы острый запах.

Летучие мыши?

Для них здесь слишком тесно — как следует крыльями не размахнешься.

В общем, кое-как уговорила себя, успокоила.

Зажгла лампу, посветила во все стороны.

Про тесноту она, оказывается, ошиблась: за узким лазом пещера раздавалась и вширь, и вверх, так что стен было не видно — тонули в темноте.

На самом краю освещенного круга мелькнула низенькая тень. Это Петя-Петушок исследовал территорию.

«Зачем я сюда все-таки пришла? — спросила себя Пелагия. — Что за надобность?»

Прошла немного вперед, увидела, что в дальнем углу стены и потолок снова сужаются, но пещера там не кончалась, только, кажется, забирала кверху.

Сестра поставила лампу на пол, сама села на выступ.

Стала думать, отчего это судьба ее всё в какие-то пещеры загоняет?

Что это вообще за притча такая — подземные ниши? К чему они Господу? В каком смысле задуманы? А что смысл в том есть, и смысл особенный, ясно всякому, кто хоть раз в жизни забредал в маломальски глубокую, уединенную пещеру.

Вот ведь и в Писании сколько про них изложено.

Древние израильтяне и жили в пещерах, и хоронили в них своих мертвых. Пророку Илии из пещеры был Голос, вопросивший: «Что ты здесь, Илия?» А может ли быть случайно, что именно в пещере воскрес Христос?

Природный ход в земные недра — разве не лаз это из одного мира в другой? Из света во тьму, от видимого к невидимому? Пещера подобна жерлу вулкана, что ведет от поверхности в истинную суть Земли, планеты, которая, как утверждает наука, на девяносто девять сотых состоит из пылающего огня. Так и летим сквозь мрак на огненном шаре, едва прикрытом тоненькой кожицей тверди. Над нами гибель, и под нами тоже.

То ли от философических мыслей, то ли еще от чего, но только почудилось Пелагии, будто мрак вокруг словно бы колышется, плывет. И заклонило в сон, и послышался тихий, неясный звон, которому взяться здесь было совершенно неоткуда.

А потом случилось вот что.

Из темноты, с той стороны, где находился вход, раздался треск, грохот. Сначала смутный, потом всё громче и громче.

Пелагия кинулась на шум.

В лаз проползла на четвереньках, с бешено бьющимся сердцем.

И уперлась руками в сплошную каменную осыпь.

Обвал!

Попробовала разобрать камни — какой там! Придавленные сверху, они встали насмерть.

Пелагия отчаянно, ломая ногти, попыталась расшатать, хоть немножко сдвинуть груду, но ничего не вышло. Наоборот, снаружи донесся гул нового обвала. Куча чуть шелохнулась навстречу монашке, приняв на себя еще бóльшую тяжесть.

Спокойно, обойдемся без бабьей истерики, приказала себя Пелагия, вытирая рукавом лоб, весь покрытый капельками холодного пота.

Завтра, то есть уже сегодня, Дурка увидит, что я не вернулась, прибежит сюда и поймет, в чем дело. Если сама не сможет разгрести, приведет крестьян. Ради такого случая обретет дар речи.

Несколько часов потерпеть. Много — день. Плохо, конечно, но не смертельно.

Монахиня перебралась обратно, на просторное место. Заставила себя сесть. Фитилек укрутила, чтобы керосин расходовался экономней.

Посидела-посидела, и вдруг сердце стиснулось от скверной мысли.

«Вот ты гадала, что тебя в эту пещеру тянет? А может, потому и тянуло, что именно здесь тебе предписано встретиться со своей судьбой? Что, если тебя привел сюда инстинкт — только инстинкт не жизни, а смерти?»

От этакой догадки Пелагия вскочила — очень уж испугалась. Какая будет злая насмешка рока, если она здесь погибнет! Вот уж воистину: любопытной Варваре нос оторвали! И, главное, глупо-то как, безо всякой нужды и смысла!

Нужно что-то делать, сказала себе монахиня. Иначе тут с ума сойдешь. Что они ко мне привязались, эти проклятые пещеры? За что они меня мучают, чем я им не угодила?

Схватила лампу, полезла вверх по гравию, по камешкам. Вдруг сыщется другой выход?

Пещера сузилась настолько, что карабкаться приходилось на локтях и коленках. Проползешь шаг-другой, потом тянешь за собой лампу, ставишь ее повыше. Снова ползешь. Бедная монашка старалась не думать о том, что тут вполне могут быть змеи. Они как раз просыпаются после зимней спячки. Апрель, у гадюк самый яд. Господи-Господи...

Через некоторое время ход сделался шире и вывел в новый зал — много больше нижнего.

Пелагия обследовала полость. Сходила и вправо, и влево. Обнаружила целых девять не то лазов, не то просто трещин. Какой путь выбрать?

А петушок, оказывается, тоже успел перебраться сюда. И нисколько не утратил бодрости — бегал взад-вперед, постукивая коготками.

Тут сестра вспомнила, как Дурка говорила, будто петух всегда найдет выход из лабиринта.

Присела перед кочетом на корточки, стала уговаривать:

— Петя, Петенька, выведи меня отсюда. Я тебе целый мешок пшена добуду. А, Петенька?

Он смотрел на нее, повернувшись профилем, прислушивался к ласковому голосу. Идти никуда не шел.

Тогда, потеряв терпение, Пелагия взяла его и стала поочередно подносить к каждому из лазов. Принесет, поставит и смотрит — пойдет или нет.

В первую трещину петух шмыгнул было, но тут же выскочил обратно.

Во вторую и клюв совать не стал.

Зато в третью юркнул так проворно, что сразу исчез из вида.

Пелагия подхватила лампу, протиснулась следом.

Эта нора была еще у́же той, что вела из первого яруса во второй. В одном месте, похожем на бутылочное горло, Пелагия чуть не застряла. Сама коекак просунулась, а до лампы потом дотянуться не смогла — та осталась внизу.

Дальше карабкалась в кромешной тьме, нащупывая, за что ухватиться. Вся вымокла и продрогла — по камням стекала холодная вода. Это еще не означало, что наверху есть выход, — вода, как известно, просочится через любую трещину, иногда даже профильтруется через сплошную породу.

Монахиня гнала прочь ужасную мысль: вот сузится ход до такой щелки, что двигаться дальше станет нельзя. Тогда — конец, причем страшный, потому что пятиться в обратном направлении невозможно. Так и застрянешь в этом каменном саване, и никто никогда не сыщет... Зачем только ее понесло за петухом? Лучше сидела бы себе внизу, ждала помощи!

Куда он делся, погубитель? Ему-то что, он где угодно пролезет.

Пелагия обессиленно прижалась лбом к мокрому камню, закрыла глаза.

Тут-то Петя себя и объявил, заорал во всё петушье горло — где-то наверху, близко:

— КУККАРЕКУУУУ!!!!!

Должно быть, подошло ему время в третий и последний раз кричать.

Сестра открыла глаза, задрала голову — и увидела слабо брезжущий свет!

Ахнув, рванулась кверху.

Небо, ей-богу, небо! Оно нестерпимо сияло, резало привыкшие к темноте глаза.

Пелагия по пояс высунулась из норы, вдохнула полной грудью блаженный запах свободы. Рядом, на камне, как ни в чем не бывало, сидел Петя, на монашку внимания не обращал — деловито выклевывал себе что-то из-под красного крыла.

Свет был не таким ярким, как показалось сестре из мрака. Оказывается, только-только рассвело, солнце еще не поднялось над горизонтом.

Странно — инокиня могла бы поклясться, что пробыла в подземном заточении несколько часов, а по цвету неба выходило, что самое большее полчаса. Какая все-таки загадочная материя — время. То застынет на месте, то несется сломя голову, и никогда одна минута не равна другой, час часу, день дню, год году.

Однако следовало вычислить, куда же это она выбралась?

Тут обнаружилось, что полностью вылезти из дыры не получится — некуда. Щель, из которой выглядывала сестра, располагалась в отвесной стене: ни подняться, ни спуститься. Петушок еще както пристроился в каменной зазубрине, но человек ведь не птица.

Получалось, что радость была преждевременной.

Перегнувшись, Пелагия с трепетом увидела, что книзу обрыв не просто отвесный, а еще и вогнутый. По такому нипочем не слезешь.

Спрыгнуть нельзя и подавно. Высота — саженей десять, внизу острые камни.

Как же отсюда выбраться? Не назад же в пещеру лезть. Дрожь пробирала от одной мысли. И потом, что толку возвращаться — выход-то засыпан.

Приглядевшись получше, монахиня поняла, что находится как раз над тем местом, где входила в пещеру. Узнала и клинообразную выемку, и кусты. Отлично просматривался и сам лаз, *причем вовсе не засыпанный, а совершенно свободный*!

Не поверила своим глазам.

Как это может быть?

Неужто за те нескончаемые полчаса, в течение которых она лезла вверх, кто-то успел разобрать завал? Но тогда вокруг были бы разбросаны камни. Что-то не видно.

Чудеса, да и только.

Снизу донесся грохот — сначала негромкий, но постепенно набирающий силу.

Снова обвал?

Монахиня высунулась дальше и вдруг увидела на откосе, выше лаза, человека, который вел себя очень странно.

В руках у него была здоровенная дубина. Человек использовал ее как рычаг: расшатывал большущую каменную глыбу, из-под которой вниз сыпались камни поменьше.

Вот глыба покачнулась, ухнула вниз.

Затрещали ветки — следом за валуном на кусты обрушился целый камнепад, и лаз оказался полностью засыпан.

Пелагия смотрела как завороженная. Даже не на сам обвал, а на человека, что его устроил.

Вернее, на голову злоумышленника.

Лица сверху было не видно — закрывала мохнатая шапка со свисающим волчьим хвостом. Вот на этот-то хвост монахиня и уставилась.

Это был он, точно он! Струков хвост, что помахивал в вечерней чаще с еловой ветки!

Больше всего Пелагия испугалась, что спит и видит сон. Что сомлела в закупоренной пещере, впала в забытье. Сейчас очнется и окажется, что ничего этого нет — ни света, ни чистого воздуха, лишь каменный мешок.

Зажмурилась до боли в веках, закрыла руками уши.

Ничего не видеть, ничего не слышать!

Когда от натуги зазвенело в ушах, убрала ладони, открыла глаза.

Нет, не сон.

Небо, розовые блики восхода, каменная стена.

Только призрак в волчьей шапке исчез. Но дело его рук осталось — наглухо заваленный вход в пещеру.

Или привиделось?

Долго после этого Пелагия просто молилась, не пытаясь вникнуть в недоступное разуму. Хорошо все-таки быть монахиней: когда не знаешь, как быть и что думать, можно взять и помолиться — молений-то всяких выучила много. И от лукавого наваждения, и от сумеречных напастей, и от душевного затмения.

Не скоро — может, через час или два, когда уже вовсю светило солнце, — умирилась, стала размышлять, как выбираться.

И придумала. Петя-Петушок подсказал.

Ему, видно, наскучило торчать на крошечном выступе, как на жердочке.

Поквохтал немножко, да и сиганул с кручи.

Отчаянно полоща куцыми переливчатыми крылышками, спланировал вниз. Там встряхнулся и, не оглядываясь на брошеную подругу по несчастью, побежал по тропинке.

Пелагия вышла из паралича.

Сукно-то крепкое, сказала она себе, ощупывая подрясник. Если на полосы разодрать да связать, получится веревка, и длинная. Конец можно вокруг вот этого каменного пальца обвязать.

До самого низа, конечно, не хватит, но это и не нужно. Спуститься бы до откоса, где Волчий Хвост стоял, это отсюда саженей пять, а дальше уже более или менее полого. Ну а коли веревка окажется коротка — так еще ведь чулки есть, нитяные.

Ничего, ничего, как-нибудь.

V

МОЗГИ ФРИ

Ахиллесов каблук

Окружной прокурор Матвей Бенционович Бердичевский имел некоторую склонность к патетическим оборотам речи — обзавелся такой привычкой, выступая перед присяжными в суде. И в повседневной жизни, бывало, станет говорить обычным языком, а после увлечется или расчувствуется, и тут же начнут вплетаться всякие «доколе» и «воистину».

Вот и теперь Бердичевский начал деловито, с уместной для серьезного разговора в узком кругу суховатостью, но не удержался в аналитических рамках, сорвался в тон дифирамбический.

— И еще вот что, — сказал он, переведя взгляд с Митрофания на Пелагию. — У меня, если позволите, воистину нет слов, чтобы выразить всё мое восхищение вашим присутствием духа и обстоятельностью, дорогая сестра! После столь ужасного потрясения вы не впали в нервное расстройство, как сделала бы любая особа слабого пола, да и девять из десяти мужчин! Вы произвели самое настоящее, квалифицированнейшее дознание по свежим следам! И притом совсем одна, без господина Долинина! Я полон преклонения перед вашей доблестью!

Смутившаяся от такого обилия восклицательных знаков и в особенности от «преклонения» монахиня проговорила, как бы оправдываясь:

— Как же было не разобраться, если девочка не пришла коров выгонять? Нужно было найти, куда она подевалась. Вы недосказали, что пятна-то?

Матвей Бенционович печально вздохнул и ответил, совсем чуть-чуть бравируя научной терминологией:

— В лаборатории исследовали мешочек с грунтом, собранным вами на том месте. Вам правильно показалось, это и в самом деле кровь, что подтверждает реакция Ван-Деена на воздействие настойкой гваяковой смолы. А серодиагностическое исследование по методе Уленгута выявило, что кровь, увы, человеческая.

— Ах, беда какая! — вскричала монашка, всплескивая руками. — Этого-то я и боялась! Убил бедняжку и спрятал в какой-нибудь щели, да камнями засыпал! Это она из-за меня жизни лишилась. Что же теперь с ее «бабаней» будет?

И залилась слезами, то есть на сей раз поступила именно так, как полагается вышепомянутым особам слабого пола.

Митрофаний насупился — плохо выносил женские слезы, особенно если они лились не попусту, а по основательной причине, как сейчас.

— За старушкой я пошлю, пускай в нашу богадельню поместят. Но каков злодей твой Волчий Хвост! Мало ему было тебя, инокиню, губить, еще и ребенка истребил. Чем ему девочка-то помешала?

— Чтобы не рассказала в деревне, куда она отвела монахиню, — пояснил прокурор, комкая в руке чистый платок — хотел предложить Пелагии на предмет утирания влаги, но не осмеливался.

Сестра обошлась и собственным платочком. Промокнула глаза, высморкалась. Спросила гнусавым голосом:

— А след что? Хорошо ль я его свела?

Обрадованный тем, что беседа возвращается в неэмоциональное русло, Матвей Бенционович поспешно молвил:

— Мой эксперт говорит, что отпечаток сапога срисован почти идеально. И как это вы не побоялись — одна, на месте предполагаемого убийства!

— Еще как боялась. — Пелагия всхлипнула, подавляя рыдание. — А что было делать? Как вернулась я от Чертова Камня в Строгановку и узнала, что Дурка к выгону скотины не появлялась, мне плохо сделалось. Кинулась к старосте, говорю: искать надо. Он людей не дает, мол, в работе все, да и невелика потеря — Дурка какая-то. Пошла обратно к Чертову Камню одна, той же дорогой. Страшно, конечно, было, но рассудила: что злодею там сидеть? Он ведь уверен, что свое дело исполнил, меня в пещере запер. Прошла до самого Камня, глядела по сторонам. А на обратном пути уже только вниз смотрела, под ноги. Ну и нашла на тропинке, под обрывом, след на земле: полоса, будто волочили что-то, темные пятна и отпечаток сапога. Деревенские сапог не носят, только лапти. Я после специально справилась. На всю Строгановку есть одна пара, у старосты. Он надевает на престольные праздники и когда в волость ездит. Но на тех подошва совсем другая.

— Да, подошва необычная, — кивнул Бердичевский. — И это, позволю себе заметить, наша единственная зацепка. Шапка с волчьим хвостом — не примета. Зытяки такие испокон века делают. Можно купить и у нас в Заволжске на базаре, за пять рублей. А вот сапог — дело другое. Подметка, если так можно выразиться, интересная, с узором из гвоздиков. Я провел у себя в управлении совещание, с привлечением лучших полицейских чиновников и следователей. Вот, извольте. — Он достал книжечку, зачитал. — «Носок обрубленный, четырехугольный. Окован двадцатью четырьмя гвоздями в виде трех ромбиков, рант десятимиллиметровый, подковка двойная. Каблук квадратный, средневысокий. Вывод: работа не фабричная, а высококлассного мастера, обладающего собственным почерком». Это хорошо, ибо делает поиск возможным, — пояснил прокурор. — Плохо другое: у нас в губернии такого мастера нет. Что еще можно, так сказать, вытянуть из отпечатка? По формуле де Парвиля, установившего, что рост человека в 6,876 раза больше длины его ступни, получаем, с четырех-пятимиллиметровой поправкой на обувь, что искомый субъект имеет рост между 1,78 и 1,84 метра, то есть весьма высок.

— Сколько это по-нашему? — поморщился преосвященный, неодобрительно относившийся к новомодной тенденции переводить всё с русских мер на метры. — Ладно, Бог с ними, с сантиметрами. Скажи-ка лучше, Матюша, как ты всё это понимаешь?

Версия у Бердичевского имелась, хоть и довольно расплывчатая.

— Преступник (назову его, вслед за вашим преосвященством, «Волчий Хвост») следовал за сестрой Пелагией от самого Заволжска. От соблазна предположить, что Волчий Хвост и Стеклянный Глаз — одно и то же лицо, пока, за нехваткой доказательств, воздержусь. Однако не вызывает сомнений, что причину столь назойливого внимания злоумышленника к дорогой нам особе следует усматривать не в чем ином, как в умерщвлении предполагаемого пророка.

— Матвей, — попросил преосвященный, — ты говори проще, ведь не в суде выступаешь.

Прокурор сбился, но не более чем на полминутки.

— Вообще-то я уверен, что это именно Стеклянный Глаз, — сказал он уже без важности, попросту. — Узнал каким-то образом, что это Пелагия навела на него подозрение, и решил расквитаться. Если так — то это человек психически ненормальный. Я, знаете ли, недавно прочитал немецкое исследование на тему маниакально-обсессионной злопамятности. Всё сходится. Такие субъекты живут в постоянном ощущении всемирного заговора, направленного персонально против них, постоянно выискивают виновников и иногда мстят им самым жестоким образом. Это же надо — преследовать женщину несколько сотен верст, чуть не до самого Урала! Через лес, перед этим по реке. Следом на лодке, что ли, плыл? А способ убийства-то какой изуверский придумал! И девочку не пожалел. Извините, но это явный маниак.

— Что ж он меня в лесу не убил? — спросила Пелагия. — Проще простого было бы.

— Я же говорю: злобная обсессия. «Проще простого» вас убить ему было неинтересно. Осмелюсь утверждать, что эти патологические личности любят разыгрывать спектакли — вроде замуровывания заживо в пещере. Да и потом, должно быть, хотел растянуть удовольствие, покуражиться. Зря, что ли, он на вас из-за елки рычал? Игрался, как кошка с мышкой.

Монахиня кивнула, признавая резонность прокуроровых умозаключений.

— Мне еще вот что не дает покоя. Всё время об этом думаю. Где я была, когда произошел обвал: внизу, в пещере, или наверху? Как я могла видеть сверху то, что случилось раньше?

Митрофаний с Бердичевским переглянулись. Они между собой уже обсуждали эту странную подробность монашкиного рассказа и пришли к некоему выводу, который преосвященный сейчас и попробовал донести до Пелагии — разумеется, самым деликатным образом.

— Я полагаю, дочь моя, что у тебя от потрясения несколько спутались реальность и мнимость.

Не могло ли случиться, что Волчий Хвост возник в твоем воображении после случая в лесу, столь сильно тебя напугавшего? Хорошо-хорошо, — поспешно сказал Митрофаний, видя, как вскинулась при этих словах Пелагия. — Очень возможно, что дело вовсе не в тебе, а во внешних причинах. Ты сама говорила, что в пещере какой-то особенный воздух, от которого слегка кружится голова и звенит в ушах. Может быть, там выделяется какой-нибудь природный газ, нагоняющий дурман, — я читал, такое бывает. Есть неизвестные науке субстанции и эманации, действие которых сокрыто от человеческих органов чувств. Помнишь, как на Ханаане-то?

Пелагия очень хорошо помнила. И передернулась.

— Мы будем действовать вот как, — бодро произнес Матвей Бенционович, возвращая разговор от химер к реальности. — Пускай преступник думает, что всё ему удалось: монахиню истребил, единственную свидетельницу убрал. А мы тем временем его ухватим за этот ахиллесов каблук. — Он постучал пальцем по рисунку. — Я послал запрос в Москву, Петербург и Киев, в кабинеты научно-судебной экспертизы. Там хорошие картотеки, самого разного профиля. Глядишь, и выйдем на сапожного мастера. А через сапожника, Бог даст, и убийцу найдем.

— На Бога-то сильно не рассчитывай, — остудил оптимизм духовного сына Митрофаний. — У Него и без каблуков забот хватает.

«Tractatus de speluncis»

И возобновилась обыкновенная, повседневная жизнь, в которой сестре Пелагии стало не до таинственных пещер.

Обязанности начальницы епархиального училища были хлопотны и чреваты разного рода турбуленциями. По правде говоря, большая часть сих потрясений от самой начальницы и исходила.

Приняв послушание возглавить школу, в которой прежде служила учительницей, Пелагия затеяла переворот в программе, отчего подвергалась нападкам и сверху, и снизу.

Сверху — это от владыки Митрофания, который нововведениям не препятствовал, но и отнюдь их не одобрял, отпускал едкие замечания, да еще сулил неприятности от Святейшего Синода, грозясь, что тогда-то уж покрывать смутьяншу не станет, выдаст на суд и расправу. «Станете, ваше преосвященство, станете, никуда не денетесь», — мысленно отвечала ему на это Пелагия, хоть внешне и демонстрировала полную смиренность.

Куда больше допекала критика снизу. То есть, сестры-учительницы монашеского звания, привычные к покорности, оспаривать волю начальницы и не помышляли, но вот вольнонаемная преподавательница Марья Викентьевна Свеколкина, недавно закончившая в Москве педагогические курсы и пылавшая жаждой просветительства, портила Пелагии немало крови.

Тут нужно объяснить, в чем заключалась суть реформы.

Школа была четырехгодичная, многому за такой срок учениц не обучишь. Вот Пелагия и постановила оставить всего четыре предмета, без которых, по ее разумению, обойтись никак невозможно. Лучше меньше, да лучше — таков был лозунг начальницы. Скрепя сердце она изгнала из программы естественные науки и географию как необязательные для девочек из бедных семей — всё равно, окончив учение, начисто позабудут про законы физики да чужеземные столицы. Главным предметом сделала домоводство, отведя под него половину уроков, и еще оставила гимнастику, литературу и закон Божий, он же пение.

Объясняла Пелагия свой выбор так.

Ведение домашнего хозяйства — самое важное знание для будущих жен и матерей. Гимнастика (включавшая летом плавание, а в холодное время года — экзерциции в зале и закаливающее обливание) потребна для здоровья и складной фигуры. Литература необходима для развития благородных чувств и правильной речи. А что до преподавания Божьего закона через пение, то детям постигать Всевышнего проще и доступнее именно через музыку.

В короткое время школьный хор прославился на весь Заволжский край. Сам губернатор фон Гагенау, бывало, утирал умильную слезу, слушая, как ученицы (каждая в коричневом платьице и белом платочке) выводят ангельскими голосами: «Величит душа моя Господа» или «Сердцу милый».

Курсистке Пелагия доказывала, что если у кого из девочек проявится интерес к дальнейшему учению, то таких можно определять на казенный кошт в городское училище, а уж если очень способная окажется, то и в гимназию. На этот случай в губернской казне имеется особая статья.

Свеколкина доводов не слушала и обзывала начальницу всякими бранными словами, от которых Пелагия иногда плакала: ретроградкой, клерикалкой, обскуранткой и прислужницей мужского деспотизма, который спит и видит запереть женщин в клетку домашнего хозяйства.

В разборе накопившихся за отлучку дел, в баталиях с прогрессисткой миновали три дня. Но даже и в этот суетливый период с Пелагией случалось, что она в самый разгар какого-нибудь занятия вдруг словно забывалась и застывала на месте, о чем-то задумываясь. Потом, конечно, спохватывалась, возвращалась к прерванному делу с удвоенным усердием.

В первый же свободный вечер (было это на четвертый день после возвращения из Строгановки) монахиня отправилась на архиерейское подворье. Она имела дозволение являться туда в любое время и распоряжаться во владычьих покоях, как у себя дома. Вот и воспользовалась.

Преосвященного беспокоить не стала. Знала, что в предпочивальное время он обычно пишет свои «Записки о прожитой жизни». Увлечение это у епископа появилось недавно, и предавался он писательству с самозабвением.

Изложить события из собственного прошлого Митрофаний задумал не от суеславия или самомнения. «Жизнь проходит, — сказал он, — много ли мне осталось? Так и уйдешь, не поделившись накопленным богатством. Ведь единственное настоящее богатство, которое никто у человека не отнимет, — его неповторимый жизненный опыт. Если умеешь складывать слова, большой грех не поделиться с родом человеческим своими мыслями, ошибками, терзаниями и открытиями. Большинству это, наверное, ни к чему будет, но кто-то прочтет и, может, беды избежит, а то и душу спасет».

Читать написанное архиерей не давал. Даже секретаря не подпускал, сам перебеливал. Говорил: «Вот помру — тогда прочтете». А что ему, спрашивается, умирать, если крепок, здоров и ясен умом?

Пелагия прошмыгнула в библиотеку, вполголоса поздоровалась с отцом Усердовым, выписывавшим что-то из богословских книг для будущей проповеди.

Больше всего на свете отец Серафим обожал проповедовать перед паствой. Поучения произносил ученейшие, с множеством цитат, и замечательные по протяженности. Готовился всерьез, подолгу. Беда только, никто не хотел внимать его учености. Узнав, что нынче служить будет Усердов, прихожане почитали за благо отправиться в какую-нибудь другую церковь, и нередко случалось, что бедный отец Серафим ораторствовал перед парой глухих старушек, пришедших в храм понюхать ладана или обогреться.

Митрофаний не мог допустить такого ущемления авторитету богослужения, но и старательного проповедника обижать не хотел, поэтому с недавних пор дозволял ему ораторствовать лишь в архиерейской церкви, на собственном подворье, для келейников и челядинцев, которым деваться все равно было некуда.

Поглядев, как Пелагия прохаживается вдоль книжных шкафов, секретарь учтиво предложил помощь в поиске книг. Монашка поблагодарила, но отказалась. Знала: этот привяжется — не отвяжется, пока всё не выспросит. А дело было деликатное, не для усердовского разумения.

Отец Серафим снова заскрипел перышком. Потом, как бы в поисках вдохновения, открыл карманный молитвенник, уставился в него.

Пелагия закусила губу, чтоб не прыснуть. Видела она как-то, по чистой случайности, что это за молитвенник. Там с внутренней стороны в переплет было вставлено зеркальце — очень уж уважал Усердов свою благообразную красоту.

Секретарь посидел-посидел, да и ушел, а сестра всё переходила от полки к полке, никак не могла найти искомое — ни среди католической литературы, ни в канонике, ни в агиографии. Посмотрела даже в естественно-научном шкафу — тоже не нашла.

Скрипнула дверь, вошел Митрофаний. Рассеянно кивнул духовной дочери — и к полке. Схватил какой-то томик, зашуршал страницами. Должно быть, понадобилась цитата или проверить что-нибудь. По всему было видно, что владыка сейчас обретается далеко отсюда, где-то в прожитых годах.

Пелагия подошла поближе, увидела, что архиерей листает «Дневники» Валуева.

Покашляла. Не оглянулся.

Тогда уронила со стола на пол «Древнееврейско-русский словарь». Фолиант был в треть пуда весу и шума произвел столько, что Митрофаний чуть не подпрыгнул. Обернулся, захлопал глазами.

— Извините, владыко, — прошелестела монашка, поднимая томище. — Задела рукавом... Но раз уж вы отвлеклись... Не могу одну книгу найти. Помните, после ханаанской истории вы мне говорили, что у вас есть книга о чудесных пещерах, какого-то латинского автора?

— Всё недоуменствуешь о своем Чертовом Камне? — догадался преосвященный. — Есть книжка о пещерах. В медиевистике.

Он подошел к большому дубовому шкафу, провел пальцем по корешкам и выдернул ин-октаво в старинном телячьем переплете.

— Только не латинского автора, а немецкого. — Митрофаний рассеянно погладил выцветшее золотое тиснение. — Адальберт Желанный, из младших рейнских мистиков. На, изучай, а я пойду.

И в самом деле вышел, даже не спросил, что именно надеется Пелагия отыскать в средневековом сочинении. Вот что значит писательский зуд.

Сестра, впрочем, и сама толком не знала, что она ищет.

Неуверенно раскрыла том, поморщилась на трудный для беглого просмотра готический шрифт.

Прочла заголовок.

«Tractatus de speluncis»*

* «Трактат о пещерах» *(лат.)*.

Под ним эпиграф: «Quibus dignus non erat mundus in solitudinibus errantes et montibus et speluncis et in cavernis terrae»*.

Стала перелистывать хрупкие страницы, кое-где вчитываясь повнимательней.

В прологе и первых главах автор дотошно перечислял все двадцать шесть упоминаний о пещерах в Священном Писании, присовокупляя к каждому эпизоду пространные комментарии и благочестивые размышления. Например, исследуя Первую книгу Царств, Адальберт со средневековым простодушием развернул подробное рассуждение, по какой именно нужде — большой или малой — вошел царь Саул в пещеру, где затаился Давид со своими сторонниками. Ссылаясь на других авторов, а также на собственный опыт, Адальберт убедительно доказывал, что царь мог зайти в пещеру лишь по более основательной из телесных нужд, ибо при отправлении нужды менее значительной человек бывает не столь сосредоточен и не производит «crattoritum et irrantum»** — а именно они, вне всякого сомнения, помешали венценосцу заметить, как Давид отрезает у него край одежды.

Устав разбирать средневековую латынь, Пелагия уже хотела отложить труд дотошного исследователя. Рассеянно перевернула еще несколько стра-

* «Те, которых весь мир не был достоин, скитались по пустыням и горам, по пещерам и ущельям земли» *(лат.)*.

** кряхтения и внутренних звуков *(лат.)*.

ниц, и взгляд ее упал на название «Kapitulum XXXVIII de Speluncis Peculiaribus tractans»*.

Начала читать — и уже не могла оторваться.

«А еще есть пещеры, именуемые Особенными, сокрыты они от человека, доколе он жив. Пещеры те соединяют мир плотный с миром бесплотным, и всякая душа проходит чрез них дважды: когда входит в плоть при рождении и когда выходит из плоти после смерти, только неправедные души из пещеры падают вниз, в огненную геенну, а праведные воспаряют в горние сферы. Особенные Пещеры, число же их сто сорок четыре, по милосердию Божию рассеяны по свету равномерно, по одной на тысячу лиг, чтобы путь души к плоти и обратно был не слишком продолжительным, ибо нет ничего мучительней этого перехода.

Ближняя к нашим краям Особенная Пещера находится в Штирской земле, близ горы Эйзенгут, о том говорил отцу приору Блаугартенского аббатства один достойный человек из города Инсбрука, но назвать точное место не мог или не захотел.

Бывает иногда, и не столь редко, что иную душу уже призовет Господь к Своему Суду, но заступится за грешника Милосердная Мать или святой покровитель, и душа возвращается обратно в мир, но остается в ней некое смутное воспоминание о продвижении ее через Особенную Пещеру. Случалось и мне видеть человека, чья душа отрывалась от плоти, но вернулась обратно. То был

* «Главы XXXVIII, повествующей об Особенных Пещерах» *(лат.)*.

кнехт, прежде состоявший на службе у ландграфа Гессенского, по имени Готхард из Обервальда. Этот Готхард упал с коня, ударился головой о камень и был сочтен за мертвого, но назавтра, уже положенный в гроб и отпетый, вдруг открыл глаза и вскоре совершенно выздоровел. Он рассказывал, что его душа, будучи временно разлучена с телом, протискивалась через узкое, темное подземелье. Когда же в конце сей пещеры засиял яркий свет, неведомая сила утянула смятенную душу обратно на землю. Отец приор Блаугартенского аббатства, также присутствовавший при рассказе, спросил Готхарда, не молил ли кто о нем Пресвятую Богородицу или Святого Готхарда Хильдесхеймского, и оказалось, что всё время, пока кнехт лежал мертвый, за его душу беспрестанно молилась жена, которая этого Готхарда сердечно любила.

Видом Особенные Пещеры неотличимы от обыкновенных, и кто случайно забредает в них, если имеет чуткую душу, то слышит тихий небесный звон, а если душой тугоух, то ничего не слышит, однако же испытывает неодолимое желание поскорей уйти и более никогда в это место не возвращаться».

Прочтя про «небесный звон», Пелагия вздрогнула и почувствовала, как по спине пробежали мурашки. Однако главное потрясение было впереди.

«Горе тому, кто окажется в Особенной Пещере в рассветный час, если поблизости закричит красный петух, ибо услышавший этот крик повисает не только душой, но и телом в межмир-

ном пространстве, где нет проистечения времени (in intermundijs ubi non est aetanacio temporis), и может сгинуть на веки вечные, либо же быть выброшен в другое время и даже в другую Особенную Пещеру.

Уже помянутый достойный человек из Инсбрука рассказывал, как некий торговец домашней птицей, застигнутый непогодой, решил переночевать в такой пещере, не зная, что она Особенная. С ним была клетка, в которой сидели петух и куры. И вошел этот человек в пещеру вечером в канун Дня Вознесения Пресвятой Девы, а вышел тремя месяцами ранее, в день Обретения Святого Креста, причем из совсем другой пещеры, расположенной во владениях короля шотландского Иакова, и добирался до дому, прося подаяния, ровно три месяца, так что вернулся в родные места как раз ко Дню Вознесения Богоматери, и никто ему не верил, что он был в шотландском королевстве, хотя торговец этот слыл человеком честным.

Еще мне приходилось слышать про одного зеландского охотника по имени Рип, который услыхал из подземной норы петушиный крик, понял, что это лисица уволокла петуха, и полез, чтобы добыть лисью шкуру. Вылез самое малое время спустя, но, когда вернулся в деревню, никто его там не признал, потому что отсутствовал он целых двадцать лет.

А один лигурийский купец, вернувшийся из страны Катай, рассказывал благородному господину Клаусу фон Вайлеру, хорошо мне известному (было это в городе Любеке, в харчевне «Под кораблем», в присутствии свидетелей), как катайские люди говорили ему, этому купцу, про одного рыбака из царства Япон, что находится в Море-Океане близ Земли царя-пресвитера Иоанна. Тот рыбак, ловя устриц, вошел на рассвете в морскую пещеру, и тут закричала красная черепаха, которые в стране Япон возвещают наступление дня вместо петухов в наказание за то, что тамошние жители не ведают христианской веры, и рыбак этот уснул на недолгое время, а когда проснулся, то оказалось, что он проспал целых восемьдесят восемь лет, и его не пустили в родную деревню, потому что никто его там не помнил, и он скитался по разным местам, и те катайские люди сами его видели, когда плавали в Япон за золотом, которого в том царстве видимо-невидимо и стоит оно не дороже серебра или даже меди.

А о том, почему крик красного петуха производит на душу такое удивительное действие, мною писано в «Disputacio ypothetica de rubri galli statu preelectu», так что вновь писать об том я не стану, а вместо того перейду к*

Главе XXXIX, повествующей о том, как изращивать в пещерах съедобные грибы».

Надо сказать, что, прочитав про красного петуха, Пелагия вскочила со стула и до конца главы читала стоя — вот в какое пришла волнение. С разбегу принялась читать и про грибы, но вскоре

* «Предположительном рассуждении об избранности красного петуха» *(лат.)*.

убедилась, что «Особенные Пещеры» там уже не упоминаются. Внимательно пролистала фолиант до самого конца, надеясь обнаружить еще какое-нибудь упоминание о «Предположительном рассуждении», но ничего не нашла.

Тогда в сердцах захлопнула книгу и бросилась в кабинет к преосвященному.

Митрофаний изумленно обернулся — никогда еще не бывало, чтобы духовная дочь вторгалась к нему в этот заповедный час, да еще без стука.

— Владыко, а «Рассуждение о красном петухе»? — выпалила монахиня.

Архиерей не сразу вернулся от высоких мыслей на землю.

— А? — неблагообразно переспросил он.

— Трактат про красного петуха, писанный тем же Адальбертом, где он? — нетерпеливо спросила Пелагия.

— Про какого петуха? — впал в еще большее изумление епископ. — Что с тобой, дочь моя? Не горячка ли?

Когда же понял, чего добивается черница, объяснил, что никаких других сочинений Адальберта Желанного кроме «Трактата о пещерах» до нашего времени не дошло. Монастырь, в котором жил и умер мистик, был сожжен солдатами графа Нассау во времена религиозных войн. Одно только это сочинение и уцелело, да и то по счастливой случайности — рукопись находилась у переплетчика. О том, что у Адальберта есть труд про петуха, Митрофаний слышал впервые.

— В пятнадцатом столетии было модно приписывать разным животным чудесные свойства, — сказал далее преосвященный. — Некоторые из тогдашних схоластов увлекались идеей двоичности. Мол, всё Господом сотворено в парности: мужчина и женщина, черное и белое, солнце и луна, тепло и холод. Пытались они найти пару и человеческому роду в животном мире — некий вид тварей, избранный и отмеченный Господом наравне с человеком. Одни продвигали на эту роль муравьев, другие дельфинов, третьи единорога. Судя по названию сочинения, Адальберт был апологетом избранности петухов, а почему именно красных — это уж Бог его знает.

— Муравьи — понятно, муравейник и в самом деле напоминает человеческое общество. Дельфины тоже ясно — они умные. Единорогов средневековые авторы в глаза не видывали и могли воображать о них что угодно. Но петух-то при чем? Задиристая, глупая птица. Только кур топчет да глотку дерет.

— Э, нет, — поднял палец архиерей. — К петуху относились по-особенному издавна, еще в дохристианские времена. И особенное это отношение распространено повсеместно, где встречается вид Gallus Domesticus*. У китайцев, например, он олицетворяет принцип Ян, то есть смелость, благожелательность, достоинство и верность. А петух красного оперения — еще и символ Солнца. Если ты обратишь свой взгляд в совершенно иной предел планеты, к древним кельтам, то у них красный

* Петух домашний *(лат.)*.

петух — олицетворение богов Подземья. В греко-римской культуре петух знаменует обновление. Вообще в большинстве мифологий эта птица связана с богами утренней зари, солнца, света, небесного огня — то есть с зарождением новой жизни. Петух изгоняет ночь и сопутствующие ей мрак, страх, слепоту.

Такого рода импровизированные лекции, подчас по самому неожиданному поводу, были излюбленным коньком Митрофания, и Пелагия всякий раз внимала им с интересом, но никогда еще не вслушивалась так жадно, как сейчас.

— Возьмем христианство, — продолжил преосвященный. — В нашей религии у интересующего тебя пернатого тоже особый статус. Петух — символ света. Он приветствует восход Солнца-Христа, обращающего в бегство силы тьмы. В пасхальное празднество, когда мы поминаем Страсти Христовы, петух означает воскресение. Известно ли тебе, что крест, ныне общепринятый символ христианства, появился довольно поздно, лишь в середине V столетия? До той же поры христиане использовали другие символы, и очень часто — петуха, это образ Сына Божьего, Который пришел пробудить человечество. Не забудем также и пророчество мудрого Екклесиаста: «И будет вставать человек по крику петуха, и замолкнут дщери пения», то есть именно петух возвестит людям о дне Страшного Суда.

Чем дольше слушала Пелагия ученые речи Митрофания, тем задумчивее делалось ее лицо, так что к концу взгляд совсем уж обратился как бы внутрь себя.

Когда же владыка закончил, инокиня ни о чем больше спрашивать не стала. С поклоном поблагодарила за поучение, извинилась, что оторвала преосвященного от писательства, и распрощалась до завтра.

Логово циклопа

Покинуть архиерейское подворье сестра намеревалась тем же путем, каким вошла, — не длинным, через двор и ворота, а коротким, через садовую калитку, от которой имела собственный ключ.

В окнах братского корпуса свет уже погас, не горел и фонарь подле парадного крыльца, но в небе сиял яркий месяц, и ночь была ясной.

Пахло юной листвой, из яблоневой аллеи доносилось журчание фонтана, и от всего этого сосредоточенность, владевшая монахиней, стала понемногу рассеиваться.

Владычий сад считался одной из городских достопримечательностей и содержался в образцовом порядке. Белоснежные дорожки, покрываемые специальным мелкосеянным песком, подметались по нескольку раз в день, так что у Пелагии было ощущение, будто она не идет по земле, а ступает по Млечному Пути. Даже совестно было оставлять на этакой красоте цепочку собственных следов, и оттого монахиня старалась держаться самого краешка.

Вдруг она увидела впереди, прямо посреди белоснежной полосы, отпечатки ног. Кто-то прошел здесь совсем недавно, уже после непременного преднощного метения.

Кто бы это мог быть, рассеянно подумала Пелагия, чьи мысли были всё еще заняты пещерами и красными петухами. Мало кому дозволялось гулять по саду и тем более в позднее время. Отец Усердов? Нет, у духовной особы шаг у́же, ибо стеснен рясой, сдедуктировала Пелагия.

Поправила на носу очки, думая все ту же думу, но при этом посматривала на следы, ведшие к калитке.

Вдруг сестра ахнула, пала на четвереньки, прижавшись носом чуть не к самой земле, и ахнула снова, еще громче.

Прямоугольные носки! Знакомый контур каблука! А если посмотреть вблизи, видны три ромбика!

Сердце монахини запрыгало в груди.

Был! Здесь! Недавно! А может быть, и только что! Ушел через калитку!

Она вскочила, кинулась было к дому, но тут же вернулась назад. Пока добудишься челяди, уйдет! На улице, на булыжной мостовой следов-то ведь не будет!

Что если он недалеко, и можно выследить!

Подобрав подол, Пелагия бросилась вперед — не по следам, а рядом, чтоб не затоптать.

Что может означать внезапное появление Волчьего Хвоста на архиерейском подворье — об этом сейчас и не думала.

Следы свернули с главной аллеи на боковую, стало быть, вели не к калитке, а в дальний, глухой угол сада.

Сестра на миг остановилась, пытаясь сообразить, что означает этот маневр. И догадалась: ключа-то у злодея нет, не иначе как через забор полезет.

Побежала еще быстрей.

Дорожка здесь была поуже, с обеих сторон сжатая высокими кустами, в тени которых следы перестали быть видны, но зато отсюда никуда и не свернешь.

Вот и конец сада. Дощатый сарайчик, куда осенью ставят ящики с яблоками, за ним ограда. Надо подбежать к ней, просунуть голову между прутьев и осторожно выглянуть — не обнаружится ли вдали удаляющийся силуэт?

И если да, то перелезть на ту сторону и проследить.

Даже если окажется совершенно непричастный человек, по крайней мере можно будет выяснить, кто сшил ему сапоги. А там и...

Пелагия как раз поравнялась с сараем. Боковым зрением заметила черную щель — дверь была приоткрыта — и мельком подумала: непорядок.

Тут дверь вдруг возьми да распахнись во всю ширь.

Из темноты высунулась длинная рука, схватила сестру за ворот и рывком втащила в домик.

Брякнул задвинутый засов.

Оглушенная сотрясением, ослепшая от внезапного мрака Пелагия вскрикнула, но широкая жесткая ладонь тут же зажала ей рот.

— Ну, здравствуй, фря пароходная, — раздалось из черноты.

И сразу стало понятно, кто это. Даже не по голосу, слышанному всего единожды, а по противному словечку «фря».

Стеклянный Глаз (он же и Волчий Хвост — прав был Бердичевский) выдержал паузу, похоже, наслаждаясь трепетом пленницы.

Темнота уже не казалась ей кромешной. Сарай был сколочен хлипко, со щелями — специально, чтоб яблоки дышали, — и меж досок проникал лунный свет.

Первое, что разглядела Пелагия, — два блестящих глаза, причем блестящих по-разному, однако не поймешь, какой из них настоящий, а какой фальшивый.

— Столько за тобой бегаю, что жалко сразу прикончить, — сказал ужасный человек. — Поживи еще минутку, ладно? Только уговор: если пискнешь, тут тебе и гроб с кисточками.

— Нам не положено, — сдавленно, сквозь ладонь, ответила монашка.

— Что не положено? — Стеклянный Глаз отнял руку.

— Гроб с кистями. Черницам нельзя, — пояснила она, думая только об одном: говорить что угодно, любую чушь — только бы на минутку, на две отсрочить неминуемое.

Не для того чтобы спастись — как же тут спасешься? Чтобы подготовить душу к великому таинству, мысленно произнести слова последней молитвы.

— Шутишь. Молодчина, — одобрил убийца. — И мозги у тебя резвые. Были бы потусклее, прожила бы дольше. Видала штуковину?

Он вынул из кармана какой-то предмет, странно запрыгавший у него в руке. Пелагия присмотрелась — гирька на пружине.

— Мое изобретение, — похвалился Стеклянный Глаз. — Бьет на добрую сажень, и преточно.

Он совсем чуть-чуть двинул кистью, пружина распрямилась, в воздухе свистнуло, и на полке вдребезги разлетелся глиняный кувшин, должно быть используемый садовником для питья, гиря же вернулась в руку к метателю.

— Как же ты из пещеры выбралась? Пройдошистая фря, ничего не скажешь. И подметку срисовала. Вот я тебя на подметку и поймал, как пескаря на удочку.

Он тихо, торжествующе засмеялся.

Страшнее всего было то, что сестра не видела его лица, а с прошлого раза толком не запомнила.

Вот она какая, смерть, содрогнулась Пелагия. Безликая, тихонько подсмеивающаяся.

— Откуда... откуда вы узнали, что я срисовала подметку? — шепнула монашка.

Он снова хохотнул:

— Вот любопытная... Скоро всё узнаешь. Там. — И показал пальцем в потолок.

— Где? — не поняла она.

Он развеселился еще пуще.

— «Где-где». На том свете. Там все земные секреты раскрываются.

— За что вы хотите меня убить? — кротко спросила инокиня. — В чем я перед вами провинилась?

— Не ты, а твои мозги, — постучал ее по лбу легкомысленный убийца. — Вот я их сейчас и вышибу. Любопытно посмотреть, что за блюдо такое — мозги фри.

Пелагия невольно покосилась на полку, где лежали осколки кувшина. Поймав это движение, Стеклянный Глаз закис от смеха — так, бывало, хихикали девочки у Пелагии на уроке, когда одной попадет в нос щекотная, бессмысленная смешинка, да и перезаразит весь класс.

Монахиня судорожно прижала руки к груди.

Ладонь что-то кольнуло.

Спица! На шее у сестры, как обычно, висел мешочек с вязанием. Казалось бы, какое оружие из вязальных спиц, но если другое взять неоткуда? И ведь бывало уже, что два стальных стерженька выручали свою хозяйку — в ситуациях не менее отчаянных, чем нынешняя.

Пелагия сдернула с шеи мешочек, обхватила его покрепче.

— Что это у тебя, молитвенник? Ну нет, молиться мы не будем, это скучно. Прощай, фря.

Он шагнул назад и для пущего размаха — а может, для того, чтобы насладиться страхом жертвы, — описал гирей в воздухе звенящий круг.

А второго круга Пелагия дожидаться не стала — с истошным визгом ткнула спицами, прямо сквозь мешок, в единственный глаз душегуба. В последний миг испугалась: а ну как неправильно запомнила, какой глаз натуральный?

Однако, судя по дикому воплю, попала туда, куда следовало.

Вопль перешел в стон. Убийца схватился руками за лицо и тут же отдернул ладони.

Пелагия попятилась — очень уж жутко было смотреть, как из человеческого лица, покачиваясь, свисает атласный мешок.

Кинулась к двери, дернула засов, но открыть не смогла — недостало сил, проржавел.

Раненый сдернул и отшвырнул мешок, по щеке потекла темная масса. Он подхватил ее горстью, стал засовывать обратно в глазницу.

Пелагия зажмурилась.

— Сука! — зарычал ослепший. — Змея ядовитая! Все равно убью!

Размахнулся — монахиня едва успела присесть. Над головой с ужасающим свистом пронеслась гиря.

И началось метание в нешироком, три на три сажени, пространстве.

Стеклянный Глаз размахивал рукой, нанося удары то вправо, то влево. Гиря рассекала воздух, крушила пустые ящики на полках, с хрустом била в стены, переломила пополам черенок садовых вил.

Монашка бросалась в один угол, в другой, приседала. Один раз убийца, тоже присев, попытался зацепить ее по ногам, но Пелагия успела подпрыгнуть.

Всё это напоминало какую-то чудовищную игру в салки или кошки-мышки.

А еще инокине некстати вспомнился Одиссей в пещере у Полифема. *«Яблоко лопнуло; выбрызнул глаз зашипевши. Дико завыл людоед, застонала от воя пещера».*

Циклоп выл и всхлипывал, издавал нечленораздельные вопли, а запыхавшаяся от рывков и скачков Пелагия всё пробовала его вразумить:

— Угомонитесь! Вам врач нужен!

Но тем самым лишь выдавала свое местонахождение. После каждого увещевания следовал удар, нацеленный точнее прочих.

Тогда монахиня села на корточки и затихла.

Стеклянный Глаз еще какое-то время пометался по сараю, а потом понял, что его противница сменила тактику. Тоже замер, прислушался.

Он стоял всего в двух шагах, и черница прижала руку к левой груди — боялась, не выдаст ли стук сердца.

— Сдохнешь, всё равно сдохнешь, — прошипел слепой. — Я тебя без гири, голыми руками...

И в самом деле убрал свое оружие в карман, растопырил лапищи и закружился вокруг собственной оси.

Дело было плохо. Сейчас догадается присесть, и всё — конец.

Пелагия сдернула с носа очки, швырнула их в угол.

Хищно развернувшись, убийца кинулся на звук.

Тогда она подлетела к двери, навалилась всем телом на засов — слава Богу, открылся.

Выскочила в сад, увидела, что снаружи тоже есть щеколда, и поскорей ее задвинула.

И тут уж понеслась к дому, крича во всё горло:

— Сюда! Сюда! На помощь!

Сзади доносился треск, грохот — это бился в запертую дверь Стеклянный Глаз.

О противлении злу, родине и правде

Пока сбежались келейники, пока поняли смысл сбивчивых криков инокини, пока спорили, идти в сад самим или звать полицию, прошло, верно, минут десять. Прошло бы и больше, если бы на шум и гам не вышел сам владыка. Он в несколько мгновений ухватил суть, взял Пелагию за плечи. Спросил только одно: «Цела?» А когда она кивнула, широким шагом двинулся вглубь сада. Не бежал, ибо суета несовместна с архиерейским званием, однако челядь и бегом еле за ним поспевала.

Дверь садового домика была по-прежнему на засове — не смог Стеклянный Глаз вырваться на свободу. Однако внутри было тихо.

Монахи и прислужники пугливо окружили дощатое строение.

— Сударь? — дрожащим голосом позвал Усердов. — Вы там? Лучше бы вам оставить насильственные помышления и предаться в руки правосудия.

Митрофаний взял отца Серафима за плечо, отодвинул в сторону и без колебаний отворил засов.

Шагнул внутрь.

Пелагия зажала рот. Кричать было никак нельзя — не дай Господь, владыка обернется, а отворачиваться от раненого, смертельно опасного зверя было бы безумием.

Архиерей постоял на пороге несколько секунд. Покачал головой, сотворил крестное знамение.

Тогда в сарай, толкаясь, кинулись остальные. Заохали, тоже закрестились. Пелагия привстала на цыпочки, заглядывая через плечо отца эконома.

На пол падал прямоугольник голубоватого лунного света, и было видно, что Стеклянный Глаз сидит в углу, привалившись спиной к стене. В руках зажато сломанное древко вил, острие которых самоубийца вонзил себе в горло — да так сильно, что зубья, пройдя насквозь, впились в дерево.

Ночью, пока окружной прокурор и полиция исполняли свои обязанности (от горящих фонарей и факелов в саду сделалось светло, как днем), у Пелагии приключилась запоздалая истерика, которую, по счастью, никто кроме преосвященного не наблюдал.

— Какое ужасное злодеяние я свершила, чтобы спасти свою жизнь! — убивалась сестра, ломая руки. — Я забыла, кто я! Повела себя, как обычная женщина, страшащаяся за свою жизнь. А ведь я монахиня! Не по Христову закону поступила, который велит не противиться злу и подставлять другую щеку, а по Моисееву! Око за око! В жизни больше к вязанию не прикоснусь!

Митрофаний счел, что для усмирения самобичевательного порыва будет уместнее напускная строгость, и стал сурово выговаривать духовной дочери:

— Что ж с того, что ты монахиня! Монахи тоже разные бывают. Есть и монахи-воины. Вот

Ослябя с Пересветом бились за родину и правду с оружием!

— Разве «за родину» и «за правду» — одно и то же? — клацая зубами, возразила Пелагия. — Родина у каждого народа своя, а правда на всех людей общая. Что хорошего в вашем Пересвете? То есть для княжества Московского и русских он, конечно, герой, но Христос-то ведь не за княжество Московское на крест взошел и не за единую только нацию, а за всё человечество. У татарина этого, Челибея, которого Пересвет сразил, тоже живая душа была. Нельзя служителю Божию брать оружие, даже если ему грозит неминуемая гибель. Ах, владыко, представьте, как страшится человек, уже потерявший один глаз, утратить последнее свое око! Должно быть, ему кошмары снились по ночам, будто он совсем ослеп... И ведь мало мне, жестокой, показалось его зрения лишить, я еще дверь снаружи заперла, чтоб не убежал. Куда бы он, слепой, делся? Представляю, как он, бедный, тыкался в стены в поисках выхода и не находил... Если б нашел, то, может, и не погубил бы свою бессмертную душу. Разве не так?

Видя, как она терзается, Митрофаний суровость отставил, взял монашку за руку.

— Не так, не так! Надобно противиться злу, не согласен я здесь с графом Толстым и с тем, как он Христово учение толкует. Жизнь есть преодоление Зла и борьба со Злом, а не капитуляция перед негодяями. Ты подобна Давиду, поразившему Голиафа, или Георгию Каппадокийцу, который умертвил огненного дракона. Даже еще и более этих героев тобой восхищаюсь, ибо ты слабая женщина, и вязальная твоя спица — оружие куда более отважное, нежели Давидова праща или Георгиево копье.

Но Пелагия вместо того, чтобы возгордиться от лестных сравнений, лишь махнула на преосвященного рукой и разрыдалась еще пуще.

Вот и разъяснилось

Было всё это в ночь с четверга на пятницу, в день памяти Иоанна Ветхопещерника, а в следующую среду, то есть еще не миновало и недели, Матвей Бенционович Бердичевский представил епископу и сестре Пелагии полный и исчерпывающий отчет о проведенном расследовании.

Личность покушавшегося удалось установить гораздо легче, чем предполагал прокурор. Сначала нашли гостиницу, в которой тот поселился. Сделать это было нетрудно, так как Заволжск — город не слишком большой. Произвели в номере обыск, нашли паспорт на имя почетного гражданина Маврикия Иринарховича Персикова.

Паспорту Бердичевский не поверил, памятуя, что на пароходе преступник именовался дворянином Остролыженским, и велел труп сфотографировать. Конечно, не таким высоконаучным способом, как Сергей Сергеевич Долинин, — волос мертвецу не расчесывал и нитроглицерина в глаза не капал (да ведь и не было у трупа глаз, ни одного)

Фотокарточки вкупе со словесным портретом были разосланы во все охранные и сыскные отделения империи. И всего через несколько дней пришел незамедлительный ответ из Киевской охранки, причем пренеожиданный.

— ...Не Персиков он и не Остролыженский, — с многозначительным видом перешел Матвей Бенционович к главной части своего сообщения (а начал с того, что восторженно и красноречиво превозносил доблести сестры Пелагии). — Некто Бронислав Рацевич, потомственный дворянин Ковенской губернии. — Здесь прокурор подержал эффектную паузу и сообщил свою главную сенсацию. — Изволите ли видеть, *бывший жандармский штабс-ротмистр*. Служил в Волынском жандармском управлении, именно в городе Житомире. В полученном из Киева отношении написано, что Рацевич слыл храбрым и дельным офицером, в последний период службы состоял в летучем отряде по борьбе с особо опасными преступниками. Задерживая шайку динамитчиков, в перестрелке лишился глаза. Имел награды. Однако в прошлом году исключен из корпуса со скандалом, за нарушение кодекса чести. Жандармским офицерам по уставу, знаете ли, запрещено одалживаться деньгами, штабс-ротмистр же залез в долги, причем к ростовщикам-евреям, что для начальства, очевидно, было вдвойне непереносимо, — позволил себе съязвить Бердичевский, сам еврей по рождению. — Дошло до долговой ямы. То есть, собственно говоря, сначала Рацевича выгнали со службы, а уж потом посадили в тюрьму, потому что офицер Жандармского корпуса в тюрьме сидеть не может. Вскоре он каким-то образом выкупился и долги роздал, но обратно на службу ему возврата не было. Сразу после освобождения Рацевич выехал из Житомира в неизвестном направлении. Дальнейшие его занятия и место проживания Киевскому охранному отделению неизвестны.

Потрясение слушателей было для прокурора лучшей наградой. Сам он, когда час назад прочел депешу, от возбуждения даже забегал по кабинету, приговаривая «ах, ах, не может быть!».

— Но... но как сие объяснить? — развел руками преосвященный. —Чтобы жандармский офицер, пускай даже бывший... Я в совершенном недоумении!

У Матвея Бенционовича, который, в отличие от епископа, имел время оправиться от изумления и собраться с мыслями, ответ был готов.

— Думаю, дело обстояло так. Рацевич озлобился на закон, который столько лет доблестно защищал и которым был немилосердно отторгнут — не за какое-нибудь преступление, а за обычную гражданскую провинность. Подумаешь, не смог вовремя вернуть долг! Это ведь, знаете ли, происходит сплошь и рядом. Он же, заслуженный человек, был изгнан из своей корпорации, оставлен без средств к существованию. Чем прикажете зарабатывать на пропитание? — Бердичевский хитро улыбнулся и сам себе ответил. — Что умел Рацевич? Выслеживать, вынюхивать и, так сказать, применять насилие, более ничего. Знаете, что такое «летучий отряд»? Это группа офицеров и агентов наивысшей квалификации, владеющая всеми навыками вооруженной схватки, кулачного боя и прочими познаниями, необходимыми для борьбы с опасными преступниками. Вот господин Рацевич и нашел себе занятие, наиболее родственное его прежней профессии. В криминальной практике довольно часты случаи, когда из дельных полицейских выходят отъявленные враги общества. Возможно, Рацевич действовал в одиночку. А может быть, и нет. Позволю себе также напомнить, что он поляк. Не исключаю, что бывший штабс-ротмистр связался с варшавскими ворами, элитой преступного мира. Этот разряд бандитов очень мало похож на прочих обитателей общественного дна. Они и живут, и злодействуют, прошу прощения за вульгаризм, с шиком. Многие шляхетских кровей. Имеют образование, приличные манеры.

— Но что ему далась наша Пелагия? — спросил Митрофаний, не вполне убежденный версией.

Видно было, что Бердичевский и на это заготовил ответ:

— Она навлекла на Рацевича подозрение. Не знаю, как он сумел выбраться с парохода после убийства Шелухина и похищения шкатулки с казной. Вероятнее всего, вплавь. Вряд ли вынужденный заплыв в ледяной воде пришелся ему по вкусу. Господин озлобленный и, похоже, психопатического склада. Среди преступников (да и тех, кто их ловит) подобные типы, знаете ли, не редкость. Всякую неприятность они воспринимают как личное оскорбление и за оскорбления расплачиваются полной мерой. Могу повторить лишь то, что однажды уже говорил: убийца решил расквитаться с сестрой Пелагией, причем изобретательно, с садистической выдумкой. С местью не спешил, ждал вдохновения и удобного случая. Вроде того, что представился у Чертова Камня. А когда узнал, что сорвалось, тут уж решил не церемониться — просто проломить голову, и всё.

Пелагия задала вопрос, не дававший ей покоя:

— Но откуда он узнал, что сорвалось? И особенно про подметку?

Прокурор нахмурился.

— Это, с вашего позволения, не квадратура круга. И так ясно. Рассылая запрос по кабинетам научно-судебной экспертизы, я никак не предполагал, что преступник — бывший жандарм. Там ведь, кроме изображения подметки, были и приметы «господина Остролыженского» — стеклянный глаз и прочее. Запрос попался на глаза кому-нибудь из прежних сослуживцев Рацевича. Возможно, дружеские отношения. Или деловые — как знать? Мне доводилось слышать, что некоторые полицейские чиновники малороссийских и польских губерний поддерживают, как бы это выразиться, взаимовыгодные связи с «варшавскими». Однако тут уж, извините, не моя компетенция, не Заволжского масштаба дело. Будем довольствоваться тем, что ваш недоброжелатель обезврежен — благодаря вашей храбрости и промыслу Божьему.

— Аминь, — с чувством сказал владыка. — Всё хорошо, что хорошо кончается.

На том и успокоились.

VI

РАЗУМ И ЧУВСТВО

Красивая идея

На сбор потребной информации ушло пять дней. Какой-нибудь торопыга управился бы и быстрей, потому что привычки и маршруты объекта были похвально однообразны, но суету Яков Михайлович не уважал, да и хватит уже, наторопыжничались. И ведь что примечательно — как кто-нибудь напортачит, наломает дров, так сразу: давайте, Яков Михайлович, выручайте. Уберите намусоренное и сделайте, чтоб чистенько было. Хоть бы раз дали работу свежую, не захватанную, чтоб не подбирать совком чужое дерьмо. Что он им, золотарь?

Так ворчал про себя человек средних лет и неприметной наружности, сидевший на террасе «Кафе де Пари», что на Малой Борщовке напротив архиерейского сада, и поглядывавший на залитую солнцем улицу поверх «Заволжских епархиальных ведомостей».

Одет он был под стать внешности — прилично, но как-то тускло, так что глазу зацепиться было ровным счетом не за что: серый в крапинку пиджачок, не засаленные, но и не слишком белые воротнички; на столике лежал несколько потертый котелок. Единственная сколько-нибудь примечательная черта этого скромнейшего господина заключалась в скверной привычке похрустывать суставами пальцев, особенно в моменты сосредоточенного размышления.

Вот и сейчас он быстро схватился правой кистью за левую и затрещал так громко, что от соседнего стола обернулись две барышни, одна даже сморщила носик.

— Пардон, — виновато улыбнулся пухлыми губами Яков Михайлович, знавший за собой дурную склонность. — Более не обеспокою-с.

Кофе, который он пил из фаянсовой чашки, запахом и чрезмерной сладостью несколько напоминал какао, но Якову Михайловичу случалось, путешествуя по российской провинции, пивать бурду и похуже. Обычно он поступал так: просил принести целый молочник сливок (сливки-то в провинции много лучше и жирней, чем в столицах), лил в чашку побольше, и ничего, пилось за милую душу.

В двадцать девять минут восьмого Яков Михайлович достал дешевенькие серебряные часы и щелкнул крышкой, но на циферблат не посмотрел, а вместо этого повернул голову вправо, как бы ожидая чего-то или кого-то. Ждал не долее минуты — из-за угла, со стороны Казанской заставы, появилась монашка. Очкастая, с рыжей прядкой, выбившейся из-под плата. Вот теперь сидевший, пригладив редковатые черные волосы, взглянул на часы (они показывали ровно половину), одобрительно кивнул и начертал что-то свинцовым карандашом в записной книжечке — не слово, и не цифру, а некую закорючку, смысл которой был понятен ему одному.

Когда инокиня поравнялась с террасой, брюнет прикрыл лицо и плечи газетой. А едва черница вошла в калитку архиерейского сада, клиент тут же расплатился по счету и ушел, оставив на чай восемь копеек.

Спешных дел у приезжего, похоже, не было. Он неторопливым шагом прогулялся по Заволжску, городу славному и приятному, особенно в такой погожий весенний день. Помахивая легким саквояжиком, Яков Михайлович обошел все местные достопримечательности, а в девять часов вечера покушал в молочной столовой творога и оладьев. На чай опять дал восемь копеек и спросил, где тут отхожее место. Оно оказалось на дворе.

Отужинавший удалился в латрину и там исчез, чтобы более не появляться. Вместо Якова Михайловича из нужного чуланчика вышел мастеровой — в картузе, кафтане, с полуседой бороденкой. Сразу было видно, что человек это положительный, непьющий, хоть и небольшого достатка, но знающий себе цену. За спиной у мастерового висел мешок на тесемке.

Куда подевался брюнет в потертом котелке, осталось загадкой. Разве что утоп в выгребной яме?

Это сам Яков Михайлович так про себя пошутил. По привычке к уединенности, которой требовала его профессия, привык постоянно находиться во внутренней беседе с самим собой: и порассуждать, и поспорить, а иной раз и пошутить, почему нет.

Новорожденный мастеровой не был похож на господина, сидевшего в «Кафе де Пари» и кушавшего творог в молочной столовой, ничем кроме роста и сапог, да и те раньше были начищенные, а теперь сделались серыми от пыли.

Неспешной походкой пролетарий направился по направлению к окраине. К тому времени стемнело, горели фонари. Яков Михайлович отметил, что улицы освещаются самым превосходным образом — отметил не в качестве праздного наблюдателя, а для дела.

Некоторое время спустя ряженый оказался подле епархиального училища для девочек, довольно длинного одноэтажного здания, крашенного в желтый и белый цвета.

Сбоку, при отдельном входе, располагалась «келья» начальницы: белые занавески на двух окнах, невысокое крыльцо, дверь с медным колокольчиком.

В квартире Яков Михайлович побывал еще третьего дня. Жилье крошечное, в две комнатки, довольно уютное, хоть и содержащееся в беспорядке.

Он встал подальше от фонаря, за кустом, и задрал голову, как бы любуясь ясным месяцем. Впрочем, никто на мечтателя не смотрел, потому что на тихой улице не было ни души.

Скоро донесся звук едущей коляски.

Яков Михайлович взглянул на часы — без двадцати девяти минут одиннадцать. Снова поставил в книжку невразумительную закорючку.

Подъехал двухместный экипажец английского типа. Правил чиновник средних лет, носатый, в фуражке. Рядом сидел объект — та самая монашка, что давеча прошла по Малой Борщовке.

Мужчина соскочил, приподнял фуражку и поклонился. Рыжая инокиня сказала ему что-то, тоже поклонилась, стала подниматься по ступенькам крыльца. Чиновник смотрел ей вслед и уехал лишь, когда за сестрой закрылась дверь, да и то не сей же миг, а, пожалуй, минутки через две. Стоял, покручивая себя за кончик носа, словно решал какую-то мудреную задачу, однако Яков Михайлович уже знал, что это у чиновника такая привычка, вроде нервного тика.

Когда же провожатый укатил, наблюдатель выбрался из-за куста, раскрыл под фонарем свою книжечку и просмотрел записи.

За пять дней ни одного отступления от рутины. Можно приступать к работе.

Итак.

С одиннадцати вечера до шести утра сон. Полчаса утренний туалет. Потом идет в ближнюю церковь. Возвращается к себе. Интересная причуда: с половины восьмого до восьми купается в Реке, хоть вода холоднющая. Потом завтракает в школе, с ученицами. С девяти до двенадцати уроки. Далее обед. С часу до пяти снова уроки. С пяти до семи репетиция хора. В начале восьмого идет пешком на архиерейское подворье (маршрут: с Казанской поворачивает на Дворянскую, оттуда на Малую Борщовку; улицы в этот час людные); в двадцать минут одиннадцатого выезжает от преосвященного с окружным прокурором, который провожает ее до самого крыльца.

Таковы условия задачи, сами по себе несложные.

Но.

Тут вся закавыка в дополнительной кондиции. Сказано: непременно несчастный случай или скоропостижная смерть от болезни. Никакого подозрения на насильственность. Это, конечно, интересней, чем обычное чик-чик, но и многократно трудней.

Одним словом, головоломочка.

— Нуте-с, нуте-с, — вполголоса приговаривал Яков Михайлович, шевеля мозгами.

Если б не напортили, умники, то проще всего, разумеется, было бы во время утреннего купания.

Железная монашка (вот дал Бог здоровья) ходит плавать в уединенную бухточку, невзирая на погоду. Разоблачившись до длинной белой рубашки, быстрыми саженками плывет до середины Реки и обратно. Смотреть на нее, и то холодно.

Тут надо бы так. Оглушить (совсем слегка, чтоб потом в легких обнаружилась вода), да и спустить в воду. Мол, ногу свело и потопла. Обыкновенное дело. Вода-то тринадцать градусов, замерено термометром.

Но это не годится. Власти настороже после того, как предшественничек потрудился. Полный простор был у человека, так нет, понастроил турусов, импрессионист кривоглазый.

Велено: «Чтоб комар носу не подточил» — это как?

Это значит, на глазах у публики, и чтоб никто ничего не заподозрил.

Попробуйте-ка здоровую молодую женщину, которая при тринадцати градусах плавает, убить на глазах у многочисленных свидетелей, не вызвав ни малейшего подозрения. Ведь каждая пара глаз — лишний риск. Мало ли кто какой наблюдательностью от природы наделен.

— Нет уж, господа хорошие, это чересчур, это за пределами возможного! Я вам не Господь Бог Саваоф, — ворчал себе под нос Яков Михайлович, однако брюзжание было не без притворства: лестно ведь, когда доверяют такие мудреные задачки. Стало быть, уважают в человеке талант.

И что может быть увлекательней, чем поиск решения для задачи, которая именно что находится за пределами возможного?

В безграничную потенцию человеческого разума Яков Михайлович верил свято. Во всяком случае, своего собственного.

Похрустел пальцами, почмокал своими толстоватыми губами, даже и покряхтел, но нашел-таки решение. А какое чистое, красивое — просто прелесть!

Не нужно никакой публики, не нужно множества глаз. Здесь, как почти и во всяком деле, важно не количество, а качество. Пускай будет одна пара глаз, но зато заменяющая целую толпу свидетелей (которые еще неизвестно, что увидят, домыслят и покажут на допросе). Если монашка кончится на глазах у того, кто сам ведает расследованиями, никаких допросов-расспросов не понадобится вовсе. Что же он — собственному зрению не поверит? Поверит, никуда не денется.

Нуте-с, нуте-с.

Окружной прокурор Бердичевский ежевечерне провожает монашку от архиерейского двора до казенной квартиры. Довозит на своей одноколке до самого дома, помогает вылезти. Непременно ждет, пока она поднимется на крыльцо, откроет дверь.

Что тут можно придумать?

Сделать, чтоб лошадь понесла? Там в одном месте, на повороте с Дворянской, обрыв близко.

Лошадь у прокурора смирная, но если пальнуть ей в бок из духовой трубки колючкой, смазанной чем-нибудь едким, понесет как миленькая.

Рискованно.

Во-первых, может выпрыгнуть, она ведь спортсмэнка. Отделается каким-нибудь зряшным переломом. Или убьются, но оба. Еще не хватало.

От общей идеи про ключевого свидетеля до собственно озарения путь был недлинным.

Идея пришла почти сразу же, и такая, что Яков Михайлович аж взвизгнул от удовольствия.

Повернул назад, влекомый вдохновением. Не взбежал, а, можно сказать, вспорхнул на крыльцо и ткнулся носом в самую дверную ручку, подсвечивая себе маленьким электрическим фонариком.

Так и есть!

Пределы возможного, потесненные человеческим разумом, отступили.

Прокурор увидит всё собственными глазами. Прямо перед его крючковатым носом отработает Яков Михайлович рыжую монашку, а господин Бердичевский ничего не поймет и не заметит.

Вот вам настоящий импрессионизм, вот истинная красота, не то что дурацкие обвалы в пещерах устраивать.

Назавтра, в десять часов вечера, специалист по чистым работам снова был на тихой окраинной улице, только одетый не мастеровым, а старьевщиком.

Пристроился напротив училища. Походил, уныло покрикивая «Старье-бутылки берем! Ветошь-тряпки берем!» — больше из профессионализма, нежели для пользы дела. Как было установлено ранее, люди в этот час по улице не ходят, старье-бутылки сдавать не станут.

На крыльцо поднялся всего на минутку, больше не понадобилось.

Ручка на двери была самая простая: деревянная скоба, приколоченная гвоздями, причем Бог знает сколько лет назад — шляпки давно порыжели. Яков Михайлович вбил еще один, тоненький, но немножко вкось, так что кончик чуть-чуть высунулся с другой стороны — аккурат там, где браться пальцами. Торчащее острие Яков Михайлович смазал какой-то жидкостью из пузыречка — с чрезвычайной осторожностью, даже перчатки надел.

Специалист всегда брал с собой в командировки особую аптечку: разные скляночки, пробирочки, на всякие случаи жизни.

Поцарапать палец о ручку двери — сущая ерунда, с кем не бывает.

Наутро нарывчик. К вечеру температура. Симптомы, похожие на заражение крови: тут тебе и ознобчик, и обильный пот, и пожелтение кожи. На второй день — сильный жар, бред. В тот же вечер, а если сильное сердце, то самое позднее к концу ночи — со святыми упокой. И никаких подозрений, обычная житейская оказия. Главное же — прокурор всё будет наблюдать собственноочно. Услышит собственными ушками, как она, уколовшись, вскрикнет. Кто бы мог подумать, что от такого пустяка случится сепсис? Никто. Промысел Божий.

Яков Михайлович занял позицию в кустах. Стал ждать.

Приехали без двадцати одиннадцать, он уж начинал волноваться.

Сегодня прокурор не просто высадил спутницу, а галантно проводил до самой двери.

Это еще лучше — пускай вблизи полюбуется.

Рыжая взялась за ручку, потянула, вскрикнула.

Что и требовалось доказать.

Услышав тихое «ах!», Яков Михайлович причмокнул и попятился, а через пять секундочек уже совершенно растворился во мраке.

Дело было сделано. Как говорится, прочее довершит природа.

Влюбленный прокурор

Со статским советником Матвеем Бенционовичем Бердичевским, умным и положительным мужчиной тридцати девяти лет, приключилось несчастье — такое, какого он страшился всю свою женатую жизнь, отменно счастливую и к тому же благословленную многочисленным потомством.

Любовь Матвея Бенционовича к супруге за долгие годы брака миновала несколько естественных фаз и прочно вошла в русло приязненной привычки и полного родства душ, не требующего нежных слов и красивых поступков. Марья Гавриловна, которая в восемнадцать лет отличалась пылким, романтическим нравом, по рождении тринадцати детей совершенно утратила эти свои изначальные качества — нашлись увлечения и заботы посущественней. Например, как содержать семью на жалованье мужа, пусть и весьма приличное, но ведь пятнадцать душ!

На тридцатилетнем рубеже госпожа Бердичевская превратилась в полнокровную, спокойную даму с цельным, твердым характером и полной ясностью насчет того, что в жизни важно, а что пустяки и внимания не заслуживает.

Матвей Бенционович в жене эти качества ценил, внутренне же более всего восхищался немыслимой для мужчины жертвенностью во имя тех, кого Марья Гавриловна любила — любовью нерассуждающей, естественной, лишенной какой-либо аффектации.

В самом Бердичевском с течением лет пылкости воображения и мечтательности, напротив, скорее прибавилось. Как всякий здоровый мужчина, он заглядывался на красивых или просто привлекательных женщин (а таковых вокруг во все времена найдется предостаточно) и, если какая особенно нравилась, внутренне пугался: ну как влюблюсь? И фантазия сразу начинала рисовать такие страшные последствия, такие душераздирающие драмы, что он старался держаться от опасной особы как можно дальше. Влюбиться в чужую женщину, имея верную жену Машу и тринадцать отпрысков, для достойного человека было бы поступком совершенно недопустимым.

До поры до времени Господь жалел Матвея Бенционовича, не искушал его сверх меры. А вернее сказать так: настоящий соблазн — не тот, который очевиден глазу. Очень возможно, что чаровницы, от которых шарахался Бердичевский, истинной угрозы для него и не представляли, ибо кто предупрежден, тот вооружен. Как это обычно и случается, погибель подстерегла добродетельного супруга там, где, казалось, бояться нечего.

Ну разве может кому-нибудь прийти в голову оберегаться любовного искушения со стороны монахини-черноряски?

Во-первых, инокиня — существо, можно сказать, лишенное половой принадлежности.

Во-вторых, сестра Пелагия совершенно не относилась к женскому типу, от которого Матвей Бенционович ожидал посягательств на свое сердце. У Бердичевского обычно возникало трепетание от сдобных блондинок с ямочками или, наоборот, от точеных брюнеток с царственным взором и нежным изгибом белой беззащитной шеи. А эта была рыжая, веснушчатая, да еще и в очках.

В-третьих, особа была давно знакомая, можно сказать, своя, то есть, по распространенному среди мужчин заблуждению, в романтическом смысле безопасная. Хотя чаще всего именно тут драмы и приключаются: давно знакомая и нисколько не интересная прежде женщина из-за какой-то сущей мелочи вдруг будто окутается трепетной дымкой, залучится сиянием. Схватишься за сердце, ахнешь: слепец, где же раньше были твои глаза? И станет поздно что-либо менять, и прятаться поздно — так сказать, судьбы свершился приговор.

Вот это самое с Бердичевским и произошло — дымка, сияние и за сердце схватился.

Началось с восхищения умом, смелостью и талантом Пелагии. В ту пору Матвей Бенционович квалифицировал свои чувства к монахине как уважительно-дружественные и не задумывался о том, почему ему так хорошо в ее присутствии. Друзьям и должно быть хорошо рядом, разве нет?

А потом, в некий особенно ясный день, уже после возвращения сестры из Строгановки, случилась пресловутая мелочь. Тот момент прокурор запомнил настолько ярко, что стоило ему зажмуриться, и он сразу видел всё вновь, как наяву.

Пелагия подрезала розы, принесенные владыке из оранжереи, да и уронила ножницы в хрустальную вазу с водой. Поддернула рукав, чтобы опустить руку в мокрое. И у Матвея Бенционовича вдруг остановилось сердце. Никогда в жизни он не видел ничего чувственней тонкой, обнаженной руки, высунувшейся из черного рукава рясы и погружающейся в искристую влагу. Облизнув разом пересохшие губы, статский советник словно впервые разглядел лицо черницы: белая кожа, вся будто в золотой пыльце, наполненные мягким светом глаза... Это лицо нельзя было назвать красивым или хотя бы просто правильным, но оно явно и несомненно было прекрасным.

В тот день Бердичевский ушел от владыки рано, сославшись на дела. Был как оглушенный, даже покачивало. Придя домой, на жену посмотрел со страхом — вдруг разлюбил? Сейчас увидит свою Машеньку не через милосердные очки любви, а такой, какова она есть на самом деле: разбухшая, хлопотливая, с грубым голосом.

Вышло еще хуже. Любовь к жене никуда не делась, однако перестала занимать главное место в его жизни.

Обладая характером совестливым и справедливым, Матвей Бенционович мучился ужасно. Какая подлость, какая нечестность эта тривиальнейшая коллизия: сорокалетний муж охладел к утратившей очарование молодости жене и влюбился в другую. Как будто жена виновата, что поблекла, рожая ему детей, обеспечивая его мирную, счастливую жизнь!

В первые дни после ужасного открытия прокурор перестал ходить к владыке по вечерам, когда там можно было встретить Пелагию.

На третий день не выдержал. Сказал себе: «Машу никогда в жизни не брошу и не предам, но ведь сердце не изнасилуешь. По счастью, *она* — монахиня, а стало быть, *ничто такое* невозможно вдвойне, даже в квадрате». Этим совесть и успокоил.

Снова стал бывать у преосвященного.

Смотрел на Пелагию, слушал. Был горько, исступленно счастлив. Настолько уверовал в невозможность *чего-то такого*, что взял за правило отвозить черницу на своей коляске до училища. Эти поездки и стали для Матвея Бенционовича главным событием дня, тайным наслаждением, которого он ожидал с раннего утра.

Десять минут ехать рядом, на узком сиденье. Иногда, на повороте, соприкоснуться локтями. Пелагия, конечно, этого и не замечала, а у прокурора от солнечного сплетения вниз прокатывалась сладостная волна.

Был еще и десерт: подать ей руку, когда будет спускаться из коляски. Монахини ведь перчаток не носят. Дотронуться до ее кожи — легко-легко, ни на секунду не затягивая прикосновения. Что все восторги сладострастия по сравнению с этим кратким мигом?

В дороге они по большей части молчали. Пелагия смотрела по сторонам, Бердичевский всем видом показывал, что сосредоточен на управлении лошадью. А сам в это время мечтал: они муж и жена, возвращаются домой из гостей. Сейчас войдут в комнату, она рассеянно поцелует его в щеку и пойдет в ванную, готовиться ко сну...

* * *

В подобные минуты Матвею Бенционовичу мечталось волшебнее всего, особенно если весенний вечер выдавался так хорош, как нынче. Чтобы продлить иллюзию, прокурор позволил себе вольность — распрощался не у коляски, как обычно, а проводил до самого крыльца.

Устроил себе целую оргию: мало того что немножко стиснул за кисть, помогая выйти из одноколки, но потом еще и подставил локоть.

Пелагия нисколько не удивилась перемене в ритуале — не придала значения. Оперлась о сгиб его руки, улыбнулась:

— Что за вечер — чудо.

У Бердичевского тут же возникла смелая идея: возвести провожание от коляски до крыльца в ранг привычки. И еще: не ввести ли прощальное рукопожатие? А что такого? Руку монахиням не целуют, а рукопожатие — это очень сдержанно, целомудренно, по-товарищески.

На крыльце прокурор поднял фуражку — левой рукой, чтобы правая была свободна, но подать все-таки не решился, а Пелагии в голову не пришло.

— Спокойной ночи, — попрощалась она.

Взялась за ручку и вдруг вскрикнула — мило, беззащитно, по-девичьи.

Отдернула кисть, и Бердичевский увидел на безымянном пальце капельку крови.

— Гвоздь вылез! — с досадой сказала монахиня. — Давно пора новую ручку сделать, медную.

Полезла за платком.

— Позвольте, позвольте! — вскричал Матвей Бенционович, не веря своему счастью. — Платком нельзя, что вы! А если, не дай бог, столбняк! Вдруг там микробы! Это нужно высосать, я читал... в одной статье.

И совсем потерял голову — схватил Пелагию за руку, поднес уколотый пальчик к губам.

Она так удивилась, что не догадалась высвободиться. Только посмотрела на заботливого прокурора особенным образом, словно увидела его впервые.

Догадалась?

Но сейчас Бердичевскому было все равно. От тепла ее руки, от вкуса крови у него закружилась голова — как у изголодавшегося вампира.

Матвей Бенционович втянул соленую влагу что было сил. Жалел только об одном — что это не укус смертельно ядовитой змеи.

Пелагия опомнилась, выдернула палец.

— Выплюньте! — приказала она. — Мало ли какая там грязь!

Он деликатно сплюнул в платок, хотя, конечно, предпочел бы проглотить.

Смущенно пробормотал, уже раскаиваясь в своем порыве:

— Я немедленно выдерну этот мерзкий гвоздь.

Ах, беда! Догадалась, непременно догадалась! С ее-то проницательностью. Теперь всё, станет избегать, сторониться!

Снял с оглобли фонарь, из ящика под сиденьем взял щипцы (необходимая в экипаже вещь — вынуть занозу из копыта, если лошадь захромает).

Вернулся на крыльцо строгий, деловитый. Вытянул коварный гвоздь, предъявил.

— Странно, — сказала Пелагия. — Кончик ржавый, а шляпка блестит. Будто только что вколочен.

Бердичевский посветил фонарем. Увидел, что острие поблескивает. От крови? Да, и от крови тоже. Но поблескивало и выше, чем-то масляным, более светлого колера.

У прокурора перехватило дыхание, только теперь уже не от любовного томления.

— Скорее! В больницу! — закричал он в голос.

Кррк-кррк

Профессор Засекин, главный врач Марфо-Мариинской больницы и всероссийская знаменитость, ранкой на пальце не заинтересовался. Осмотрел, пожал плечами и даже йодом не помазал. Зато к гвоздю отнесся в высшей степени серьезно. Отнес в лабораторию, с час колдовал над чем-то и вернулся озадаченным.

— Любопытный состав, — сказал он прокурору и его спутнице. — Для выведения полной формулы потребуется время, но тут присутствуют и Agaricus muscarus и Strychnos toxifera, а концентрация кишечной палочки просто феноменальна. Такой пунш намешали, что ой-ой-ой. Если бы вы, голубчик, не отсосали эту гадость сразу же после травмирования... — Доктор выразительно покачал головой. — Удивительно, что ранка совершенно чистая. Знать, очень уж от души сосали, со страстью. Молодец.

Матвей Бенционович покраснел, боясь взглянуть на Пелагию. А та переспросила:

— «Намешали»? Вы хотите сказать, профессор, что это состав искусственного изготовления?

Бердичевскому стало за себя стыдно — о глупостях тревожится, а тут такое.

— Вне всякого сомнения, — сказал профессор. — В природе этакого компота не встречается. Здесь мастер поработал. Да не из наших — в Заволжске и лабораторий таких не имеется.

Прокурор похолодел, когда осознал весь смысл этого заявления. Изменилась в лице и Пелагия. Матвей Бенционович в этот миг любил ее так, что в носу сделалось щекотно. Сказали бы ему сейчас: вот субъект, который замыслил погубить дорогое тебе существо, и статский советник кинулся бы на злоумышленника, схватил бы его за горло и... Здесь у Бердичевского, человека мирного и отца семейства, потемнело в глазах и приключилось затруднение в дыхании. Он прежде и не подозревал в себе такого неистовства.

Незамедлительно, прямо среди ночи, в архиерейском доме был созван чрезвычайный совет.

Матвей Бенционович был бледен и решителен. Внешне сохранял спокойствие, только чаще обычного хватался за нос.

— Теперь очевидно, что это не маниак-одиночка, а целая банда. Таким образом, главной становится версия «варшавских». У этой публики расквитаться за своего считается делом чести. Если уж вбили себе в голову, что их подельника погубила сестра Пелагия, то не успокоятся, пока ее не убьют. Я оставлю все прочие дела, поеду хоть в Варшаву, хоть в Москву, хоть в Житомир, но разыщу мерзавцев. Однако сколько продлится расследование, неизвестно. А между тем, нашей дорогой сестре угрожает смертельная опасность, и мы даже не можем предполагать, с какой стороны последует удар в следующий раз. Тут, владыко, надежда только на вас...

Преосвященный, которого подняли с постели, был в халате и войлочных туфлях. Дрожащие от волнения пальцы дергали и рвали нательный крест.

— Ее уберечь — это первое, — сказал Митрофаний хриплым голосом. — Только о том и думаю. Ушлю подальше, в какую-нибудь тихую обитель. И чтоб никто ничего. А тебя даже не спрошу! — прикрикнул он на духовную дочь, ожидая от нее сопротивления.

Но монахиня промолчала. Видно, хитроумная каверза с гвоздем не на шутку ее напугала. Бердичевскому сделалось так жалко бедняжку, что он часто-часто заморгал, да и владыка насупился, закряхтел.

— В Знаменском монастыре, что на Ангаре-реке, игуменья моя воспитанница, я тебе про нее рассказывал. Место удаленное, тихое, — загнул преосвященный один палец, а за ним и второй. — Еще на реке Уссури хороший скит есть. Чужих за десять верст видно. Тамошний старец мне друг. Сам тебя отвезу — хоть на Ангару, хоть на Уссури, куда пожелаешь.

— Нет! — в один голос воскликнули прокурор и монашка.

— Вам нельзя, — пояснил Бердичевский. — Слишком заметны. А уже ясно, что они за нами следят, глаз не спускают. Нужно потихоньку, скрытно.

Пелагия присовокупила:

— Лучше всего одной.

— И хорошо бы, конечно, не в монашеском облачении, а переодеться, — предложил Бердичевский, хоть и был уверен, что идею отвергнут.

Митрофаний и черница на это переглянулись, ничего не сказали.

— Я клятву давала, — нерешительно молвила Пелагия, чем привела Бердичевского в недоумение (о существовании госпожи Лисицыной прокурору известно не было).

— По такому случаю от обещания тебя разрешаю. Временно. Доберешься Лисицыной до Сибири, а там переоблачишься. Ну, говори, куда хочешь?

— Чем в Сибирь, я бы уж лучше в Палестину, — заявила вдруг сестра. — Всегда мечтала о паломничестве в Святую Землю.

Неожиданная мысль мужчинам понравилась.

— В самом деле! — вскричал Матвей Бенционович. — За границу всего безопасней.

— И познавательно, — кивнул владыка. — Я тоже всю жизнь мечтал, да времени недоставало. А ведь член Палестинского общества. Поезжай, дочка. В скиту тебе томно будет, я твой непоседливый нрав знаю. А там попутешествуешь, новых впечатлений наберешь. Не заметишь, как и время пройдет. Я же отпишу и отцу архимандриту в миссию, и игуменье в Горненский монастырь. Постранствуй в Палестине паломницей, поживи в обители, пока Матвей злодеев ловит.

И епископ сразу сел к столу, писать рекомендательные письма — на особой бумаге, с архиерейским вензелем.

Предосторожности были продуманы до мелочей.

Утром Пелагию увезли на карете «скорой помощи» — многие это видели. Прибежавшим в госпиталь ученицам объявили, что начальница совсем плоха и пускать к ней никого не велено. А ночью монахиня выскользнула через черный ход, и Бердичевский отвёз ее за пятнадцать верст от города, на маленькую пристань.

Там ожидал катер. На нем конспираторы отплыли еще на пять верст и остановились посреди Реки.

Полчаса спустя показался сияющий огнями пароход, который спускался от Заволжска вниз по течению. Катер замигал лампой, и капитан, заранее предупрежденный секретной депешей, остановил машину — тихо, без кричания в рупор и гудков, чтоб не будить спящих пассажиров.

Матвей Бенционович помог Пелагии подняться по трапу. Впервые видел ее не монашкой, а дамой — в дорожном платье, в шляпке с вуалью.

Всё время, от самой больницы, из-за этого наряда сбивался на непозволительные фантазии. Повторял про себя: «Женщина, она просто женщина». В душе прокурора трепетали сумасшедшие надежды.

Пелагия же была рассеянна, мысли ее витали где-то далеко.

Когда ступили на палубу, у Бердичевского вдруг сжалось сердце. Ему послышался чей-то голос, печально сказавший: «Прощайся. Ты никогда ее больше не увидишь».

— Не уезжайте... — понес сбивчивую чушь запаниковавший прокурор. — Я места себе... — И встрепенулся, осененный спасительной, как ему показалось, идеей. — Знаете что, а может все-таки на Ангару? Владыке нельзя, так вас бы я сопроводил. А потом уже возьмусь за расследование. А?

Представил, как они будут вдвоем ехать через всю Сибирь. Сглотнул.

— Нет, я в Палестину, — все так же рассеянно пробормотала путешественница. И вполголоса, про себя, прибавила. — Только бы успеть. Ведь убьют...

Про «успеть» Матвей Бенционович не очень понял, но концовка его отрезвила. И устыдила.

Жизнь дорогого существа в опасности. И его долг — не шпацировать с дамой сердца по сибирским просторам, а разыскать злодеев, и как можно скорей.

— Клянусь вам, я отыщу бандитов, — тихо сказал статский советник.

— Верю, что найдете, — ласково ответила Пелагия, но как-то опять без большой заинтересованности. — Только, думается мне, не бандиты это, и похищенные деньги тут ни при чем... Ну, да вы сами разберетесь.

Капитан, лично встречавший экстренную пассажирку, поторопил:

— Сударыня, нас сносит течением, а тут справа мели. Нужно запускать машину.

Пользуясь тем, что Пелагия не в рясе, а в платье, Бердичевский поцеловал ей руку — в полоску кожи над кружевной перчаткой.

Она коснулась его лба губами, перекрестила, и прокурор, посекундно оглядываясь, стал спускаться по трапу.

Тонкий силуэт сначала подернулся сумраком, а потом и вовсе растаял в темноте.

Пелагия шла за матросом, который нес чемодан. На палубе было пусто, только под окном салона дремал какой-то любитель ночного воздуха, закутанный в плед до самого носа.

Когда дама в шляпке с вуалью прошла мимо, закутанный шевельнулся, подвигал пальцами.

Раздался сухой, неприятный треск: кррк-кррк.

Часть вторая
ЗДЕСЬ И ТАМ

VII

НЕ УСПЕТЬ

Таинственная и прекрасная

Мало кому выпадает счастье при первом же взгляде на Святую Землю увидеть ее таинственной и прекрасной, какова она и есть на самом деле.

Полине Андреевне Лисицыной повезло. Порт Яффа, морские врата Палестины, предстал перед ней не желто-серой грудой пыли и камней, а мерцающим елочным шаром — как в детстве, когда подкрадешься ночью к дверям рождественской залы, заглянешь в щелочку, и сначала ничего не видно, а потом вдруг блеснет во тьме что-то круглое, переливчатое, и сердце сожмется в предвкушении чуда.

Так получилось и с Яффой.

Как ни пыхтел пароход, как ни шлепал колесами, но не успел достичь желанного берега до заката. Черное небо слилось с черными водами, и обманувшиеся в ожиданиях пассажиры уныло побрели укладывать вещи. На палубе остались лишь госпожа Лисицына да крестьяне-богомольцы, весь багаж которых состоял из холщовой котомки, медного чайника и паломнического посоха.

И самое малое время спустя двери мрака приоткрылись. Сначала зажегся одинокий огонек, похожий на бледную звезду. Потом он сделался ярче, рядом возник второй, третий, четвертый, и вскоре из-за горизонта на море выкатилось золотистое яблоко города-скалы, всё в крапинках тусклого света.

Крестьяне повалились на колени и затянули молитву. Лбы так истово застучали по палубе, что Полина Андреевна, лелея торжественность минуты, заткнула уши. Ветерок донес с берега слабый аромат апельсинов.

«Иоппия», произнесла вслух путешественница библейское название порта.

Три тысячи лет назад сюда сплавляли из Финикии кедры для постройки Соломонова храма. Среди этих волн Господь велел киту поглотить строптивого Иону, и был Иона в китовом чреве три дня и три ночи.

Пароход замедлил ход, остановился, залязгал цепью, протяжно гуднул. На палубу выбегали пассажиры, возбужденно галдя на разных наречиях.

Волшебство было нарушено.

Утром стало видно, что судно бросило якорь в полуверсте от суши — ближе было не подойти из-за мелей. Полдня стояли без движения, потому что дул изрядный ветер, а после обеда, едва волнение на море поутихло, с берега, отчаянно работая веслами, сорвалась целая флотилия лодок. В них сидели смуглые люди с обмотанными тряпьем головами, ужасно похожие на морских разбойников.

Пароход был в два счета взят на абордаж. Пираты гуськом вскарабкались по спущенному к воде трапу и с пугающей быстротой разбежались кто куда. Одни хватали за руки пассажиров и волокли к борту; другие, наоборот, не обращали внимания на людей, а ловко взваливали на плечи узлы и чемоданы.

Штурман Прокофий Сергеевич, с которым Лисицына за время плавания успела подружиться, объяснил, что это такой яффский порядок: разгрузкой кораблей монопольно владеют два клана арабских грузчиков, причем один ведает людьми, а другой багажом, и это разделение блюдется строго.

Бабы-паломницы, подхваченные жилистыми руками поперек талии, отчаянно визжали, некоторые пробовали и отбиваться, награждая охальников весьма существенными тумаками, но привычные носильщики только скалились.

Не прошло и двух минут, а первый баркас, набитый потрясенными богомольцами, уже отвалил от борта, за ним тут же припустил ялик, груженный котомками, чайниками и посохами.

Следующая лодка заполнялась столь же быстро.

Вот и к Полине Андреевне подлетел распаренный туземец, ухватил за запястье.

— Благодарю, я сама...

Не договорила — лихой человек играючи перекинул ее через плечо и засеменил вниз по трапу. Лисицына только ахнула. Внизу качалась и искрилась вода, руки у носильщика были жесткие и в то же время удивительно нежные, так что пришлось подавить в себе некое приятное и безусловно греховное шевеление.

Еще четверть часа спустя заволжская паломница ступила на землю Палестины и заплескала руками, силясь удержать равновесие, — за две недели отвыкла от тверди.

Прикрыла ладонью глаза от слепящего солнца. Огляделась.

Мерзкая и зловонная

Как же здесь было нехорошо!

То есть, в маленьких русских городах тоже бывает очень нехорошо — и убого, и грязно, и тошно от окружающей нищеты, но там в лужах отражается небо, над проваленными крышами зеленеют деревья, и в конце мая пахнет черемухой. А тихо-то как! Закроешь глаза — шелест листвы, жужжание пчел, недальний колокольный звон.

В Яффе же все без исключения органы чувств доставляли паломнице сплошные неприятности.

Глаза — потому что повсюду натыкались на груды гниющих отбросов, кучки рыбьей требухи, всевозможные и ничуть не живописные лохмотья, а помимо того еще слезились от пыли и норовили зажмуриться от нестерпимо яркого света.

Язык — потому что вездесущая пыль немедленно заскрипела на зубах, будто рот набит наждачной бумагой.

Нос — потому что аромат апельсинов, давеча поманивший Полину Андреевну, оказался совершенной химерой; то ли вовсе примерещился, то ли не выдержал соперничества с доносившимися отовсюду миазмами гниения и нечистот.

Про уши и говорить нечего. В порту никто не разговаривал, все орали, причем в полную глотку. В многоголосом хоре лидировали ослы и верблюды, а над всей этой какофонией плыл безнадежный баритон муэдзина, казалось, отчаявшийся напомнить сему вавилону о существовании Бога.

Более всех прочих физических чувств досаждало осязание, ибо стоило Полине Андреевне миновать турецкую таможню, как в переодетую монахиню со всех сторон вцепились попрошайки, гостиничные агенты, извозчики, и разобрать, кто из них кто, было невозможно.

Плохонький русский городок напоминает чахоточного пропойцу, которому хочется дать копеечку, вздохнув над его горемычной судьбой, а Яффа показалась Полине Андреевне то ли бесноватым, то ли прокаженным, от которого только зажмуриться да бежать со всех ног.

Скрепляя дух, госпожа Лисицына строго сказала себе: монахиня не должна бежать и от прокаженного. Чтобы отрешиться от мерзости и зловония, устремила взгляд выше, на желтые стены городских построек. Но и они оказались не отрадны для глаза. Безвестные строители этих непритязательных сооружений были явно лишены суетного стремления впечатлить потомков.

Подхватив чемодан, а саквояж зажав под мышкой, Полина-Пелагия двинулась через толчею к узенькому ступенчатому переулку — там, по крайней мере, можно будет найти тень и решить, как действовать дальше.

Однако выбраться с площади так и не получилось.

Небритый человечек — в жилетке и брюках, но при этом в турецкой феске и арабских шлепанцах — торжествующе ткнул в нее пальцем:

— Ир зенд а идишке!* Идемте скорей, я отведу вас в отличную кошерную гостиницу! Будете, как дома у мамы!

— Я русская.

— А-а, — протянул небритый. — Тогда вам вон к тому господину.

Полина Андреевна взглянула в указанном направлении и радостно вскрикнула. Под широким полотняным зонтом на складном стульчике сидел приличного вида мужчина в темных очках; в руке он держал табличку с милой сердцу славянской вязью:

Императорское Палестинское общество.
Проездные билеты и наставления
для странников ко Гробу Господню.

Пелагия кинулась к нему, как к родному.

— Скажите, как бы мне попасть в Иерусалим?

— Можно по-разному, — степенно ответствовал представитель почтенного общества. — Можно железной дорогой, за три рубля пятьдесят копеек: всего четыре часа, и вы у врат Старого города. Сегодняшний поезд ушел, завтрашний отправляется в

* Вы еврейка! *(идиш)*

три пополудни. Можно восьмиместным дилижансом, за рубль семьдесят пять. Отправление завтра в полдень, в Святой Град прибудете ночью.

Паломница заколебалась. Путешествовать по Святой Земле в дилижансе? Или, того пуще, по железной дороге? Как-то это неправильно. Будто едешь в Казань или Самару, по хозяйственной надобности.

Ее взгляд упал на группу русских богомольцев, собравшихся на краю площади. Они постояли на коленях, целуя пыльную мостовую, потом двинулись вперед, широко отмахивая посохами. Однако на ноги поднялись не все. Два мужичка привязали к коленкам по большому лыковому лаптю и споро-висто зашуршали вверх по улице.

— Так и будут ползти все семьдесят верст до Иерусалима, — вздохнул представитель. — Какой вам билет, надумали?

— Наверное, на дилижанс, — неуверенно протянула Полина Андреевна, подумав, что вояж на локомотиве окончательно истребит благоговейное чувство, и без того изрядно подпорченное видом Яффского порта.

В этот миг ее дернули за юбку.

Обернувшись, она увидела смуглого человека довольно приятной наружности. Он был в длинной арабской рубашке, с широкого пояса которой свисала ярко начищенная цепочка часов. Туземец белозубо улыбнулся и шепнул:

— Зачем дилижанс? Нехорошо дилижанс. У меня хантур. Знаешь хантур? Такой карет, сверху шатер. Как султан Абдул-Хамид поедешь. Кони —

ай-ай, какие кони. Арабские, знаешь? Где захочешь — встанем, смотреть будешь, молиться будешь. Всё покажу, всё расскажу. Пять рубль.

— Откуда вы знаете по-русски? — спросила Пелагия, почему-то тоже шепотом.

— Жена русская. Умная, красивая, как все русские. И я тоже русской веры. Зовут Салах.

— Разве Салах — христианское имя?

— Самое христианское.

В доказательство араб троеперстно перекрестился и пробормотал: «Отченашижеесинанебеси».

Это был чудесный знак! В первые же минуты по прибытии в Святую Землю встретить православного, да еще русскоговорящего палестинца! Сколько полезного можно будет от него узнать! И потом, путешествие в собственном экипаже, на хороших лошадях, это вам не линейный дилижанс.

— Едем! — воскликнула Полина Андреевна, хотя добрый штурман строго-настрого предупреждал ее: в Палестине не принято соглашаться с назначенной ценой, здесь положено из-за всего подолгу торговаться.

Но не рядиться же из-за лишнего рубля, когда едешь в Пресвятый Град Иерусалим?

— Завтра едем. — Салах подхватил чемодан будущей пассажирки, поманил рукой за собой. — Сегодня нельзя. До ночь не успеть, а ночь плохо, разбойники. Идем-идем, хорошее место ночевать будешь, у моя тетя. Один рубль, только один рубль. А утром как птичка летим. Арабские кони.

Пелагия едва поспевала за быстроногим проводником, который вел ее лабиринтом узких улочек, забиравшихся все выше в гору.

— Так ваша жена русская?

Салах кивнул:

— Наташа. Имя Маруся. Мы Ерусалим живем.

— Что? — удивилась она. — Так Наташа или Маруся?

— Моя Наташа звать Маруся, — загадочно ответил туземный человек, и на этом разговор прервался, потому что от подъема по горбатой улочке у паломницы перехватило дыхание.

«Хорошее место», куда проводник отвел Полину Андреевну, оказалось глинобитным домом, в котором постоялице отвели голую комнату без какой-либо обстановки. Салах распрощался, объяснив, что в доме нет мужчин, поэтому ему ночевать здесь нельзя — он заедет завтра утром.

Спать путешественнице пришлось на тощем тюфяке, умываться из таза, а роль ватерклозета исполнял медный горшок, очень похожий на лампу Аладдина.

Душевное благоговение, будучи субстанцией хрупкой и эфемерной, всех этих досадных неудобств не вынесло — съежилось, присыпалось пеплом, как головешка в погасшем костре. Монашка попробовала читать Библию, чтобы снова раздуть волшебную искорку, но не преуспела. Должно быть, мешало светское платье. В рясе сохранять блаженный трепет много легче.

А когда при умывании заглянула в зеркало, совсем расстроилась.

Вот тебе на! По переносице и щекам вылезли веснушки — явление, огорчительное для любой женщины, а уж для особы духовного звания и вовсе неприличное. А ведь, казалось, были начисто истреблены посредством ромашкового молочка и медовых притирок!

Пустыня из пустынь

Всю ночь несчастная госпожа Лисицына проворочалась на жестком ложе и рано утром, кое-как умывшись, заняла позицию у ворот в ожидании скорого прибытия возницы.

Прошел час, другой, третий. Салаха не было.

Солнце начинало припекать, и Полина Андреевна осязаемо чувствовала, как проклятые конопушки набирают цвет и густоту.

Явление православного туземца уже не казалось ей «чудесным знаком» — скорее подлой уловкой, которую Лукавый изобрел, чтобы отдалить прибытие паломницы в Божий Град.

Пока монахиня колебалась, ждать ли дальше или вернуться в порт, миновал полдень, а это означало, что иерусалимский дилижанс упущен.

Боясь, как бы не опоздать и на трехчасовой поезд, Пелагия, наконец, двинулась в сторону моря, но у первого же перекрестка остановилась. Куда поворачивать, вправо или влево?

Именно в эту минуту из-за угла выкатила вихлястая повозка с огромными колесами, прикрытая сверху куском выцветшего полотна. Спереди восседал коварный обманщик Салах, лениво помахивал кнутом над спинами двух костлявых лошаденок.

— Мой хантур, — гордо показал он на свой непрезентабельный экипаж. — Мои кони.

— Арабские? — не удержалась от язвительности Полина Андреевна, с обидой вспомнив свои вчерашние мечты о тонконогих аргамаках, которые понесут ее через горы и долины в самый главный город на всем Божьем свете.

— Конечно, арабские, — подтвердил мошенник, привязывая чемодан. — Здесь все кони арабские. Кроме тех, которые еврейские. Еврейские немножко лучше.

Но на этом злодейства Салаха не закончились.

Повозка повернула в центр Яффы и остановилась перед гостиницей «Европа» (оказывается, имелась здесь и такая — ночевать на полу было вовсе не обязательно!). Госпоже Лисицыной пришлось потесниться — на скамейку уселась американская пара: муж и жена. Они оказались не паломниками, а *туристами*: путешествовали по Holy Land*, снаряженные по всей науке агентства «Кук» — обильный багаж граждан Нового Света был навьючен на грязного, недокормленного верблюда.

— Я же заплатила пять рублей! — зашипела Полина Андреевна на Салаха. — Так нечестно!

— Ты худая, места много, вместе веселей, — беззаботно ответил сын Палестины, прикручивая уздечку горбатого прицепа к задку своей колымаги. — Mister, missus, we go Jerusalem!**

* Святая Земля *(англ.)*.

** Мистер, миссис, мы отправляемся в Иерусалим! *(искаж. англ.)*

— Gorgeous!* — откликнулась на это известие «миссус», и караван тронулся в путь.

В знак протеста монахиня прикинулась, что не понимает по-английски, и прикрыла лицо платочком, но американцы не очень-то нуждались в собеседниках. Они были полны энергии, всему бурно радовались, то и дело щелкали маленьким фотографическим аппаратом, а слово «gorgeous» звучало из их уст не реже двух раз в минуту.

Когда повозка выехала на открытое пространство, пересеченное уходящей за горизонт шоссейной дорогой, туристы (очевидно, следуя куковскому наставлению) нацепили зеленые очки, что было очень даже неглупо — Полина Андреевна скоро это поняла. Во-первых, в очках не слепило солнце, а во-вторых, цвет стекол, должно быть, компенсировал полное отсутствие зеленой гаммы в пейзаже.

Повсюду лишь камни и пыль. Это была та самая равнина, где Иисус Навин, преследуя войско пятерых царей Ханаанских, воскликнул: «Стой, солнце, над Гаваоном, и луна над долиною Аиалонскою!» — и остановилось солнце посреди неба, и не спешило к западу еще один день.

У высохшего ручья, где Давид сразил Голиафа, туристы потребовали остановиться. Муж взял в руку камень и свирепо выпятил глаза; супруга, хохоча, наводила на него «кодак».

Мимо катились повозки европейского и азиатского вида, ехали всадники, шли пешие, причем последние — почти сплошь русские богомольцы, странно неуместные средь этого пустынного ланд-

* Великолепно! *(англ.)*

шафта. Полина Андреевна уныло подумала, что «арабские кони» Салаха движутся ничуть не быстрее этих ходких мужиков и баб.

Несколько паломников спустились к ручью в надежде разжиться водой. Разгребли сухую гальку, но не добыли ни капли.

— Одному нашему, из вяземских, о прошлый год тож благость вышла, — подслушала Пелагия обрывок разговора. — Брел он этак вот с Ерусалима в обратку, и разбойники его порезали, насмерть. Сподобился в Святой Земле Богу душу возвернуть.

— Вот счастье-то, — позавидовали слушатели.

Отправились дальше.

Вдали показались холмы — Иудейские горы. Разглядев на одной из вершин развалины крепости (судя по виду, построенной крестоносцами), монахиня покачала головой. Почему люди столько веков сражаются за эту убогую, бесплодную землю? Да стоит ли она того, чтобы из-за нее проливать столько крови?

Должно быть, в библейские времена эта равнина была совсем не такой, через нее текли реки, полные молока и меда, повсюду зеленели поля и кущи. А теперь здесь проклятое, выморочное место. Сказано у пророка Иезекииля: «И сделаю землю пустынею из пустынь, и гордое могущество ее престанет, и горы Израилевы опустеют, так что не будет проходящих, и узнают, что Я Господь, когда сделаю землю пустынею из пустынь за все мерзости их, какие они делали».

И полезли в голову Пелагии совсем не паломнические, а явственно еретические мысли.

Отчего ветхозаветный Бог был так жесток? Почему его заботило лишь одно — достаточно ли истово поклоняются ему евреи? Разве это так важно? И почему Он столь чудесно меняется в Новом Завете? Или это уже другой Бог, а не Тот, что наставлял Иакова и Моисея?

Закрестилась, отгоняя богохульные домыслы. Чтобы отвлечься, стала прислушиваться к болтовне Салаха.

Тот стрекотал почти без остановки. Поскольку русская пассажирка все попытки завязать разговор встречала суровым молчанием, возница избрал себе в собеседники американскую пару. По-английски он изъяснялся не хуже, чем по-русски, — то есть, с ошибками, но бойко и складно.

Очевидно поверив, что Пелагия этого языка не знает, пройдоха заявил, что его жена американка, «красивая и умная, как все американки». Полина Андреевна хмыкнула, но сдержалась.

Пока пересекали Аиалонскую долину, Салах всё ругал евреев, которые не давали покоя местным жителям ни в древние времена, ни сейчас. При этом он утверждал, что палестинцы обитали здесь всегда, они-то и есть прямые потомки библейских хананейцев. Жили себе и горя не знали, пока из пустыни не явилось жестокое, подлое племя, которое инородцев не считает за людей. У них и в Книге велено: хананеям пощады не давать, истребить их всех без остатка. Вот они и истребляют — и в давние времена, и сейчас.

Пелагия слушала не без интереса. В газетах писали, что туземное население Палестины обеспокоено наплывом евреев, которые всё гуще заселяют Землю Обетованную, и что дикие арабы подвергают мирных переселенцев грабежу и притеснению. Любопытно было узнать и противоположную точку зрения.

Почти две тысячи лет жили без них, и хорошо жили, жаловался Салах. И вот они появились опять. Тихие такие, жалкие. Мы приняли их с миром. Научили возделывать землю, спасаться от жары и от холода. А что теперь? Они расплодились, как мыши, подкупают турок своими европейскими деньгами. Теперь вся лучшая земля у евреев, а наши феллахи батрачат на них за кусок хлеба. Евреи не успокоятся, пока вовсе не прогонят нас с нашей Родины, потому что мы для них не люди. Так в их книгах написано. У них жестокие книги, не то что наш Коран, призывающий быть милосердным к иноверцам.

Американцы внимали этим ламентациям не слишком внимательно, то и дело отвлекаясь на достопримечательности («Look, honey, isn't it gorgeous!»), Пелагия же в конце концов не выдержала:

— *Our* Quaran?* — повторила она с ядом в голосе. — А кто врал, что православный?

— А кто врал, что не понимать английски? — парировал Салах.

Полина Андреевна умолкла и до самого вечера рта больше не раскрывала.

По горам двигались еще медленней — главным образом из-за верблюда, который подолгу застре-

* *Наш* Коран? *(англ.)*

вал на обочине у каждой колючки, которой удалось пробиться сквозь мертвую почву. Езда заметно ускорилась, лишь когда скверное животное заинтересовалось цветами на шляпке Полины Андреевны. Ощущать затылком горячее, влажное дыхание парнокопытного было не слишком приятно, а один раз за ворот путешественницы упал сгусток вязкой слюны, но монахиня жертвенно терпела эти домогательства и только время от времени отпихивала губастую башку локтем.

Переночевали в арабском селении Баб аль-Вад, у Салахова дяди. Эта ночь была еще тягостней предыдущей. В комнате, отведенной госпоже Лисицыной, был земляной пол, и она долго не решалась на него лечь, опасаясь блох. «Лампой Аладдина» воспользоваться тоже не удалось, потому что у двери расположились две женщины с синей татуировкой на щеках и девочка, в грязные волосы которой было вплетено множество серебряных монеток. Они сидели на корточках, разглядывая постоялицу, и обменивались какими-то комментариями. Девочка скоро уснула, свернувшись калачиком, но арабские матроны пялились на красноволосую чужеземку чуть не до самого рассвета.

А назавтра выяснилось, что американцы провели ночь самым отличным образом — по совету вездесущего «Кука» растянули в саду гамаки и выспались просто gorgeous.

Измученная Пелагия тряслась в хантуре, то и дело проваливаясь в сон. Поминутно вскидывалась от резких толчков, непонимающе озирала лысые вершины холмов, снова начинала клевать носом. Шляпку отдала верблюду, чтоб не приставал. Голову прикрыла газовым шарфом.

И вдруг, где-то на рубеже яви и сна прозвучал голос, отчетливо и печально произнесший: «Не успеть».

Душу Полины Андреевны почему-то пронзила острая тоска. Путешественница встрепенулась. Сонный морок растаял без следа, мозг очнулся.

Что же это я, совсем ума лишилась, сказала себе Пелагия. Тоже туристка выискалась — железная дорога мне нехороша. А день потерян впустую. Какая непростительная, даже преступная глупость!

Нужно спешить. Ах, скорей бы Иерусалим!

Она подняла голову, стряхнула с ресниц остатки сна и увидела вдали, на холме, парящий в дымке город.

Град Небесный

Вот он, Иерусалим, поняла Пелагия и приподнялась на скамье. Рука взметнулась к горлу, словно боясь, что прервется дыхание.

Сразу забылись и пыль, и жара, и даже таинственный, непонятно откуда донесшийся голос, что вывел паломницу из сонного оцепенения.

Салах объяснял на двух языках, что нарочно съехал с шоссе — показать Джерузалем во всей красе; что-то вопили американцы; прядали ушами лошади; дохрупывал шляпку верблюд, а Пелагия зачарованно смотрела на покачивающийся в мареве град, и из памяти сами собой выплывали строки

«Откровения»: «И я, Иоанн, увидел святый город Иерусалим, новый, сходящий от Бога с неба, приготовленный как невеста, украшенная для мужа своего. Он имел двенадцать ворот и на них двенадцать Ангелов. Основания стены города украшены всякими драгоценными камнями: основание первое яспис, второе сапфир, третье халкидон, четвертое смарагд, пятое сардоникс, шестое сердолик, седьмое хризолит, восьмое вирилл, девятое топаз, десятое хризопрас, одиннадцатое гиацинт, двенадцатое аметист. А двенадцать ворот — двенадцать жемчужин: каждые ворота из одной жемчужины. Улица города — чистое золото, как прозрачное стекло». По-старинному последняя фраза звучала еще прекрасней: *«И стогны града злато чисто, яко стекло пресветло»*.

Вот оно, самое важное место на земле. И правильно, что путь к нему столь тягостен и докучен. Это зрелище нужно выстрадать, ведь свет сияет ярко лишь для зрения, истомленного тьмой.

Монахиня спустилась наземь, преклонила колени и прочла радостный псалом «Благослови, душе моя, Господа, и вся внутренняя моя святое имя Его», но закончила молитву странно, не по канону: «И вразуми меня, Господи, сделать то, что должно».

Хантур тронулся вперед, навстречу Иерусалиму, и город сначала исчез, скрытый ближним холмом, а потом появился вновь, уже безо всякой дымки и нисколько не похожий на град небесный.

Потянулись скучные улицы, застроенные одноэтажными и двухэтажными домами. Это был даже не Восток, а какая-то захолустная Европа, и если бы не арабская вязь на вывесках да не фески на головах прохожих, легко было бы вообразить, что находишься где-нибудь в Галиции или Румынии.

Перед Яффскими воротами Старого города Полина Андреевна совсем расстроилась. Ну что это в самом деле! Фиакры, банк «Лионский кредит», французский ресторан, даже — о ужас — газетный киоск!

Американская пара высадилась у отеля «Ллойд», сдав верблюда швейцару в красной ливрее. Госпожа Лисицына осталась единственной пассажиркой хантура.

— Храм Гроба Господня там? — с трепетом спросила она, показывая на зубчатую стену.

— Там, но мы туда не едем. Раз ты русская, тебе надо в Миграш а-русим, Русское подворье. — Салах махнул рукой куда-то влево.

Повозка поехала вдоль крепостной стены, и через несколько минут путешественница оказалась на небольшой площади, которая словно перенеслась сюда по мановению волшебной палочки прямо из Москвы. Измученный горами и пустынями взор монахини любовно обозрел купола православного храма, безошибочно русские присутственные постройки, указатели с надписями «Хлебопекарня», «Водогрейная», «Народная столовая», «Женский странноприимный дом», «Сергиево подворье».

— До свиданья, госпожа, — поклонился Салах, на прощанье ставший очень почтительным — должно быть, надеялся на бакшиш. — Здесь все наши, русские. Захочешь назад Яффо ехать или куда пожелаешь, иди Дамасские ворота, спроси Салах. Там все знают.

Бакшиша ему Полина Андреевна не дала — не заслужил, но простилась по-доброму. Жулик, конечно, но все-таки ведь довез.

Для удобства богомольцев здесь, как и в Яффском порту, на самом видном месте, под зонтом, сидел сотрудник странноприимного комитета. Объяснял здешние порядки, отвечал на вопросы, размещал на постой согласно званию и средствам: для людей бедных кров и стол стоили всего 13 копеек, но можно было поселиться и с комфортом, за 4 рубля.

— Как бы мне повидать отца архимандрита? — спросила Полина Андреевна. — У меня к нему письмо от преосвященного Митрофания, архиерея Заволжского.

— Его высокопреподобие в отлучке, — ответил служитель, ласковый старичок в железных очках. — Поехал в Хеврон, участок для школы присмотреть. А вы бы, сударыня, пока отдохнули. У нас баня своя, и даже с дворянским отделением. Прачки хорошие — белье постирать. А то исповедайтесь с дороги. Многие так делают. В храме места недостает, так отец архимандрит благословил в саду шатры-исповедальни поставить, как в раннехристианские времена.

И в самом деле, у края площади, под деревьями, стояли четыре палатки, увенчанные золочеными крестами. К каждой стояла очередь: одна очень длинная, две умеренные, а подле четвертого шатра дожидались всего два человека.

— Отчего такая неравномерность? — полюбопытствовала Пелагия.

— А это, изволите видеть, согласно желанию. Более всего алчут попасть к отцу Ианнуарию, святейшему во всей нашей миссии старцу. Отец Мартирий и отец Корнилий тоже возлюблены богомольцами, хотя, конечно, и менее, чем отец Ианнуарий. А вон туда, к отцу Агапиту, мало кто отваживается. Суровенек и характером невоздержан. Вы уж, милая сударыня, извините, — развел руками старичок. — Исповедальня — не гостиница, разрядов не имеет. Пред Богом все равны. Так что если желаете к отцу Ианнуарию, придется вместе с простыми ожидать — это часа четыре на солнцепеке, не меньше. Некоторые господа, правда, нанимают кого-нибудь заместо себя постоять, но это, ей-богу, грех.

— Ничего, я исповедуюсь после, — легкомысленно сказала Полина Андреевна. — Когда жара спадет. А пока определите-ка меня на постой.

В эту минуту из исповедальни, пользовавшейся наименьшим спросом у богомольцев (она была ближе всего к площади), донесся крик. Полотняные стенки шатра качнулись, и наружу вылетел чернявый господин в очках, едва не растянувшись на траве. Похоже, очкастый был вытолкнут из обители таинства, что называется, взашей.

Кое-как удержавшись на ногах, он ошеломленно уставился на вход, а оттуда высунулся косматый поп с перекошенным от ярости багровым лицом и возопил:

— К мойшам своим ступай! В Ров Га-Иуди! Пускай иуды тебя исповедуют!

— Ну вот видите! — болезненно вскрикнул странноприимный старичок. — Он опять!

— А что такое «Ров Га-Иуди»? — быстро спросила Полина Андреевна, глядя на грозного отца Агапита с чрезвычайным вниманием.

— Еврейский квартал в Старом городе. Там, за стеной, есть четыре квартала...

Но Пелагия уже не слушала — сделала несколько шагов по направлению к саду, словно боялась пропустить хоть одно слово в разворачивающейся перебранке.

Чернявый господин, придя в себя от первого потрясения, тоже стал кричать:

— Вы не смеете! Я крещеный! Я на вас отцу архимандриту пожалуюсь!

— «Крещеный»! — передразнил исповедник и сплюнул. — Сказано народом: «Жид, как бес: никогда не покается». И еще сказано: «Жида перекрести, да и под лед пусти!» Тьфу на тебя! Тьфу! Изыди!

И так свирепо закрестил очкастого, словно собирался ударить его сложенными пальцами сначала в лоб, потом в низ живота, а после еще добавить по правой и левой ключице. От этих угрожающих телодвижений изгнанный попятился, а вскоре и вовсе бежал с поля боя, бормоча и всхлипывая.

На двух паломников, дожидавшихся своего череда исповедоваться у отца Агапита, эта сцена произвела сильное впечатление. Они быстренько ретировались — один переместился в очередь к отцу Мартирию, другой — к отцу Корнилию.

— Постойте, — окликнул Полину Андреевну старичок. — Я вам покажу, где гостиница для паломниц благородного звания.

— Спасибо. Но, знаете, я, пожалуй, все-таки сначала исповедуюсь, — ответила Пелагия. — Как раз и очереди нет.

Мнимый брахицефал

Когда паломница произнесла положенное «Исповедую Господу моему и вам, отче, все прегрешения мои», священник вдруг спросил:

— Что это у вас волосы рыжие?

Полина Андреевна непочтительно разинула рот — до того удивилась вопросу.

Отец Агапит сдвинул брови:

— Часом, не из выкрестов будете?

— Нет, — уверила его кающаяся. — Честное слово!

Но священник «честным словом» не удовлетворился.

— Может, ваш родитель из кантонистов? Имеете ли долю еврейской крови — с отцовской либо с материнской стороны? Рыжины без жидинки не бывает.

— Что вы, отче, я совершенно русская. Разве что прадед...

— Что, из жидков? — прищурился исповедник. — Ага! У меня глаз верный!

— Нет, он приехал из Англии, еще сто лет назад. Но женился на русской, принял православие. Да почему вы так допытываетесь?

— А-а, другое дело, — успокоился отец Агапит. — Это ничего, если из Англии. Должно быть, ирландского корня. Тогда понятно. Рыжесть, она ведь двух источников бывает: кельтского и еврейского. Пытал же я вас для того, чтоб по оплошности не опоганить таинство покаяния. Сейчас много жидов и полужидков, кто норовит к православию примазаться. Уж на что жид скверен, а крещеный жид еще втрое того хуже.

— Вы потому и того господина прогнали?

— У него на роже написано, что из абрашек. Говорю же, у меня глаз. Не допущу святотатства, пускай хоть на костре жгут!

Пелагия выразила на лице полное сочувствие подобной самоотверженности, вслух же заметила:

— Однако наша церковь приветствует новообращенных, в том числе и из иудейской веры...

— Не церковь, не церковь, а глупцы церковные! После заплачут, да поздно будет. Что это: дурь или бесовское наущение — в стадо белых овец черную пускать!

Поп тут же и пояснил свою не вполне ясную аллегорию:

— Есть овцы белые, что пасутся на склонах горних, близ взора Божия. А есть овцы черные, их пастбище — низины земные, где произрастают плевелы и терновники. Белые овцы — христиане, черные — евреи. Пускай жиды жрут свои колючки, лишь бы к нашему стаду не прибивались, не портили белизну руна. Сказано на Шестом Вселенском Соборе: у жида не лечись, в бане с ним не мойся, в друзья его не бери. А для того чтоб Божье стадо с паршивыми овцами не смешивалось, существуем мы, Божьи овчарки. Если чужая овца к нашей пастве подбирается, мы ее клыками за ляжки, да трепку ей, чтоб прочим неповадно было.

— А если наоборот? — спросила Пелагия с невинным видом. — Если кто захочет из белого стада в черное? Есть ведь такие, кто отрекается от христианства и принимает иудаизм. Мне вот рассказывали про секту «найденышей»...

— Христопродавцы! — загрохотал отец Агапит. — А вожак ихний Мануйла — бес, присланный из преисподни, чтобы Сына Человеческого вторично сгубить! Мануйлу того нужно в землю вбить и колом осиновым проткнуть!

Голос Полины Андреевны стал еще тише, еще бархатней:

— Отче, а еще мне говорили, что этот нехороший человек будто бы подался в Святую Землю...

— Здесь он, здесь! Прибыл глумиться над Гробом Господним. Видели его на Пасху, смущал богомольцев своими соблазнами и некоторых соблазнил! Его уж и сами жиды хотели камнями побить, даже им от него тошнотворно! Убежал, скрылся, змей. Эх, братьев бы сюда!

— У вас есть братья? — наивно спросила паломница.

Агапит грозно улыбнулся.

— Есть, и много. Не по крови — по душе. Витязи православия, Божьи защитники. Слыхала про «Христовых опричников»?

Полина Андреевна улыбнулась, словно поп сообщил ей нечто очень приятное.

— Слышала, и в газетах читала. Одни об этих людях хорошо отзываются, другие плохо. Мол, бандиты и громилы.

— Это жиды врут и поджидки! Ах, знали бы вы, дочь моя, сколь жестоко они притесняют здесь меня! — пожаловался отец Агапит. — В России-то нашим отрадно, там снизу своя земля греет, а по бокам верная братия. Там мы сильны. А на чужбине одному горько, тяжко.

Это признание ужасно взволновало отзывчивую собеседницу.

— Как? — в беспокойстве вскричала она. — Разве вы не имеете здесь, на Святой Земле, единомышленников? Кто же защитит белых овечек от черных? Где же эти ваши «опричники»?

— Там, где им и надлежит быть: в России-матушке. В Москве, Киеве, Полтаве, Житомире.

— В Житомире? — переспросила Полина Андреевна с живейшим интересом.

— Да, житомирцы — витязи верные, боевитые. Жидам спуску не дают, а пуще того приглядывают за поджидками. Если б Мануйла этот пакостный стал в Житомире воду мутить, или тот носатый, которого я давеча вытолкал, посмел мне, особе духовного звания, грозить, тут же бы из них и дух вон!

Воспоминание о недавней перебранке вновь привело отца Агапита в раздражение.

— Архимандриту он нажалуется! А тот, ирод, только рад будет. Высокопреподобный наш одержим бесом всетерпенства, я ему как кость в горле. Изгонят меня отсюда, сестра, — горько произнес ревнитель чистоверия. — Неугоден я им своей непреклонностью. Придешь в другой раз исповедоваться — а меня уж и нет.

— Так вы тут совсем один? — разочарованно протянула Полина Андреевна и как бы про себя добавила. — Ах, это не то, совсем не то.

— Что «не то»? — удивился поп.

Тут паломница убрала с лица всякую умильность и посмотрела на отца Агапита в упор, испытывая нехристианское желание сказать неприятному человеку гадость — да такую, чтоб проняло.

Ничего, можно, поддалась она искушению. Если б была в рясе, то нехорошо, а в платье позволительно.

— Вы сами-то не еврейских кровей будете? — спросила Полина Андреевна.

— Что?!

— Знаете, отче, я в университете слушала лекции по антропологии. Точно вам говорю: ваша матушка или, может, бабка согрешила с евреем. Посмотритесь в зеркало: межглазничное пространство у вас узкое — явственно семитского типа, нос хрящеватый, некоторая курчавость наблюдается, опять же характерные уши, а главное — форма черепа самая что ни на есть брахицефальная...

— Какая?! — в ужасе воскликнул отец Агапит, хватаясь за голову (которая, если быть точным, скорее относилась к долихоцефальному типу).

— Ну уж нет, — покачала головой Пелагия. — Не буду я рисковать, у еврея исповедоваться. Лучше к отцу Ианнуарию в очереди постою.

И с этими словами вышла из шатра, очень собою довольная.

Оказалось, что один богомолец у шатра всё же стоит: мужик в большой войлочной шапке, чуть не до самых глаз заросший густой бородой.

— Вы лучше к другим священникам ступайте, — посоветовала ему госпожа Лисицына. — Отцу Агапиту нездоровится.

Крестьянин ничего не ответил, да еще и отвернулся — видно, не хотел перед исповедью оскверняться женосозерцанием.

Но когда паломница отошла, всё же обернулся и проводил ее взглядом.

Тихонько промурлыкал:

— Нуте-с, нуте-с...

VIII

ХРИСТОВЫ ОПРИЧНИКИ

Бердичевского укусила муха

Матвея Бенционовича было прямо не узнать, словно подменили человека — об этом говорили и подчиненные, и знакомые, и домашние.

Куда подевалась всегдашняя мягкость, готовность конфузиться из-за всякой мелочи? Обыкновение смотреть в сторону при разговоре? Мямлить и сопровождать речь паразитическими выражениями, всякими там «знаете ли», «с вашего позволения» и «в сущности говоря»? Наконец, потешная привычка в малейшем затруднении хватать себя пальцами за длинный нос и крутить его наподобие винта или шурупа?

Губастый и несколько безвольный рот Бердичевского теперь постоянно пребывал в состоянии решительной поджатости, карие глаза обрели блеск плавящейся стали и сделались отчасти оранжевыми, а речь обрела сухость и отрывистость. Одним словом, милейший, интеллигентный человек превратился в совершенного прокурора.

Первыми метаморфозу, произошедшую со статским советником, ощутили на себе подчиненные.

Наутро после эвакуации сестры Пелагии начальник пришел на службу ни свет ни заря, встал в дверях с часами в руке и сурово отчитал каждого, кто явился в присутствие позже установленного часа, до сих пор почитавшегося всеми, в том числе и самим окружным прокурором, за некую абстрактную условность. Затем Матвей Бенционович вызвал к себе одного за другим сотрудников, приставленных к следственной части, и каждому дал свое задание, вроде бы вполне ясное по сути, но несколько расплывчатое в смысле генеральной цели. Прежде прокурор, бывало, соберет всех вместе и начнет многословно разглагольствовать про стратегию и общую картину расследования, теперь же никаких разъяснений дано не было: изволь делать, что приказано, и не рассуждать. Чиновники выходили из начальственного кабинета сосредоточенные и хмурые, на расспросы сослуживцев лишь махали рукой — некогда, некогда — и бросались исполнять предписанное. Прокуратура, бывшая доселе флегматичнейшим из губернских ведомств по причине малого распространения в Заволжье преступности, вмиг сделалась похожа на дивизионный штаб в разгар маневров: чиновники не ползали мухами, а бегали тараканчиками, двери закрывались не с приличным «клик-клик», а с оглушительным «хрряп», и к телеграфному аппарату теперь почти всегда стояла нетерпеливая очередь.

Следующей жертвой новоявленной свирепости Бердичевского сделался сам губернатор, добродушный Антон Антонович фон Гаггенау. После своего внезапного преображения прокурор совершенно перестал показываться в Дворянском клубе, где раньше любил посидеть часок-другой, разбирая сам с собой шахматные партии, однако же традиционным вторничным преферансом у господина барона все же пренебречь не осмелился. Сидел необычно молчаливый, поглядывал на часы. Когда же вистовал на пару с его превосходительством против начальника казенной палаты, губернатор совершил оплошность — шлепнул королем прокуророву даму. Прежний Матвей Бенционович только улыбнулся бы и сказал: «Ничего, это я сам вас запутал», а этот, неузнаваемый, швырнул карты на стол и обозвал Антона Антоновича «растяпой». Губернатор захлопал своими белобрысыми остзейскими ресницами и жалобно оглянулся на супругу, Людмилу Платоновну.

До той уже успели дойти тревожные слухи из прокуратуры, теперь же она решила не откладывая, прямо с утра, нанести визит прокурорше Марье Гавриловне.

И навестила. Осторожно, за кофеем, поинтересовалась, здоров ли Матвей Бенционович, не сказывается ли на его характере сорокалетие — рубеж, который многим мужчинам дается очень нелегко.

Переменился, пожаловалась прокурорша. Будто какая муха Мотю укусила — раздражительный стал, почти ничего не кушает и ночью скрипит зубами. Марья Гавриловна тут же перешла к проблемам еще более насущным: у Кирюши затяжной понос, и Сонечку что-то обметало, не дай бог корь.

— Когда моему Антоше сравнялось сорок, он тоже словно взбеленился, — вернулась Людмила Платоновна к теме мужей. — Бросил курить трубку, стал мазать лысину чесночным настоем. А через годик успокоился, перешел в следующий возраст. И у вас, душенька, образуется. Вы уж только с ним помягче, с пониманием.

После ухода гостьи Марья Гавриловна еще минут десять размышляла про нежданную напасть, приключившуюся с супругом. В конце концов решила испечь его любимый маковый рулет, а остальное препоручить воле Всевышнего.

Во всем городе Заволжске один лишь Митрофаний знал истинную причину озабоченности и нервности прокурора. Оба условились сохранять полнейшую секретность, памятуя о сапожной подметке, чуть было не погубившей Пелагию, а также о вездесущести невидимого противника.

Исчезновение начальницы епархиального училища было объяснено медицинскими резонами: мол, сестра застудила себе почки безумными купаниями в ледяной воде и теперь срочно отправлена лечиться на кавказские воды. В школе неистовствовала прогрессистка Свеколкина, терзая бедных девочек десятичными дробями и равнобедренными треугольниками.

А по вечерам, поздно, к Митрофанию являлся Матвей Бенционович и подробно докладывал обо всех произведенных действиях, после чего оба раскрывали атлас и пытались вычислить, где сейчас находится Пелагия, — почему-то это доставляло обоим неизъяснимое удовольствие. «Должно быть, Керчь проплывает, — говорил, к примеру, епископ. — Там оба берега видно, и крымский, и кавказский. А за проливом волна уже другая, настоящая морская». Или: «Мраморным морем плывет. Солнце там жаркое — поди, вся конопушками пошла». И епископ с прокурором мечтательно улыбались, причем один смотрел в угол комнаты, а другой в потолок.

Затем Бердичевский из города исчез, якобы затребованный в министерство. Отсутствовал неделю.

Вернулся, и сразу с пристани, даже не побывав дома, поспешил к владыке.

Ну и прохиндей!

Едва закрыв за собой дверь кабинета, выпалил:

— Она была права. Впрочем, как и всегда... Нет-нет, не буду забегать вперед. Как вы помните, мы решили выйти на бандитов через их первоначальное преступление, похищение Мануйлиной «казны». Именно от этого события и потянулась зловещая нить. Предполагалось, что «варшавские» наметили свою жертву заранее и, по своему обыкновению, «вели» ее, выбирая удобный момент. Я намеревался восстановить маршрут, который проделали «найденыши», и проследовать по нему, подыскивая свидетелей.

— Помню, всё помню, — поторопил духовного сына владыка, видевший по лицу рассказчика, что тот вернулся не с пустыми руками. — Ты надеялся установить, кто дал разбойникам эту... как ее...

— Наводку, — подсказал Бердичевский. — Кто нацелил их на сектантскую «казну». А оттуда добраться и до самих бандитов. Одно из главных правил сыска гласит: самый короткий путь к преступнику — от окружения жертвы.

— Да-да. Ты рассказывай. Нашел наводчика?

— Не было никакого наводчика! Да и дело совсем не в этом! Ах, владыко, вы меня не перебивайте, я вам лучше последовательно изложу...

Архиерей виновато вскинул ладони, потом одну из них приложил к губам: буду нем, как рыба. И рассказ наконец тронулся с места, хотя в полном безмолвии епископ удержаться не смог — не того темперамента был человек.

— На пароход Шелухин и его свита сели в Нижнем, — стал докладывать прокурор. — Туда, как я выяснил, приехали поездом из Москвы. Кондуктор запомнил лже-Мануйлу: колоритный для первого класса пассажир. Ехал в купе один, остальные оборванцы, у которых места были в общем вагоне, по очереди его навещали. Понятно, почему первый класс — для пущего правдоподобия: мол, и в самом деле пророк едет. И понятно, зачем с Шелухиным все время кто-то находился — из-за шкатулки... В Москве у «найденышей» есть нечто вроде сборного места, подвал на Хитровке, рядом с синагогой. Надо думать, нарочно держатся поближе к единоверцам, но настоящие евреи этих ряженых в синагогу не пускают и дела с ними иметь не хотят. Мануйлина паства молится на улице, снаружи. Зрелище потешное: накрывают головы полами своих хламид, что-то такое гнусавят на ломаном иврите. Зеваки потешаются, евреи плюются. В общем, аттракцион. Учтите еще и то, что большинство «найденышей» весьма неприглядны на вид. Уродливые, пропитые, с проваленными от сифилиса носами... Любопытно, что хитровская голытьба этих юродивых не трогает — жалеют. Я понаблюдал за «найденышами», кое с кем из них поговорил. Знаете, что меня больше всего поразило? Они просят подаяния, но денег не берут — только съестное. Говорят, что копеек им не нужно, потому что деньги царёвы, а пропитание — оно от Бога.

— Как не берут денег? Откуда ж взялась «казна»?

— В том-то и штука! Откуда? Мы ведь с вами исходили из того, что содержимое похищенной шкатулки — это милостыня, собранная «найденышами». Что Мануйла все эти бессчетные пятачки да грошики поменял на кредитки и аккуратно в шкатулочку сложил. А тут выясняю — нет, ничего подобного! Я даже от «варшавской» версии отвлекся — заинтересовался, откуда взялись деньги. Стал осторожно выведывать у фальшивых евреев, слышали ли они про Мануйлину казну. Надо сказать, люди это по большей части открытые, доверчивые — именно такие ведь обычно и становятся добычей проходимцев. Говорят: знаем, слышали. «Аграмадные деньжищи» на обустройство в Святой Земле пожертвовал пророку Мануйле какой-то купчина из города Боровска. Я, разумеется, отправился в Боровск, поговорил с «купчиной».

— Да как ты его отыскал? — ахнул Митрофаний, не уставая поражаться, какие бездны напористости и энергии, оказывается, таятся в его духовном сыне.

— Без труда. Боровск — город маленький. Богатенький, чистенький, трезвый — там старообрядцы живут. Все всё друг про друга знают. Появление столь эффектной фигуры, как пророк Мануйла, запомнили надолго. А дело было так. Боровский «купчина» (его фамилия Пафнутьев) сидел в своей бакалейно-калашной лавке и торговал, день был базарный. Подходит к нему тощий бродяга в хламиде, перепоясанной синей веревкой, с непокрытой косматой головой, в руке посох. Просит хлеба. Пафнутьев попрошаек не любит, стал его стыдить, обозвал «дармоедом» и «нищебродом». Тот ему в ответ: я нищий, а ты бедный, бедным быть много хуже, чем нищим. «Я бедный?!» — оскорбился Пафнутьев, который в Боровске считается одним из первых богачей. Мануйла ему: а то не бедный? До сорока семи годов, говорит, дожил, а так и не понял, что нищему куда блаженней, чем толстосуму. Купец пришел в изумление — откуда чужой человек узнал, сколько ему лет, — и только пролепетал: «Чем блаженней-то?» Духом, отвечает бродяга.

Митрофаний не выдержал, фыркнул:

— Так, значит, не признает Христа Мануйла? Однако же про блаженных духом ловко из Евангелия ввернул.

— И не только про них. Пророк Пафнутьеву еще сообщил, что к Богу дверца узкая, не всякий пролезет. Ты посуди, говорит, сам, кому легче протиснуться — нищему или тебе? И по худым бокам себя хлопает. А Пафнутьев, как и положено купчине, восьми, если не десяти пудов весу. Ну, все вокруг загоготали — очень уж наглядно получилось. Пафнутьев же не обиделся, а, по его собственным словам, «пришел в некую задумчивость», закрыл лавку и повел «странного человека» к себе домой, разговаривать.

— Что-то я не пойму. Он же вроде немой был, Мануйла. Или, во всяком случае, нечленораздельный. Я думал про него — надо же, какой оригинальный проповедник, без слов обходится.

— Отличнейше членораздельный. Какой-то изъян речи у него есть, не то картавит, не то пришепетывает, но эффекту это не мешает. Пафнутьев сказал: «изъясняет невнятно, но понятно». Обращаю ваше сугубое внимание на «некую задумчивость», которая сошла на Пафнутьева и понудила его повести себя совершенно несвойственным этому человеку образом.

— Гипнотические способности? — догадался преосвященный.

— И судя по всему, незаурядные. Помните, как он девочку от немоты исцелил? Преловкий субъект и очень, как бы это сказать, обстоятельный. Знаете, чем он Пафнутьева взял, когда они сели чай пить? Рассказал купчине всю его «жизню», притом в подробностях, о которых мало кому известно.

— Стало быть, он не случайно на базаре именно к Пафнутьеву подошел!

Матвей Бенционович кивнул:

— Собрал сведения, подготовился. И уж, смею вас уверить, не из-за корочки хлеба. О чем они говорили, Пафнутьев мне пересказать не смог. Кряхтел, щелкал пальцами, а ничего содержательного из Мануйлиных речей не привел. За исключением одного. — Прокурор сделал выразительную паузу. — «Божий человек» уговаривал купца отдать всё свое богатство нуждающимся, ибо только тогда возможно обрести истинную свободу и найти тропку к Богу. У богатого, внушал Мануйла, совесть шерстью поросла, иначе не смог бы он сдобными булками питаться, когда другим и черного сухаря не хватает. Станешь нищим, совесть твоя и обнажится, врата небесные-то и откроются. А стоят эти врата сдобы иль нет — это уж ты сам смотри.

— И что же, распропагандировал толстосума? — улыбнулся архиерей.

Бердичевский поднял палец: а вы слушайте дальше — узнаете.

— Частично. «Напугался я — жуть, — рассказывал мне Пафнутьев. — Бес в меня вцепился, не попустил всё богатство отдать». У него в божнице, за иконой, лежал сверток с «нечистыми» деньгами. Насколько я понял, боровские купцы имеют такой обычай: если получили неправедный куш — сбыли гнилой товар или обсчитали кого, нечестную выручку на время за икону кладут, чтоб «очистилась». Вот Пафнутьев и отдал борцу с богатством эти самые деньги — все, сколько их там было. Мануйла сначала ломался, брать не хотел — мол, ни к чему ему. Но потом, разумеется, преотлично взял. Говорит, пригодятся голым и голодным в Палестине. Там земля бедная, не то что Россия.

Матвей Бенционович не выдержал, рассмеялся — похоже, ловкий пройдоха вызывал у него восхищение.

— И что теперь? — заинтересовался Митрофаний. — Жалеет Пафнутьев о деньгах? Понимает, что его одурачили?

— Представьте себе, нет. Под конец разговора раскис, голову повесил. «Эх, говорит, стыдно-то как. Это ведь я не от Мануйлы, от Господа тряпицей с кредитками откупился. Надо было как есть всё отдать, вот душу бы и спас». Ну да Бог с ним, с Пафнутьевым и с его переживаниями. Главное-то не это.

— А что?

— Угадайте, что за сумму пожаловал купец.

— Откуда ж мне знать. Верно, немалую.

— Полторы тысячи рублей. Вот сколько в тряпице было.

Митрофаний разочаровался:

— Всего-то...

— В том всё и дело! — вскричал Матвей Бенционович. —Что за интерес для «варшавских» охотиться за такой мелочью, да еще идти на убийство? К тому же неизвестно, всю ли сумму Мануйла отдал «меньшому брату». Поди, львиную долю себе оставил. Я ведь с чего начал: Пелагия была права. Не в шкатулке тут дело, а в самом Мануйле. Так что версия с грабежом отпадает. Те, кого мы ищем, никакие не бандиты.

А кто же они?

— А кто же они? — Митрофаний сдвинул брови. — Кому Пелагия ненавистна до такой меры, что нужно ее то заживо муровать, то ядом травить?

— Про отравителя мы совсем ничего не знаем. Зато про первого злоумышленника нам известно довольно многое. От него-то мы и станем танцевать, — заявил прокурор с уверенностью, свидетельствовавшей, что план последующих действий им уже составлен. — Как по-вашему, что в истории Рацевича самое примечательное?

— То, что он из жандармов. И что его выгнали со службы.

— А по-моему, иное. То, что он выплатил долги. Собственных средств на это у Рацевича не имелось, иначе он не довел бы дело до тюрьмы и изгнания из корпуса. *Ergo* деньги на выкуп из ямы ему дал кто-то другой.

— Кто?! — вскричал преосвященный.

— Тут две версии, в некотором роде зеркально противоположные. Первая лично для меня весьма неприятна. — Бердичевский страдальчески поморщился. — Возможно, долг был не выплачен, а прощен — самими кредиторами. А кредиторами штабс-ротмистра, как известно, были ростовщики-евреи.

— Чтоб ростовщики прощали долг? Это что-то неслыханное. С какой стати?

— В том-то и вопрос. Что сделал или должен был сделать Рацевич в обмен на свободу? Зачем евреям понадобился специалист по сыску и насилию? Ответ, увы, очевиден. Евреи ненавидят пророка Мануйлу, считают, что он оскорбляет и позорит их веру. Видели бы вы, с каким ожесточением злосчастных «найденышей» гонят от синагоги.

Чувствовалось, что Матвею Бенционовичу тяжело говорить такое про соплеменников, однако интересы следствия вынуждают его к беспристрастности.

— Ах, владыко, наше еврейство, еще недавно тишайшая из общин, в последнее время словно взбесилось. В его толще пробудились самые разные силы и течения, и все как на подбор ярые, фанатичные. Масса еврейского народа заколыхалась, задвигалась, готовая ринуться то в Палестину, то в Аргентину, то, прости Господи, в Уганду (как вы знаете, англичане предложили именно там основать новый Израиль). А более всего возбудились иудеи Российской империи, потому что угнетены и бесправны. Наиболее молодая и образованная часть, искренне пытавшаяся обрести в России настоящую родину, столкнулась с неприязнью и недоверием властей. Ведь еврею у нас стать русским трудно и почти невозможно — постоянно найдутся охотники помянуть про «вора прощеного». Или слышали шутку: когда крестишь жида, окуни его башкой в воду, да подержи минут пять? Многие из неудавшихся ассимилянтов разочаровались в России и хотят построить свое собственное государство в Святой Земле, подобие земного рая. А строительство рая на земле — дело жестокое, без крови не обходится. Да я бы и сам, если б мне не повезло встретить вас, вероятнее всего оказался бы в лагере так называемых сионистов. По крайней мере, это люди с чувством собственного достоинства и волей, совсем непохожие на лапсердачников. Однако и лапсердачники стали не те, что прежде. У них появилось ощущение, что проклятье, два тысячелетия висевшее над еврейством, заканчивается, что близится восстановление Иерусалимского Храма. Тем острее грызня между группами и группками — литовскими евреями и малороссийскими, традиционалистами и реформаторами. Всякая юдофобская сволочь зашевелилась неспроста, распространяя слухи о ритуальных убийствах, тайных синедрионах и крови христианских младенцев. Ритуальных убийств, конечно, никаких нет и быть не может, на что евреям гои и их некошерная кровь? Другое дело — свои. Тут, глядишь, вот-вот до кровопролития дойдет. Особенно из-за палестинских дел. В Святой Земле появилось что делить. Никогда еще пожертвования не лились туда таким потоком. Вы уж простите меня, владыко, за эту лекцию, я к ней прибег для полноты картины. А еще более того — чтобы обосновать свое решение.

— Поедешь в Житомир? — проницательно взглянул на него архиерей.

— Да. Хочу посмотреть на штабс-ротмистровых кредиторов.

Митрофаний подумал немного, одобрительно кивнул.

— Что ж, дело. Однако ты говорил, версий две?

Статский советник оживился. Очевидно, вторая версия нравилась ему куда больше, чем первая.

— Известно, что черта оседлости, в которой находится Волынская губерния, — арена деятельности разного рода антисемитских организаций, в том числе и самой крайней из них, так называемых «Христовых опричников». Этим жидоненавистникам мало погромов, они не останавливаются и перед политическими убийствами. Пророка Мануйлу «опричники» должны ненавидеть еще больше, чем коренных евреев, ведь он, по-ихнему, предатель веры и нации, ибо уводит русских людей из православия в жидовство. Вот я и предположил: не выкупили ли Рацевича «опричники»? Что, если они решили воспользоваться человеком, которого погубили евреи?

— Что ж, это очень возможно, — признал Митрофаний.

— Опять-таки получается, что мне нужно в Житомир. Что по первой версии, что по второй, концы следует искать там.

— Так ведь опасно, — затревожился епископ. — Если ты рассуждаешь верно, то они люди отчаянные — что первые, что вторые. Узнают, зачем пожаловал, и убьют тебя.

— Откуда ж им узнать? — хитро улыбнулся Матвей Бенционович. — Меня там не ждут и знать не знают. Да и не обо мне нужно думать, владыко, а о *ней*.

Преосвященный жалобно воскликнул:

— До чего же я, Матюша, тебе завидую! Будешь дело делать. А я и помочь ничем не могу. Разве что молитвой.

— «Разве что»? — с шутливой укоризной покачал головой прокурор. — Что за умаление молитвы, да еще из уст князя церкви?

Матвей Бенционович встал под благословение. Хотел поцеловать архиерею руку, но вместо того был обхвачен за плечи и прижат к широкой груди владыки так крепко, что едва не задохнулся.

Видно, в Бердичевском в самом деле произошла какая-то коренная перемена, не столько даже внешнего, сколько внутреннего свойства.

Собираясь в Житомир, он совершенно не тревожился об опасностях, а ведь прежний Матвей Бенционович, вследствие чрезмерно развитого воображения, частенько трепетал перед испытаниями совсем незначительными, а иногда и смехотворными, вроде произнесения спича в клубе или пустякового визита к зубному врачу.

Не страх, а лихорадочное нетерпение, необъяснимое ощущение, что *время уходит,* — вот какие чувства владели заволжским прокурором, когда он прощался с домашними.

Механически перекрестил все тринадцать душ детей (пятерых младших спящими, поскольку час был уже поздний), с женой поцеловался наскоро.

И тут суровая Марья Гавриловна выкинула штуку. Обхватила Бердичевского своими полными руками за шею и тихо-тихо сказала:

— Матюшенька, ты уж побережней. Знай: мне без тебя и жизнь не в жизнь.

Матвей Бенционович оторопел. Во-первых, не предполагал, что жена о чем-то таком догадывает-

А во-вторых, Марья Гавриловна всегда была очень скупа на душевные излияния — можно сказать, совсем их не признавала.

Покраснев, прокурор неловко повернулся и полувышел-полувыбежал на улицу, где ждала казенная коляска.

А идише коп, или «Белокурый ангел»

По мере приближения к Житомиру странное ощущение все более усиливалось. Словно Матвей Бенционович угодил на некие рельсы, с которых невозможно ни съехать, ни повернуть назад, пока не достигнешь конечного пункта, который ты для себя вовсе не выбирал и даже не знаешь его названия.

При этом на дороге, по которой Бердичевский следовал впервые в жизни и куда попал случайно, тут и там были расставлены указатели, словно предназначенные персонально для него. Казалось, Провидение не очень-то доверяет умственным способностям статского советника и считает необходимым посылать ему сигналы: всё верно, это именно твой путь, не сомневайся.

Начать с того, что поезд, которым Бердичевский следовал из Нижнего Новгорода, привез его в город Бердичев, где нужно было пересаживаться на житомирскую узкоколейку.

Когда же Матвей Бенционович прибыл в столицу Волынской губернии, оказалось, что оба интересующих его учреждения — и тюремный комитет, и полицейское управление — находятся не где-нибудь, а на Большой Бердичевской улице.

К этому времени прокурор был уже всецело во власти мистического чувства, что это не он куда-то направляется, а что *его направляют*, и потому держал ухо востро, а глаза широко раскрытыми — чтобы, не дай Бог, не пропустить какого-нибудь важного знака.

И что вы думаете?

На станции случайно подслушал разговор двух евреев-коммерсантов. Те сетовали, как тяжело стало жить в городе и какая это беда, когда начальник полиции — *жидомор*. До сего момента Бердичевский намеревался первым делом отправиться в тюремный комитет, для чего запасся письмом из канцелярии заволжского губернатора, а тут с ходу внес в первоначальный план корректировку: именно с полицейского *жидомора* и начать.

Остановился в лучшей гостинице «Бристоль», где на стойке сиял лаком телефонный аппарат Микса-Генеста и был гордо выставлен справочник городских абонентов, весь уместившийся на одной странице.

Мокроносый, губастый носильщик поднес чемодан вновьприбывшего к стойке. Там царствовал портье — важный, с золотой цепочкой на брюхе.

— С поездом прибыли, Наум Соломоныч, — доложил носильщик, простуженно гнусавя. — Я мигом подлетел, так и так, говорю, к нам в «Бристоль» пожалуйте.

— Молодец, Коля, — похвалил портье.

Цепким взглядом охватил хорошее пальто Матвея Бенционовича, чуть задержался на лице, сладко улыбнулся.

А Бердичевский смотрел на аппарат. Статскому советнику и в этом атрибуте прогресса привиделся знак свыше. Вот он, номер полицеймейстера: «№ 3-05 надв. сов. Гвоздиков Сем. Лик.». Что означает «Лик.», было непонятно.

Тем не менее покрутил ручку, велел барышне соединить. Действовал не логически, а по вдохновению.

Представился фамилией, должностью и чином, условился о встрече. Рассоединился очень собой довольный — кажется, житомирское расследование начиналось в хорошем темпе.

Но тут Бердичевского ждал удар.

Портье, уже раскрывший книгу для постояльцев и даже обмакнувший в чернильницу ручку, почтительно сказал:

— Добро пожаловать, ваше превосходительство. Какая честь для нашего заведения. Приятно, когда еврей — большой человек.

Топтавшийся тут же швейцар (совершенно такой, как положено быть швейцарам — в ливрее и с окладистой бородой, но притом с длиннющими пейсами) присовокупил:

— *Аф алэ йидн гезукт*!*

— С чего вы взяли, что я еврей? — обомлел Бердичевский.

Портье только улыбнулся:

---

* Чтоб всем евреям так было! *(идиш)*

— Слава Богу, не первый год на людей смотрю.

— Ай, господин генерал, неужто по вам не видно — *а идише коп**! — добавил швейцар.

Матвей Бенционович мысленно проклял свою неосторожность. Сегодня же весь еврейский Житомир будет знать про интригующего приезжего, да еще, разумеется, с преувеличениями. Вот он уже и «генерал», и «превосходительство», а к вечеру, надо думать, в министра превратится.

— Носильщик! — крикнул простуженному прокурор. — Забери чемодан и вызови извозчика!

— Ай-я-яй, забыли что-нибудь? — переполошился портье.

— Да. Я назад, на станцию, — отрывисто бросил Бердичевский на ходу.

И услышал, как портье громко сказал на идиш пейсатому швейцару:

— Эти выкресты хуже гоев.

Тот в ответ процитировал, только уже на иврите, грозные слова пророка Исайи, которые Матвею Бенционовичу часто приходилось слышать в детстве от отца: «Всем же отступникам и грешникам — погибель, и оставившие Господа истребятся».

Настроение было испорчено.

На центральной Киевской улице встревоженный прокурор зашел в «Salon de beaute», купил патентованную американскую краску «Белокурый ангел».

---

* Еврейская голова *(идиш)*.

Нашел другую гостиницу — «Версаль» (которая была совсем-таки не Версаль); в фойе вошел, натянув на глаза шляпу и подняв воротник.

В комнате перед умывальником стал перекрашиваться в белокурого ангела, не забыл и про брови.

Ах, раньше нужно было сообразить! Тут ведь черта оседлости, а не богоспасаемый Заволжск, где не умеют так ловко определять национальность по лицу.

Результат превзошел все ожидания. Матвей Бенционович немного волновался из-за своего вопиюще неславянского носа, но блондинистость справилась и с носом: был еврейский крючище, а стал прегордый бушприт, орлиного и даже породистого вида.

Разглядывая в зеркало свою преображенную физиономию, статский советник обнаружил в ней все признаки аристократического вырождения, вплоть до скорбных впадинок под скулами и скошенного подбородка. Хотя чему тут удивляться? Каждый еврей, хоть самый замухрышка, имеет генеалогию, протяженности которой могут позавидовать и Романовы с Габсбургами.

В довершение боевой раскраски, перед тем как ступить на тропу войны, Бердичевский переоделся в вицполукафтан, на петлицах которого сияли лучистые звезды пятого класса (жидомор-то был всего лишь «надв. сов.», то есть чиновник седьмого класса).

Покосился на себя и справа, и слева. Остался вполне доволен.

Как дворянин дворянину

— А позвольте осведомиться, господин Бердичевский, по какой такой причине вас, прокурора из отдаленной губернии, интересуют сведения о житомирском отделении «Христовых опричников»? — тихо спросил Семен Ликургович Гвоздиков, рыхлый господин с одутловатыми щечками и нездоровой желтизной в подглазьях.

Матвею Бенционовичу не понравилось в этой реплике решительно всё: и то, что она была произнесена после продолжительного молчания, и то, что имела вид встречного вопроса, и совсем уж нехороша была интонация, с которой полицеймейстер произнес сомнительную фамилию.

— Как вы меня назвали? — поморщился гость. — *Бер-ди-чевский?* Я что, похож на еврейского лавочника из Бердичева? Берг-Дичевский, — отчеканил он и приподнял бровь, как бы размещая в глазнице невидимый монокль. — При бракосочетании моего прадеда и прабабки, единственной наследницы Дичевских, было решено соединить два герба, чтоб не угас старинный род.

В глазах надворного советника отразился ужас, пухлая мордочка залилась краской.

Гвоздиков так распереживался от своей оплошности, что даже привстал на стуле.

— Боже мой, ради всего... Тысяча извинений... Недослышал по телефону. Такая, знаете, ужасная связь!

Чтобы усугубить эффект, нужно было этот гвоздик еще разок стукнуть по шляпке. Посему Матвей Бенционович небрежным жестом предал смехотворное недоразумение забвению, доверительно понизил голос и наклонился вперед:

— Скажите, Гвоздиков — это дворянская фамилия?

Полицеймейстер побагровел еще пуще.

— Нет, я, собственно, из мещанского сословия. Пока выслужил только личное дворянство...

Прокурор сделал вид, что колеблется — стоит ли продолжать разговор со столь неродовитым собеседником. Вздохнул, проявил великодушие:

— Ничего, Бог даст, дослужитесь и до потомственного. На нас, дворянах, держится здание российской государственности. Сам государь [он показал на портрет, в котором качество живописи искупалось размерами] в конце концов лишь первый из дворян. Это ведь наши предки избрали Михаила Романова на царство. На нас и ответственность. Согласны?

— Да, — молвил Гвоздиков, слушавший с чрезвычайным вниманием. — Но, ваше высокородие, я не вполне...

— Сейчас объясню. Вижу честного, порядочного человека и патриота. Да что лукавить? Я ведь и справки о вас наводил. У компетентных людей, — значительно понизил голос Матвей Бенционович. — И потому сразу перехожу к цели своего визита. По роду деятельности вы безусловно осведомлены об общественных движениях и организациях, имеющихся в Житомире.

— Если вы о нигилистах, то это скорее в Жандармское...

— Не о нигилистах, — снова перебил полицеймейстера Бердичевский. — А совсем наоборот. Меня интересует организация верноподданная, державная. Та самая, которую я упомянул в начале разговора. Дело в том, что у нас в Заволжской губернии тоже порасплодилось жидишек. Очень много стали себе позволять. Губернский банк к рукам прибрали, газетку пакостную завели, теснят исконных заволжан по торговой части. Вот мы, патриоты края, и решили одолжиться у вас опытом. Много хорошего рассказывают о житомирских «опричниках». Если поможете мне с ними связаться, благое дело сделаете, ей-богу.

Семен Ликургович был явно польщен, но предпочел состорожничать:

— Я, господин статский советник, в «опричниках» не состою. Мне и по должности не положено. Тем более, сами знаете, их методы не всегда находятся в соответствии с установлениями закона...

— Я ведь к вам не в официальном качестве пришел. Не как прокурор к полицейскому начальнику, а как дворянин к дворянину, — укоризненно молвил Матвей Бенционович.

— Понимаю-с, — поспешил его успокоить полицеймейстер. — И говорю исключительно во избежание какой-либо двусмысленности. В «опричниках» не состою и не все их акции одобряю, особенно те, от которых проистекает вред имуществу либо жизни и здоровью. Иной раз по-отечески и пожуришь, без этого нельзя. Люди-то горячие, есть и отчаянные головы, однако сердцем чисты. Только иногда придерживать нужно, чтоб дров не наломали.

— Как правильно вы всё говорите! — вскричал визитер. — Я чрезвычайно рад, что обратился именно к вам. Понимаете, я потому и хочу сам создать заволжскую «опричную» дружину, пока это не произошло самопроизвольно. Желал бы, так сказать, находиться у истоков и тактично направлять.

— Вот-вот. И я тоже тактично направляю. А поучиться у наших молодцов есть чему. — Гвоздиков важно помолчал, как надлежит солидному человеку, которые взвешивает все «за» и «против» перед ответственным решением. — Хорошо, господин Берг-Дичевский. Как дворянин дворянину. И сведу с кем надо, и объясню, с какой целью вы приехали. Сам при встрече присутствовать не смогу — прошу покорно извинить...

Матвей Бенционович поднял ладони: понимаю, понимаю.

— ...Да и вам свое звание афишировать не советую. И еще вот что... — Гвоздиков деликатно потупился. — Я вас отрекомендую есаулу как господина Дичевского, без «Берга». А то наши русаки, извините, и немцев не очень жалуют.

— Ах бросьте, да какой я немец! — искренне воскликнул Бердичевский.

Отечество в опасности

К опасному мероприятию Матвей Бенционович приготовился основательно, хоть и конфузился, даже иронизировал над собой, бормоча: «Скажите, какой Аника-воин. Мальчишество, право слово, мальчишество...»

Первым делом купил в оружейном магазине револьвер «лефоше». Шестизарядный, со складным крючком, за тридцать девять рублей. Приказчик про складной спуск сказал: «Разумное приспособление, особенно если носить оружие в кармане. Не зацепится, попусту не выпалит». За ту же цену, в виде подарка от фирмы, Бердичевский получил еще и однозарядный жилетный пистолетик, целиком помещавшийся в ладонь. «Незаменимая вещь при нападении ночного грабителя, — пояснил приказчик. — Эта крошка обладает поразительной для своего калибра убойной силой».

У «крошки» спусковой крючок был обычный, не складной, и прокурор занервничал. Представил, как пистолетик, повернутый дулом книзу, возьмет и бабахнет. Пулька поразительной убойной силы пропорет и грудь, и бок. Ну его к черту.

Переложил игрушку в карман брюк.

Нет, так тоже нехорошо.

Наконец додумался: задрал штанину, засунул за ремешок носка. Железка немножко давила на щиколотку, но ничего, терпимо.

Записка, присланная в гостиницу от Гвоздикова, была короткая и странная: «В полночь на набережной под фонарем».

Надо думать, имелась в виду речка Каменка, потому что главный житомирский водоток, Тетерев, из-за скалистости берегов набережной как таковой не имел. Да и Каменка была не то чтобы одета в гранит — ни парапетов, ни иных обычных признаков набережной Бердичевский там не обнаружил. Зато загадочное «под фонарем» разъяснилось легко: на берегу горел только один фонарь, прочие были темны и, кажется, даже лишены стекол.

Отпустив извозчика, прокурор встал в нешироком кружке света. Поднял воротник — с речки несло сыростью. Стал ждать.

Вокруг было темным-темно, то есть вообще ничегошеньки не видно.

Разумеется, Матвею Бенционовичу тут же померещилось, что на него кто-то смотрит из темноты. Он сначала поежился, а потом сказал себе: «Ну, конечно, смотрят. И очень хорошо, что смотрят».

От нервозности статский советник избавился очень просто. Произнес шепотом одно-единственное слово: «Пелагия», и страх сразу сменился возбуждением; жертва моментально превратилась в охотника.

Он нетерпеливо повертел головой и даже сердито топнул ногой. Где вы там, черт бы вас драл?

Тьма словно дожидалась этого волшебного знака. Шевельнулась, зашуршала, и в пределы слабого керосинового освещения вплыла фигура, показавшаяся Бердичевскому гигантской. Силуэт поднял руку, поманил.

Статский советник, снова оробев, двинулся было навстречу незнакомцу, однако тот повернулся спиной и пошел вперед, время от времени оглядываясь и делая таинственно-призывные жесты.

Ноги провожатого глухо топали по булыжной мостовой. Походка у исполина была прямая, спина негнущаяся.

Статуя Командора, передернулся Матвей Бенционович, едва поспевая следом.

С набережной повернули на кривую улочку, где мостовой уже не было, лишь мокрая после недавнего дождика земля. С одной стороны глухой забор, с другой — каменная стена, за ней не то склады, не то мастерские. Освещения никакого.

Бердичевский споткнулся на ухабе, выругался — почему-то вполголоса.

Стена вывела к воротам, над которыми горела лампа. Прокурор прочел на вывеске: «Кишечно-очистительный завод Савчука».

Прочел — и вздрогнул. Знаки знаками, но это со стороны Провидения было уже форменное издевательство, если не сказать хамство. Дело в том, что в утробе изрядно-таки трусившего статского советника вовсю разворачивались всякие малоприятные процессы.

В узкую калитку Бердичевский за статуей Командора не пошел. Спросил дрогнувшим голосом:

— Это что такое? Зачем?

На ответ не надеялся, но великан (и вправду почти саженного роста детина) обернулся и ответил неожиданно тонким, услужливым тоном:

— Это, сударь, заведение, где очищают кишки-с.

— В каком смысле?

— В обыкновенном-с. Для изготовления колбас.

— А-а, — несколько успокоился Матвей Бенционович. — Но зачем нам туда идти?

Командор хихикнул, из чего стало окончательно ясно, что молчал он вовсе не от грозного умысла, а от провинциальной конфузливости перед приезжим человеком.

— Город, сами изволите видеть, какой: жидовни больше, чем русских. А тут самое правильное место-с. Колбаса-то свиная. Так что среди рабочих ни одного жида, всё русские или хохлы-с.

Тайное собрание дружины «Христовых опричников» проходило в помещении заводской конторы.

Это была грязноватая комната, довольно просторная, но с низким потолком, с которого свисало несколько керосиновых ламп.

Стулья в два ряда, напротив них — стол, накрытый российским триколором. На стенах, вперемежку, иконы и портреты героев отечества: Александр Невский, Дмитрий Донской, Суворов, Скобелев. Главное место в этой галерее занимали изображения Иоанна Грозного и государя императора.

Председательствовал немолодой мужчина в пиджаке и галстуке ленточкой, однако с длинными, в кружок, волосами.

Перед столом стоял тощий субъект в косоворотке — очевидно, докладчик. Слушателей было с десяток.

Все обернулись на вошедших, но от волнения Бердичевский толком не разглядел лиц. Кажется, большинство были бородатые и тоже стриженные по-русски.

— А вот и дорогой гость, — сказал председательствующий. — Милости просим. Я — есаул.

«Опричники» встали, кто-то пробасил:

— Здравия желаем, ваше превосходительство.

От нервозности Матвей Бенционович чуть было не стал поправлять, что он никакое не превосходительство, однако вовремя спохватился. Отрывисто, по-военному кивнул, отчего на лоб свесилась прядь ангельского цвета.

«Есаул» (судя по всему, так именовалась должность предводителя «опричников») вышел из-за стола, двинулся навстречу прокурору.

И снова Бердичевский едва не совершил faux pas — сунулся жать руку. Оказывается, следовало не тянуть ладошку, а раскрыть объятья. Именно так поступил председатель: со словами «Руси слава!» прижал гостя к груди и троекратно расцеловал в уста.

Остальные тоже пожелали приветствовать большого человека, так что целоваться пришлось с каждым — общим счетом одиннадцать раз, причем всякий раз произносилась сакраментальная фраза, прославлявшая отечество.

Запахи, которые пришлось вдохнуть лобызаемому господину Берг-Дичевскому, разнообразием не отличались: дешевый табак, сырой лук, переработанные желудком пары spiritus vini. Только последний из целовальщиков, тот самый вергилий, что привел Матвея Бенционовича на сходку, благоухал одеколоном и фиксатуаром. Он и чмокнул не так, как прочие, а нежно, вытянув губы трубочкой. Парикмахер, понял прокурор, разглядев подвитые височки и расчесанную надвое бородку.

— Сюда пожалуйте, — пригласил «есаул» гостя на почетное место.

Все воззрились на «превосходительство», очевидно, ожидая речи или приветствия, к чему статский советник был совершенно не готов. Однако нашелся — попросил продолжать, «ибо пришел не говорить, а слушать; не поучать, а учиться». Это понравилось. Скромному «генералу» похлопали, покричали «Любо!», и прерванный доклад был продолжен.

Оратор, которого Бердичевский по манере говорить и несколько блеющему тембру голоса окрестил Псаломщиком, рассказывал дружинникам о результатах проведенного им расследования касательно засилия евреев в губернской печати.

Картина обрисовывалась чудовищная. Про «Житомирский листок» Псаломщик не мог говорить без дрожи негодования: сплошные перельмутеры да кагановичи, наглое глумление над всем, что дорого русскому сердцу. Однако и в «Волынских губернских ведомостях» далеко не благополучно. Из-за попустительства редактора нередко печатаются статьи, написанные жидишками, которые прикрываются русскими именами. Был дан и перечень всех этих волков в овечьей шкуре: Иван Светлов — Ицхак Саркин, Александр Иванов — Мойша Левензон, Афанасий Березкин — Лейба Рабинович, и прочая, и прочая. Самое же сенсационное свое разоблачение выступавший приберег напоследок. Оказывается, Синедрион запустил свое щупальце даже в «Волынские епархиальные ведомости»: у редактора протопопа Капустина жена — урожденная Фишман, из выкрестов.

По комнате прокатился гул возмущения. Матвей Бенционович тоже сокрушенно покачал головой.

«Есаул», нагнувшись, шепнул ему:

— Это мы собираем материал для всеподданнейшей записки. Вы бы видели данные по финансовому капиталу и народному просвещению. Мороз по коже.

Прокурор сурово нахмурился: беда, беда.

Докладчик закончил, сел на место.

Все снова выжидательно уставились на гостя. Было ясно, что от выступления не отвертеться.

Кстати вспомнилось мудрое изречение: когда не знаешь, что говорить, — говори правду.

— Что сказать? — поднялся Матвей Бенционович. — Я потрясен и удручен.

Ответом был общий вздох.

— В нашей губернии, конечно, дела обстоят скверно, но не до такой степени. Ужас, господа. Скрежет зубовный. Однако, дорогие вы мои, вот что я вам скажу. Расследования и всеподданнейшие записки, конечно, дело хорошее, только ведь этого мало. Признаться, я ожидал от житомирцев другого. Мне рассказывали, что вы люди действия, что не привыкли сидеть сложа руки. Ведь смотришь на Русь — сердце кровью обливается! — потихоньку стал разогреваться Бердичевский. — Вокруг одни говоруны, герои на словах! Профукаем отечество, господа патриоты! Проболтаем! А между тем Жид зря не болтает, у него всё на года вперед просчитано!

Слушая горькую, выстраданную речь витии, сидящие переглядывались, скрипели стульями.

Наконец «есаул» не выдержал. Дождавшись коротенькой паузы, понадобившейся Бердичевскому, чтобы набрать в грудь очередную порцию воздуха, предводитель «опричников» воскликнул:

— Мы не болтуны и не пачкуны бумаги! Да, мы не оставляем надежды достучаться до нашей тугоухой власти законными методами, но, смею вас уверить, одними записками не ограничиваемся. — Видно было, что председатель еле сдерживается — так ему не терпится оправдаться. — Вот что, сударь, пожалуйте в кабинет, потолкуем с глазу на глаз. А вас, братья, пока прошу угоститься чем Бог послал.

Лишь теперь Матвей Бенционович заметил в углу комнаты накрытый стол с самоваром, караваями и впечатляющим изобилием колбасных изделий — надо полагать, продукцией кишечно-очистительного предприятия.

Дружинники оживленно двинулись угощаться, прокурор же был приглашен в «кабинет» — тесный закуток, отделенный от конторы стеклянной дверью.

Пропал!

Теперь дошло и до рукопожатия. Надо сказать, что, отделившись от своих молодцов, «есаул» вообще несколько переменил манеру поведения, как бы желая показать, что принадлежит с гостем к одному кругу.

— Савчук, — представился он. — Владелец завода. Я заметил, господин Дичевский, как вы глядели на моих янычар. Грубоваты они, конечно, и, так сказать, не блещут умственными доблестями.

Матвей Бенционович переполошился (он-то думал, что отличным образом конспирирует свои чувства) и сделал рукой протестующее движение.

— Ничего, — успокоил его заводчик. — Я ведь понимаю. Однако прошу учесть, что это не идеологи, а десятники, руководители участков. Выражаясь по-библейски, «мужи силы». Я их шутейно зову «апостолами» — как раз двенадцать человек. Еще один должен быть, да что-то припозднился. Рассуждать мои десятники не сноровисты, но коли дойдет до дела, не оплошают. Вы не думайте, у нас и интеллигенция есть, лучшие русские люди. Присяжные поверенные, врачи, учителя гимназии — они от жидовского натиска больше всего страдают. Если пожелаете, я вас с ними после сведу, в более уместной обстановке. Глазков Илья Степанович, товарищ городского головы — светлая голова, мыслитель.

— Знаете, — отрубил Бердичевский, — мыслителей вокруг и так полно. Людей действия не хватает. Чтоб без страха, без оглядки на установления. Вот чему желательно бы поучиться. Да не ломом махать, не жидовские лавки громить — это дело нехитрое. Скажите мне, есть ли у вас люди с опытом настоящей работы — полицейской либо охранной? Только не состоящие на службе, чтобы не были связаны буквой закона.

— Это как? — спросил Савчук, озадаченно нахмурившись.

Матвей Бенционович взял быка за рога:

— Я решил наведаться к вам в Житомир после душевной беседы с одним интереснейшим человеком, он недавно побывал у нас в Заволжске. С отставным жандармским штабс-ротмистром Рацевичем, Брониславом Вениаминовичем...

И сделал паузу, с замиранием сердца подождал эффекта.

Эффект не заставил себя ждать.

Лицо «есаула» брезгливо исказилось.

— С Рацевичем? И что он вам наврал, поджидок?

— П-почему поджидок? — оторопел прокурор. — Как я понял, он, наоборот, пострадал от евреев, то есть от жидов... Они ему карьеру загубили, в долговую яму упекли!

— Как упекли, так и обратно выпекли, — процедил Савчук.

— Так это его евреи выкупили? — потерянным голосом пролепетал статский советник. Сердце так и упало.

— А кто еще? У полячишки этого, говорят, пятнадцать тысяч долгу было. У кого кроме жидов найдется столько денег? Отблагодарили его синедрионщики, и известно за что. Два года назад наши витязи казнили в Липовецком уезде земского начальника, известного жидолюба. Расследование от жандармов вел Рацевич. Разнюхал всё, раскопал и двух русских людей на каторгу отправил. За эту гнусность ему от «Гоэль-Исраэля» даже благодарственная грамота пришла. Это они иуду из ямы вызволили— гуляй на свободе, губи народ православный. «Гоэль-Исраэль» это ихний, больше некому.

— «Гоэль-Исраэль»?

— Да, есть у нас такая опухоль, самый жидовский гной. Хацер раввина Шефаревича. Хацер — это, извиняюсь за сравнение, вроде архиерейского подворья, только жидовского. Синагога там у них и ешибот, жидовская семинария. Шефаревич (это известно доподлинно) — действительный член тайного Синедриона. Пестует своих волчат в ненависти к Христу и всему русскому. Никого к своим бесенышам не подпускает. Особенно боится, чтоб русские женщины жиденят от иудейской веры не отворотили. У них ведь как — кто с гойкой сошелся, для еврейства пропал, вроде как навсегда запачкался. — «Есаул» сплюнул. — Это они-то запачкались, а? Тут недавно история была. Крестьянскую девушку в реке нашли. Мы провели свое следствие. Установили, что она, лахудра, гуляла с одним жидком из шефаревичевского хацера. Жиды про это дознались. Вызвал его раввин, стал требовать: прогони от себя гойку. Жидок упрямый попался, ни в какую. Люблю, мол, и всё тут. Так они его в Литву отправили, а девушку эту чуть не на следующий же день в Тетереве нашли. Ведь ясно, что убийство. И ясно, кто убил. Но наши жидолюбы побоялись шум поднимать. Утопилась, говорят, от несчастной любви. Решили мы тогда свой собственный суд учинить, да не успели — удрал Шефаревич со своим выводком в Иерусалим. Вот какие у нас тут дела творятся!

Бердичевский слушал историю об убийстве русской девушки скептически. А потом вдруг засомневался. Среди евреев сумасшедших не меньше, чем среди прочих народов. А то, пожалуй, и побольше. Чем черт не шутит — что если и вправду в Житомире завелся какой-нибудь еврейский Савонарола? Будем надеяться, что пути Пелагии и неистового раввина в Иерусалиме не пересекутся. Слава Богу, им делить нечего.

Звук голосов в соседней комнате стал громче, причем особенно выделялся один, показавшийся Бердичевскому смутно знакомым. Статский советник поневоле прислушался.

Простуженный, с гнусавинкой голос рассказывал:

— ...Гладкий, важный, вот с таким носярой. «Я прокурор, грит. Такой-сякой самоглавный советник».

— Жид — прокурор? — перебили его. — Брешешь, Колька!

— А вот и двенадцатый из моих апостолов, — вгляделся через стекло в галдящих «опричников» Савчук. — Явился-таки. Старший по Киевскому участку, носильщиком в гостинице «Бристоль» состоит. Эй, Коля! Поди сюда, покажу тебя человеку хорошему.

Помертвев, Матвей Бенционович встал. Взмокшая от пота рука сунулась в карман — к рукоятке револьвера. Палец стал нащупывать складной крючок, а тот залип — никак не желал раскладываться.

В кабинетик вошел губастый носильщик из «Бристоля».

Поклонился. Со словами «Руси слава!» растопырил объятья, посмотрел в лицо Бердичевскому и замер.

IX

ШМУЛИК — ПОВЕЛИТЕЛЬ ВСЕЛЕННОЙ

Завидный жених

Если бы Шмулик Мамзер знал, что никогда больше не увидит, как над светлым городом Ерушалаимом, да пребудет он вовеки, восходит солнце, то наверняка посмотрел бы на утреннее светило поласковей, а так лишь сощурился на круглую розовую плешь, высунувшуюся из-за Масличной горы, и пробурчал: «Чтоб ты уже лопнуло, проклятое». Казалось, только-только, каких-нибудь пять минут назад, положил человек голову на обернутый талесом том Талмуда, по ночам превращавшийся в подушку, а уже на тебе — пора вставать.

Потирая бок, онемевший от лежания на полу, Шмулик потянулся. Прочие ученики из тех, кто ночевал в ешиботе, собирали свои постели — такие же, как у Мамзера: тощая подстилка, книга или тряпье вместо подушки, а одеяла летом, слава Богу, не нужно. Лица у ешиботников были мятые, заспанные — совсем не такие, какими станут после умывания.

За все пятнадцать лет жизни Шмулику довелось спать в настоящей кровати всего трижды: два раза, когда болел, и еще один раз в канун бар-мицвы, а то всё на полу или с тремя-четырьмя соседями, а это, скажу я вам, еще хуже, чем на полу, поэтому не в счет. Так было и в житомирском хедере, и потом в тамошнем же ешиботе, а теперь здесь, в светлом городе Ерушалаиме, да пребудет он вовеки.

А чего вы хотите, если у человека нет ни отца, ни матери, ни даже какой-нибудь паршивой двоюродной тетки? Шмулик явился миру не в родительском доме, как все нормальные дети, а на пороге синагоги, завернутый в кусок простыни. Сначала люди сомневались, может, он и не еврей вовсе — подкинула какая-нибудь бесстыжая шикса, рассудив, что у жидов ребенку будет сытней. Собрались уважаемые люди, судили-рядили, не отдать ли байстрючонка в русский приют, но реб Шепетовкер, пусть будет ему земля пуховой периной, сказал: «Лучше воспитать идом русского, чем погубить еврейского ребенка, сдав его в гойский приют», и Шмулику сделали обрезание, приложили подкидыша к богоизбранному народу. (Ужас берет, когда подумаешь, что могло сложиться иначе.) Приложить-то приложили, но сунуть чиновнику три рубля никто не расщедрился, чтобы назначил ребенку красивую фамилию: Синайский или Иорданский; не дали даже рубля, чтоб записал попросту каким-нибудь Хайкиным или Ривкиным. Вот чиновник и разозлился. Другие писари тоже, бывало, шутили над неимущими бесфамильцами — запишут Соловейчиком, Персиком или, если нос особенно велик, Носиком, но этот проклятый гой на беду немножко знал идиш и нарек Шмулика хуже некуда, задумал сироте всю жизнь отравить. «Мамзер» — это незаконнорожденный, байстрюк, ублюдок. С такой фамилией ни жениться, ни почтенным раввином стать. Где вы видели девушку, которая захочет стать «мадам Байстрюк»? А «рав Ублюдок» — каково?

Ну и что же, спрашивается, добился своего подлый чиновник, испортил Шмулику жизнь?

Как бы не так.

Стыдная фамилия с малых лет поселила в мальчике великую, почти несбыточную мечту: уехать в Обетованную Землю, где фамилии не нужно вовсе, потому что там каждый еврей на виду у Господа и Он не перепутает, кто из них кто.

Шмулик учился всегда — сколько себя помнил. Еврейские мальчики любят учиться, но такого неистового зубрилы не было во всем Житомире, где, между прочим, проживает двадцать пять тысяч евреев и многие из них — мальчики, постигающие ученость.

До тринадцати лет Шмулик учил Пятикнижие — наизусть. Да не просто наизусть, а «на иглу». Человек, знающий Священное Писание подобным образом, возьмет иголку, ткнет в любую букву и тут же вам скажет, какие слова пронзило острие на последующих страницах.

Достигнув совершеннолетия, Шмулик взялся за комментарии к Торе, вызубрил слово в слово все 613 законов, соответствующих 613 частям души: 248 верхней ее сферы и 365 нижней. Постиг в доскональности и статьи *эйдут*, в которых упоминается об исторических событиях, и легкие для понимания законы *мишпатим*, и даже недоступные человеческому уму заповеди *хуким*.

Созрев начитанностью, углубился в лабиринты Талмуда. Теперь уже не зубрил вслепую, а держал лезвие разума остро наточенным, потому что там, в хитроумных закоулках книги «Зогар», таились неописуемые сокровища. Известно, что высокоученый человек, наделенный даром проникать в сокровенный смысл букв, может найти в той книге шифры к великим тайнам и чудесам, может даже стать повелителем Вселенной. В сочетаниях букв, которые используются в Именах Господа, в священном числе 26, цифровом эквиваленте четырехбуквенного «*йуд-хей-вав-хей*» таится ключ к сокровенному знанию, которое не дает покоя многим поколениям талмудистов. Другие ешиботники, как попугаи, пробовали по 26 раз повторять то одну, то другую молитву; иные 26 раз стукались головой о Стену Плача или 26 раз обходили гору Мерон, где похоронен великий Шимон бар Йохай, автор «Зогара», но Шмулик чувствовал: глупости это, тупым повторением ничего не добьешься. Сердце подсказывало: всё неизмеримо сложней и в то же время гораздо проще. Однажды на закате дня (он твердо знал, что это случится именно на закате) истина сама раскроется перед ним во всей своей прекрасной простоте, и он сможет произнести непроизносимое, услыхать неслышимое и увидеть невидимое. Бог назначит его Своим мироустроителем, потому что во всеохватной мудрости Своей будет знать: Шмулику Мамзеру можно довериться, он человечьему миру плохо не сделает.

Можете быть уверены, что, став повелителем Вселенной, Шмулик устроил бы в ней всё самым отличным образом. Никто бы больше не воевал, потому что всегда ведь можно друг с другом договориться. Никто бы больше никого не мучил: если людям хорошо вместе, пускай живут рядом, а если плохо — так можно же разойтись, места на свете много. И все гои начали бы соблюдать заповеди Торы — сначала только обязательные, именуемые *хова*, а потом и желательные, *ршут*. Скоро всепревсе стали бы евреями, и тогда Шмулик прослыл бы величайшим из людей, еще более великим, чем пророки Моше и Элиягу. Если называть вещи своими именами, он стал бы Мессией, который спасет мир и примирит его с Господом.

Между прочим, Шмулик собственным умом дошел до великого открытия и догадкой своей с равом Шефаревичем, упаси Боже, не поделился: *Мессия явится не с неба; Мессией станет тот, кто расшифрует имя Господне и не побоится произнести его вслух, возьмет на себя ответственность за всё, что происходит на Земле*. И тогда настанет утро, в которое солнце больше не выглянет из-за гор, потому что незачем ему станет иссушать землю, ибо человек исполнил порученное, и прах возвратится к праху, а дух вернется к Господу. А всё благодаря Шмуэлю из Житомира, некогда именовавшемуся Мамзером.

Среди учеников великого рава Шефаревича — сутулых, близоруких, с вечно хлюпающими носами — не он один пылал огнем божественного честолюбия, с которым не сравнятся жалкие гойские мечты о карьере и богатстве. Но Шмуликово пламя сияло всех ярче, потому что он — *илуй*. Мадам Перлова, всю жизнь прожившая в Киеве и совсем не знающая иврита, говорила по-русски: «гениальный мальчик». Тоже, между прочим, звучит неплохо. Еще она как-то назвала его «Моцартом от Талмуда», но, когда выяснилось, что этот Моцарт — музыкант, Шмулик обиделся. Разве можно уподоблять благородное искусство каббалы пиликанью на скрипке! С другой стороны, что вы хотите от женщины, которая не может произнести на еврейском языке даже самой простой молитвы?

Илуй из ешибота великого рава Шефаревича — вот какую репутацию заработал себе Шмулик в Ерушалаиме, а ведь живет здесь всего ничего, без году неделя.

Конечно, ничего этого не было бы, если бы не рав, слава об учености и набожности которого докатилась и досюда, так что сам *ришон ле-цион*, наиглавнейший раввин, у которого на шее медаль от султана и *ксивэ* с печатями от турецкого паши, попросил житомирского мудреца переехать в священный город вместе с учениками. Часто ли бывало, чтобы ашкеназскому раввину выпадала такая высокая честь?

Евреи много спорили, к кому следует причислить рава Шефаревича: к *гаонам* — великим вероучителям или к *ламед-вовникам*, то есть тем самым 36 праведникам, которые всегда должны быть в мире, потому что только из-за них Господь и не уничтожает нашу греховную Землю. Если на свете станет хоть одним *ламед-вовником* меньше — всё, конец. Ради тридцати пяти праведников Он терпеть уже не захочет.

Когда в прошлом году рав Шефаревич заболел свинкой (а все знают, какая это опасная болезнь для немолодого человека), Шмулик ужасно испугался: не дай Бог, Учитель помрет, а с новым *ламед-вовником* выйдет заминка — что тогда? Но рав ничего, не помер, лишь сделался еще сердитей.

Великий Шефаревич — человек особенный. Как известно, в каждую душу от рождения помещена искра Божия, а у него не искра и даже не свечка — факел, целый костер, рядом стоять жарко. И небезопасно, того и гляди обожжешься. От этого у рава в Житомире было много врагов, да и в Ерушалаиме, хотя всего месяц как переехали, тоже некоторые начинают коситься. Говорят: слишком уж гневлив.

Что ж, это правда. Учитель суров. Если заглянет в классную комнату и увидит, что кое-кто еще не умылся, а сидит, хлопает глазами, то будет *аз ох'н вэй*, то есть крики «ох» и «вэй» или, выражаясь по-библейски, плач и скрежет зубовный.

Поэтому, жмурясь от солнца, Шмулик надел нижний талес, кое-как пригладил длинные волосы и прочел молитву по пробуждении ото сна: «Благодарю Тебя, Царь живой и сущий, за то, что по милости Своей возвратил мне душу мою».

Поливая водой кисти рук (по три раза каждую, как предписано), произнес молитву омовения.

Потом наведался в отхожее место и возблагодарил Царя Вселенной за то, что Тот мудро создал человека, снабдив тело необходимыми отверстиями и внутренними полостями.

Еще три молитвы спустя — на благословение души, на вкушение завтрака (чтоб наши враги так завтракали: кружка горячей воды и пол-лепешки) и на учение — Шмулик вместе с другими ешиботниками сел за стол и углубился в «Гемару».

Соседи вели себя шумно, если не сказать буйно: кто читал вслух, кто кивал головой и раскачивался, иные даже размахивали руками, но Шмулик ничего вокруг не видел и не слышал. Нет на свете занятия более азартного, чем выписывать в тетрадку буквосочетания и комбинировать гематрические расчеты. Время словно перестает существовать, благоговейно замирает: вот сейчас, сейчас Шмулик прикоснется к Тайне, и мир уже не будет таким, как прежде. И свершиться это может когда угодно, в любое мгновение!

Звуком, который вернул будущего спасителя человечества к низменной действительности, было бурчание в животе у соседа, *балабеса* Мендлика. *Балабесами*, или *балбесами*, назывались юные примаки, жившие и столовавшиеся в семье жены до тех пор, пока не войдут в зрелый возраст. Мендлику едва исполнилось четырнадцать, так что зреть ему оставалось еще порядком.

А раньше справа от Шмулика сидел Михл-Бык, имя которого теперь произносить запрещено, но ведь на мысль запрет не наложишь. О несчастном Быке Шмулик думал часто. Где он теперь? Каково ему?

Живет себе человек, пускай даже такой тупой и грубый, как Михл, но всё же еврей, живая душа, а потом невесть откуда нагрянет судьба, приняв вид голоногого *фокусмахера*, и всё, нет еврея. Ужасная участь.

У Мендлика в брюхе снова забурчало, и живот Шмулика сочувственно откликнулся.

Солнце-то уже перевалило за полдень. Пора обедать.

Сразу же по прибытии в Ерушалаим, да пребудет он вовеки, каждому ешиботнику выдали список: в какой из местных семей ему кормиться в понедельник, вторник, среду и все прочие дни недели. Тут уж как кому повезет. День на день не приходится. Если семья бедная или прижимистая, остаешься голодный. Если хлебосольная да жалостливая, налопаешься доотвала.

Сегодня Шмулику был черед идти к мадам Перловой. Это и хорошо, и плохо. Хорошо, потому что вдова накормит лучше, чем на Пасху: и мясом, и рыбой, и даже кремовыми пирожными (слава Господу Богу нашему, сотворившему такое чудо). А плохо, потому что сядет рядом, будет смотреть влажными коровьими глазами и поглаживать по плечу, а то и по щеке. Шмулику от этого делалось стыдно, даже эклер застревал в горле.

Мадам Перлова, как и другие богатые вдовы, приехала в Ерушалаим, да пребудет он вовеки, чтобы умереть близ кладбища на Масличной горе. Уже купила участок для могилы, в самом лучшем месте. Но здоровья в ней было еще лет на пятьдесят, так что следовало позаботиться, как их прожить. Известно, что женщине в награду за то, что кормит и обихаживает мужа, на том свете достается ровно половина заработанного им блаженства. В этом смысле на покойного господина Перлова больших надежд возлагать не стоило — он был биржевым маклером. На жизнь супруге — да, заработал, а чтоб на после жизни — увы. Так что интерес вдовы был понятен: из Шмулика Мамзера наверняка получится большой ученый, и это как минимум.

Он и сам подумывал: не жениться ли? Вот и пух на подбородке уже лезет. Не ждать же, когда усы вырастут? Без подлой фамилии, которая осталась в Житомире, а скоро и вовсе позабудется, Шмулик превратился в завидного жениха. Правда, за душой ни гроша, но когда это евреи смотрели на богатство? Ученость и доброе имя дороже денег. *Илуя* охотно возьмут даже в исконную ерушалаимскую семью. Сефарды никогда не женятся на ашкеназских девушках, потому что те избалованы и своевольны, но зато благоволят ашкеназским женихам, из которых получаются хорошие и заботливые мужья.

Только зачем нужна сефардская семья, если есть мадам Перлова? Женщина она добрая, хозяйственная и при капитале, а значит, заботы о добывании насущного хлеба не будут отвлекать Шмулика от главного дела жизни. Конечно, она очень уж толстая и не сказать, чтобы сильно красивая, но мудрецы говорят, что телесная красота ничего не значит, а мудрецы врать не станут.

И рав Шефаревич тоже говорит: женись. На следующей неделе обещал сводить к реб Менахем-Айзику, который объясняет женихам, как правильно лежать с женщиной, чтобы не нарушить ни одного из предписаний Закона, — ведь в слиянии плоти участвуют трое: муж, жена и Тот, Чье Имя благословенно.

Шагая по улице к дому мадам Перловой, Шмулик принял решение. Схожу, послушаю реб Менахем-Айзика. Что не пойму — запомню наизусть, а потом, так и быть, осчастливлю вдову, женюсь. Хватит на полу-то ночевать.

В Армянском квартале перешел на рысцу. Тут жили скверные мальчишки, кидались в евреев ослиным пометом. Ничего, в Житомире *кундесы* из Рабочей слободки могли и камнем запустить.

Чем бы вы предпочли получить по спине: острым булыжником или ослиной какашкой, которая сначала прилипнет, а потом сама отвалится?

То-то.

По всем статьям выходило, что Шмулик за минувшую весну здорово продвинулся по жизненной лестнице — можно сказать, скакнул с самого низа на самый верх, через Бог знает сколько ступенек: из житомирского мамзера сделался завидным женихом, да не где-нибудь, а в самом городе Ерушалаиме, да пребудет он вовеки.

Рыжая шикса

После обеда, который сегодня был особенно хорош, Шмулик совсем немножко понежился во дворике, на мягких подушках. Почитал для мадам Перловой из Торы. Она не понимала ни слова, но слушала благоговейно и с поглаживаниями лезть не смела. Во дворе у вдовы росло настоящее тенистое дерево, такая редкость в Старом городе. Сидеть бы и сидеть, но нужно было торопиться назад, в ешибот. Во второй половине дня с учениками занимался сам рав Шефаревич, а к нему опаздывать нельзя. Не посмотрит, что *илуй*, — отхлещет указкой по пальцам, больно. Учитель не дает послабления плоти — ни чужой, ни своей, потому что тело принадлежит к *асиа*, низшей сфере явлений, и недостойно снисхождения.

Даже на Ерушалаимской жаре рав одевается так, как положено ашкеназскому мудрецу: в черный долгополый сюртук с бархатным воротником и лисий штраймель, из-под которого свисают седые пейсы, слипшиеся от пота. И это сейчас, в мае, а что будет летом? Говорят, жара в Земле Обетованной бывает такая, что яйцо, положенное на песок, за две минуты сваривается вкрутую. Выдержит ли святость рава подобное испытание?

Глядя на расхаживающего по классу Учителя, Шмулик подумал: выдержит.

Вот рав Шефаревич остановился подле косого Лейбки, ткнул его пальцем в затылок:

— Почему не переписал главу из «Мишны», как было велено?

— Брюхо болело, — понуро ответил Лейбка.

— У него брюхо болело, — сообщил Учитель остальным ешиботникам, как будто они сами не слышали. — Обсудим это.

Последняя фраза означала, что ученая беседа началась — сейчас из уст рава забьет родник мудрости.

Так и вышло.

— Сказано: все болезни постигают человека в наказание за грехи. Согласен?

Лейбка пожал плечами — подобное начало не сулило ему ничего хорошего. Рав Шефаревич сделал вид, что удивлен.

— Разве не так? Голова болит у того, кто думает о суетном и нечестивом. Зубы болят у сладкоежки, кто грызет много сахара. Уд гниет у распутника, кто шляется по непотребным девкам. С этим-то ты согласен?

Лейбке пришлось кивнуть.

— Ну вот и хорошо. Раз у тебя болело брюхо — значит, брюхо твое согрешило: сожрало чего не следовало. Оно — виновник твоей болезни. Согласен? А кому принадлежит брюхо? Тебе. Значит, ты сам и виновен. Согласен?

На месте Лейбки я бы ответил цитатой из «Жемчужной россыпи» Иуды Габирола, подумал Шмулик: «Дурак обвиняет других; умный обвиняет себя; мудрый же не обвиняет никого». В последнее время появилась у Шмулика такая привычка — спорить с Учителем. Привычка была весьма похвальной для талмудиста, но небезопасной применительно к раву Шефаревичу, поэтому полемику *илуй* вел про себя, мысленно.

Лейбка цитаты в свое оправдание привести не сумел, за что и получил указкой.

Учитель сегодня опять был не в духе — как все последние дни. По пальцам досталось и Шимону, который рассказывал урок боязливо и неполно.

— Ты сказал всё, что знаешь? — нахмурился рав.

— Да, я сказал всё, что знаю, — ответил Шимон по всей форме, как полагалось.

Но это его не спасло.

— Глупец говорит, что знает. Мудрец знает, что говорит! — рявкнул Учитель.

Шмулик тут же мысленно парировал другим афоризмом: «Глупость кричит, мудрость говорит шепотом». Отличный ответ. Здорово было бы подискутировать с равом — не важно, на какую тему. Еще неизвестно, чья бы взяла. Есть такая штука, называется «телефон». В самый раз для диспута с равом Шефаревичем: говори ему что хочешь, указкой не дотянется.

Не так уж был виноват Шимон, чтоб хлестать его с размаху, да еще с потягом. Бедняга аж взвыл, и слезы потекли в два ручья. Никто из ешиботников кроме Михла-Быка с его толстой шкурой не вынес бы такую экзекуцию без крика.

Снова вспомнилось запретное имя, второй раз за день.

Похоже, и рав Шефаревич думал о том же, потому что темой сегодняшней беседы выбрал вероотступничество.

Современная Европа представляет собой страшную опасность для еврейства, сказал великий человек. Раньше, когда нас грабили, убивали, запирали в гетто, было легче — гонения лишь сплачивали нас. Теперь же правительства так называемых передовых стран отказались от антисемитизма, и перед тамошними евреями возник соблазн стать такими, как все, ничем не отличаться от гоев. Ведь быть евреем — это не только случайность рождения, но еще и сознательный выбор. Если не желаешь — пожалуйста. Крестись или просто перестань выказывать свое еврейство, и сразу перед тобой откроются все пути. В странах Пейл и Литэ, ныне входящих в Российскую империю, положение еще терпимое, потому что там евреям, которые перестали быть евреями, простора не дают, попрекают происхождением. А вот в Западной Европе дела совсем плохи. В стране Тайц большой вред иудейству нанес Бисмарк, и тысячи евреев отшатнулись от веры отцов. Скверно обстоят дела и в стране Церфат, которая еще сто лет назад провозгласила равенство евреев. Слава Богу, глупые гои затеяли там процесс против выкреста Дрейфуса, отчего многие отступники призадумались. Враги евреев относятся к двум видам. Первые хотят нас уничтожить, и таких бояться не следует, ибо Господь всегда защитит избранный народ Свой. Вторые во сто-крат опасней, потому что покушаются не на наши тела, а на наши души. Они заманивают нас добрыми словами и лаской, они хотят, чтобы мы отказались от своей особенности, перестали быть евреями. И многие, очень многие поддаются, становятся *мешумедами. Мешумед*, принявший Христа, в тысячу раз хуже самого злобного из гоев. Чтобы выслужиться перед новыми хозяевами, он клевещет на нас и нашу веру. А когда появляется меж нами, то сеет сомнение и соблазн в сердца малодушных, кичась богатой одеждой и достигнутым положением.

Рав Шефаревич распалялся все больше и больше. Глаза вспыхнули огнем священного гнева, перст правой руки то и дело грозно вздымался к потолку.

— Этих предателей нужно истреблять, как истребляют зараженную мором овцу, прежде чем она погубит всё стадо! Сказал Господь: «Если кто из дома Израилева отложится от Меня, Я обращу лице Мое против того человека и сокрушу его в знамение и притчу, и истреблю его из народа Моего, и узнаете, что Я Господь».

На это Шмулик возразил так: «Господь сказал не «истреблять» — и точка, а «истреблять из народа Моего», то есть выгонять из евреев, и пусть дальше живут себе как знают, без Меня.

Но сказано было, само собой, по телефону, так что рав аргумента не услышал и грохотал дальше, теперь обрушившись на *апикойресов*:

— Мы, евреи, единственные хранители Божественного огня, который без нашего народа давно бы погас. Мы не меняемся, мы всё те же, со времен Авраама и Моисея. А чего хотят *апикойресы*-сионисты? Чтобы евреи стали обычным народом и обычным государством. Но обычные народы живут недолго, они появляются и исчезают. Где моавитяне, филистимляне, ассирийцы, вавилоняне, римляне, терзавшие нас? Их давно нет, их вытеснили новые народы: англичане, германцы, турки, русские. Пройдет два или три века, и факелы этих молодых народов, ныне пылающие столь ярко, угаснут, вместо них зажгутся новые, еще более яркие. Наша же свечка будет гореть все тем же тихим, негасимым пламенем, которому тысячи лет! Есть ли на свете другой народ, свеча которого горит столь же долго?

И тут Шмулик не удержался.

— А китайцы, ребе? — сказал он вслух. — Они хранят свои обычаи столько же, сколько мы. Может, даже дольше. Четыре тысячи лет, вот сколько.

Про китайцев это он в энциклопедии прочитал, у мадам Перловой.

Реплика получилась эффектная, у рава аж борода затряслась. Ну-ка, что он на это скажет, какую цитату приведет?

Не дождался Шмулик цитаты, а дождался указки — и не по пальцам, а по шее, по затылку.

Вылетел из класса с воплем, осыпаемый бранью и ударами.

Трудно дискутировать с равом Шефаревичем.

Теперь нужно было переждать, пока Учитель остынет, а потом идти просить прощения — через час-два, не раньше.

Шмулик засунул руки в карманы, прошелся взад-вперед по улице, но в армянский квартал соваться не стал.

Близ Мусорных ворот кто-то окликнул его по-русски:

— Мальчик! Мальчик!

Подошла шикса в темном шелковом платье, рыжие волосы повязаны прозрачным платком. В руке саквояж. Веснушчатое лицо женщины показалось Шмулику смутно знакомым.

— Тебя зовут Шмулик, да? — обрадованно улыбнулась рыжеволосая. — Это ведь с тобой я разговаривала на пароходе? Помнишь? Я тогда в монашеском облачении была.

Точно, вспомнил он. Видел он уже эту шиксу, когда плыли по реке к морю из Москвы — туда еврейские родители свезли из разных городов своих сыновей, чтобы передать их на обучение в ерушалаимский ешибот рава Шефаревича. Только в рясе шикса была не такая красивая. С золотистыми крапинками на лице и сверкающим нимбом из волос она стала гораздо лучше.

— Здравствуйте, — вежливо сказал Шмулик. — Как поживаете?

— Спасибо. Как хорошо, что я тебя встретила! — всё радовалась рыжая.

А чего, спрашивается, хорошего?

Стоит ученик почтенного рава Шефаревича посреди улицы и болтает с шиксой. Не дай Бог, кто-нибудь наябедничает Учителю. Будто и без того у Шмулика мало неприятностей. Вон литвак в черной шляпе и халате остановился, косится. Напомнить бы ему мудрое изречение: «Лучше беседовать с женщиной и думать о Боге, чем наоборот».

Но, если честно, думал Шмулик в эту минуту вовсе не Боге, а о том, что, будь у мадам Перловой такая же белая кожа, жениться на ней было бы гораздо приятней.

— Мне очень нужно с тобой поговорить! — сказала шикса.

А литвак всё пялился. Добром это не кончится — непременно донесет раву.

— Спешу, — буркнул Шмулик. — Некогда.

И хотел идти себе дальше, но красивая шикса вдруг покачнулась и со стоном оперлась Шмулику на плечо.

— Ой, что-то голова кружится... Мальчик, отведи меня в тень... Дай воды...

Зажмурила глаза, рукой схватилась за висок. Это ее солнцем напекло, с непривычки.

Одна из главнейших Божьих заповедей, перекрывающая все запреты, гласит: будь милосерден. Отведу ее в тень, дам напиться и сразу сбегу, решил Шмулик.

Взял сомлевшую женщину под локоть, рукой у нее перед носом помахал, навроде веера, — это чтоб литвак видал: тут не флирт какой-нибудь, а человеку от жары нехорошо стало.

В переулочке было нежарко, тенисто. Шмулик посадил русскую на каменную ступеньку, сбегал к колодцу, принес в ермолке воды.

Шикса немножко отпила и немедленно пришла в себя. Говорит:

— Мальчик, я ищу одного человека.

Тут бы Шмулику и отправиться своей дорогой. Проявил милосердие, и довольно. Но любопытно стало, кого это она ищет. Переулочек — это вам не улица. Никто здесь особенно не разгуливает, и пялиться на ешиботника, разговаривающего с шиксой, некому.

— Какого человека?

— Его зовут Мануйла. Пророк секты «найденышей», знаешь?

Он вздрогнул. Как странно! И эта про голоного *фокусмахера*!

Должно быть, что-то мелькнуло в его глазах, потому что рыжая быстро спросила:

— Он ведь был здесь. И ты его видел, да?

Шмулик медлил с ответом.

Это произошло в первую субботу после Пасхи, целых две недели назад, а как будто сегодня.

Рав Шефаревич повел ешиботников к Стене Плача.

Встали в ряд, начали молиться. Шмулик закрыл глаза, чтобы представить себе Храм во всем его нетленном великолепии — каким он был прежде и каким он будет, когда пробьет час.

Вдруг сосед толкнул его локтем в бок и показал в сторону.

Там стоял бродяга в грязном балахоне, перепоясанном синей тряпкой. В руке он держал суковатую палку, а на ногах у него были крестьянские лапти, перепачканные засохшей глиной. Кудлатая башка непокрыта, за спиной на веревке мешок — в стране Пейл такие называют «сидорами».

Оборванец с любопытством разглядывал скорбно раскачивающихся евреев. Рассеянно задрал подол и почесал жилистую, поросшую волосами голень — штанов под рубищем не оказалось.

Что это вы делаете, люди, и почему плачете, спросил он на иврите, диковинно выговаривая слова.

Выходило, что, несмотря на лапти, это всетаки еврей, только странный. Чтобы еврей не знал, о чем плачут у Стены Плача? Наверное, сумасшедший.

Закон велит относиться к безумцам с жалостью, и Шмулик вежливо ответил бродяге, но, конечно, не на иврите (священный язык не предназначен для праздной болтовни), а на идиш:

— Мы плачем о разрушенном Храме.

Рав Шефаревич хоть и взглянул мельком на невежду, но ничего ему не сказал, потому что невместно ему, *гаону* и, может быть, даже *ламед-вовнику*, разговаривать черт знает с кем.

Я плохо понимаю твой язык, сказал голоногий на своем смехотворном иврите, похожем на клекот птицы. Ты сказал, вы плачете о храме? О том храме, что стоял здесь раньше? И показал на Храмовую гору.

Шмулик кивнул, уже жалея, что ввязался в разговор.

Бродяга удивился. Что же, говорит, о нем плакать? Камни, они и есть камни. Лучше бы вы плакали, чтоб поскорей пришел Мешиха.

Кто такой «Мешиха», Шмулик понял не сразу, а когда догадался, что это перевранное слово «Мешиах», Мессия, то испугался. Тем более что рав перестал шептать молитву и развернулся. К нему подсеменил Берл, который всё на свете знает, и шепнул:

— Ребе, это русский пророк Мануйла, тот самый... Его уже видели в городе, я вам рассказывал.

Лоб Учителя собрался грозными складками, он громко сказал по-русски:

— Я — Арон Шефаревич, член раввинского совета города Ерушалаима. А кто таков ты, ведущий пустые разговоры на языке молитвы, которого ты толком не знаешь? Откуда ты пришел и как тебя зовут?

Бродяга сказал, что его зовут Эммануилом, а пришел он с горы Хар-Зейтим, где провел ночь в одной из тамошних пещер. По-русски он тоже изъяснялся неважно — про таких говорят «каша во рту». И что это за пещеры на Масличной горе? Не погребальные же? Ну, сейчас рав задаст ему за кощунство!

Но Учитель про пещеру выяснять не стал, а вместо этого брезгливо спросил:

— Поэтому ты такой грязный в субботний день?

Я рыл землю, вот и перемазался, как чушка, беззаботно засмеялся Эммануил. Смешное слово «чушка», правда?

— Рыл землю? В субботу? И после этого ты называешь себя евреем?

Вокруг собралась целая толпа. Всем хотелось послушать, как великий талмудист, мастер словесных поединков расправится с горе-пророком.

Человек, назвавшийся Эммануилом, небрежно махнул рукой. Э, сказал, не человек для субботы, а суббота для человека.

— Евреи так не говорят — так говорит христианский бог Иисус, — в сторону, для учеников, заметил рав Шефаревич. — Нет, Эммануил, ты не еврей.

Бродяга присел на корточки, положил посох поперек колен и весело посмотрел на Учителя снизу вверх. Ответил он так. Никакого бога Иисуса, мол, не знаю, и я еврей, уж можешь мне поверить. А вот ты, сердитый человек, не еврей. Еврей ведь не тот, кто рожден еврейкой, носит пейсы и не ест свинины, а тот, кто хочет очистить душу. Евреем может стать каждый, кто заключит завет с Господом, и вовсе незачем для этого выдумывать глупые запреты и отрезать маленьким мальчикам кусочек мяса. Бог человеку и без этого поверит. Тут Эммануил зашелся смехом и завершил свою богохульственную речь совершенно безобразным, просто-таки хулиганским образом. Посуди, сказал, сам, о член раввинского совета, зачем Богу, которому принадлежат все сокровища неба и земли, этакое сокровище — кусочек твоей *pipiske?*

Потешное словечко прозвучало так неожиданно, что кое-кто из ешиботников хихикнул, а Шмулик зажмурился, чтобы поскорее изгнать картину, моментально нарисованную чересчур бойким воображением: Господь Бог разглядывает дар рава Шефаревича и решает, что Ему делать с этой малостью — то ли прибрать куда-нибудь, то ли выкинуть.

Хихиканье оборвалось. Воцарилась зловещая тишина. Никто и никогда не наносил почтенному раву такого ужасного оскорбления, да еще на виду у целой площади евреев. И не где-нибудь, а у самой Стены Плача!

Стоит ли удивляться, что Учитель вышел из себя?

— Евреи! — крикнул он, потрясая кулаками. — Бейте нечестивца камнями!

Мало кто из присутствующих поднял камень, а если и подняли, то больше для виду. Как это — взять и кинуть в живого человека камнем?

Бросил только Михл-Бык, самый бездарный из учеников, которого рав держал в ешиботе для всякой тяжелой работы. Михл был вдвое шире остальных ешиботников и вчетверо сильнее. Все боялись его злого и жестокого нрава. Шмулик один раз видел, как Бык схватил за хвост дворнягу и расшиб ей голову об стену. Притом собака его не укусила, даже не облаяла — просто лежала посреди дороги, как это любят делать собаки.

Камень попал сидящему в грудь. Он пошатнулся и проворно поднялся с корточек, держась рукой за ушибленное место.

Михл поднял еще камень, и тогда Эммануил, глядя обидчику в глаза, быстро-быстро произнес очень странные слова. Мальчик, жалобно воскликнул он, мне больно. *Так же больно, как твоему отцу, когда его убивали.*

И Бык выронил камень, а сам побледнел. Шмулик нипочем бы не поверил, что плоская медная рожа Михла может быть такой белой.

Еще бы! Откуда чужой человек узнал, что «Христовы опричники» во время полтавского погрома забили Михлова отца до смерти?

Тут и рав Шефаревич опомнился — махнул рукой, чтоб остальные тоже отбросили камни.

— Так ты утверждаешь, что ты еврей? — спросил он.

Конечно, еврей, пробурчал удивительный бродяга, оттягивая ворот своей хламиды книзу. На костлявой груди виднелась вмятина, быстро наливающаяся синим и багровым.

Учитель зловеще произнес:

— Вот и отлично. Генэх, гей-но мит мир!*

И скорым шагом направился к дворцу Махкамэ, расположенному по соседству со Стеной Плача. Генэх, ученик из местных, знающий арабский и турецкий языки, бросился за ним.

Шмулик сразу догадался, куда и зачем спешит рав. В Махкамэ расположены городской суд и *заптия*, турецкая полиция. По закону все евреи подвластны раввинскому совету, и если член совета велит посадить кого-то из иудеев в тюрьму, это должно быть исполнено.

Но Эммануил этого, похоже, не знал и потому нисколько не встревожился. А никто из евреев его не предупредил.

Бык хрипло спросил:

— Откуда ты знаешь про моего отца?

Бродяга ему в ответ: прочитал.

— Где прочитал? В газете? Но это было семь лет назад!

Не в газете, сказал Эммануил, а в книге.

— В какой такой книге?

---

* Генэх, идем со мной! *(идиш)*

Вот в этой, с серьезным видом заявил оборванец и показал на лоб Михла. Я, говорит, умею читать лица, как другие читают книги. Это очень просто, только нужно буквы знать. Лицевых букв не тридцать семь, как в русской азбуке, и даже не двадцать две, как в еврейской, а всего шестнадцать. Лицо читать еще интересней, чем книгу — и расскажет больше, и никогда не обманет.

И тут вдруг Бык произнес молитву, которую положено говорить, если увидишь какое-нибудь прекрасное чудо или если посчастливится встретить выдающегося человека: «*Барух ата Адонай Элохейну мелех ха-олам, ше-каха ло бе-оламо*» — «Благословен ты, Господи Боже наш, Владыка Вселенной, в мире которого существует такое».

Чтобы Михл без принуждения, сам собой, прочел молитву? Невероятно!

Помолившись, Бык сказал:

— Вам надо уходить, ребе. Сейчас прибежит полиция, вас будут бить и посадят в тюрьму.

Эммануил с беспокойством оглянулся на большой дом, в котором скрылся рав Шефаревич. Ах, говорит, ах, сейчас ухожу. Совсем ухожу. И доверительно сообщил близстоящим, что в Ерушалаиме ему пока делать нечего. На фарисеев посмотрел, теперь пойдет смотреть на саддукеев. Мол, ему рассказывали, что саддукеи поселились в Изреэльской долине, где раньше был город Мегиддо.

Подхватил полы своей рубахи и заспешил прочь.

Михл догнал его, схватил за плечо.

— Ребе, я с вами! Дорога в Мегиддо дальняя, там всюду разбойники, вы один пропадете! Я сильный, я буду вас защищать. А вы за это научите меня шестнадцати буквам!

И посмотрел на Эммануила так, словно от ответа зависела вся его жизнь.

Однако тот помотал головой.

— Почему? — крикнул Бык.

Ты, сказал *фокусмахер*, не выучишься этим буквам. Тебе не нужно. И идти со мной тебе тоже не нужно. Со мной ничего не будет, Бог защитит меня от напастей. Меня, но не тех, кто со мной. Поэтому я теперь всюду хожу один. А ты, если хочешь стать евреем, станешь им и без меня.

И понесся вприпрыжку в сторону Навозных ворот.

Едва он скрылся за углом, полминуты не прошло, появился рав Шефаревич, с ним два турецких жандарма.

— Где он, евреи? — закричал великий человек.

— Там, там! — показали евреи.

Генэх перевел жандармам на турецкий: «Там, там», и турки побежали догонять нарушителя спокойствия.

А несколько минут спустя вернулись, охая и хромая. У одного голова разбита, другой выплевывает кровь и зубы.

Евреи не поверили своим глазам: неужто худосочный бродяга мог так отделать двоих здоровенных держиморд?

Полицейские же несли околесицу. Якобы совсем почти догнали они бродягу, он едва шмыгнул от них в закоулок. Служивые кинулись следом — и вдруг в темном проходе случилось ужасное. Дьявольская сила схватила за шиворот одного и с размаху приложила об стену, так что он упал без чувств. Второй не успел оглянуться — с ним приключилось то же самое. «Шайтан, шайтан!» повторяли перепуганные служаки, а рав Шефаревич процедил: «Га-Сатан!» и сплюнул.

Ловок оказался *фокусмахер*, а по виду не скажешь.

В тот же день, вечером, Михл-Бык ушел. Да и как ему было не уйти после того, что произошло около Стены Плача?

На прощание сказал: «Пойду, поброжу по земле. Посмотрю, что за Африка такая. И еще Америка».

Пришил к белой рубахе синюю ленту и ушел. Истребился из народа своего...

Вот что случилось в первую субботу после еврейской Пасхи. Но шиксе Шмулик не стал рассказывать ни про Михла-Быка, ни про голоного фокусника, ворующего еврейские души, а сказал только:

— Человек, про которого вы спрашиваете, был здесь и ушел.

— Когда? — встрепенулась русская.

— Две недели назад.

— А не знаешь ли ты, куда он ушел?

Шмулик заколебался, говорить или нет. А что такого? Почему не сказать?

— Он говорил про Изреэльскую долину, про древний город Мегиддо и про каких-то саддукеев.

— Мегиддо? — переспросила шикса, и ее глаза испуганно расширились. — О, Господи! А где это и как туда попасть?

Достала из саквояжа малую книжечку. В ней раскладной листок с географической картой.

Шмулик хотел сказать глупой, что путь в Изреэльскую долину долог и труден, что Эммануил все равно туда не попадет, ибо в одиночку никто в те места не ходит — там полным-полно разбойников. А уж европейской женщине в такой глуши и подавно появляться незачем.

Хотел, да не успел, потому что ненароком оглянулся, и внутри всё помертвело. Проклятый литвак, что давеча таращился на улице, оказался настырным: потащился следом и вон — выглядывает из-за угла. Страшно представить, что он наврет раву Шефаревичу. Единственная надежда: может, не распознал, из какого ешибота любитель болтать с шиксами?

И Шмулик стремглав дунул в ближайший переулок, нырнул в глубокий дверной проем, затаился.

Мимо процокали дамские каблучки — это прошла шикса. Через минуту в том же направлении прошелестели мягкие, приглушенные шаги.

Слава Тебе, Господи. Пронесло.

Жизнь в арабском гареме, увиденная изнутри

Мегиддо? Саддукеи?

Полина Андреевна быстро шла по щелеобразному переулку, эхо ее звонких шагов отлетало от стен, меж которыми было не более сажени.

Это он сионистов назвал саддукеями. В самом деле похожи. Те тоже отстаивали свободу воли и утверждали, что судьба человека — в его собственных руках. Полненькая девушка с парохода «Севрюга» поминала Изреэльскую долину и Город Счастья, что будет возведен близ древнего Мегиддо.

Ах, как нехорошо! Ах, как скверно!

И ведь целых две недели прошло!

Решение созрело в минуту, без малейших колебаний. Просто замечательно, что она догадалась на всякий случай прихватить саквояж с самым нужным: белье, складной зонтик от солнца, разные дамские необходимости. В гостиницу можно не заходить.

В паломническом путеводителе помимо карты Святой Земли имелась и схема Иерусалима. Вот еврейский квартал, внизу Старого Города. Нужно двигаться всё время прямо — через христианскую часть, потом через мусульманскую — и выйдешь к Дамасским воротам.

Только вот быть прямым переулок не желал — его уводило то в одну сторону, то в другую, так что очень скоро госпожа Лисицына утратила всякое представление о сторонах света. Солнца же было не видно, потому что вторые этажи домов, забранные деревянными решетками и оттого похожие на курятники, выпячивались навстречу друг другу и почти смыкались.

Монахиня в нерешительности остановилась. Спросить дорогу было не у кого. Может быть, кто-нибудь выглянет из окна?

Задрала голову — и вовремя. Из открытой решетки высунулись две женские руки. В руках был таз. Из него вниз полилась блеснувшая серебром полоса мыльной воды.

В самый последний миг Полина Андреевна успела отскочить в какую-то щель да еще отпрыгнула, чтоб не замочиться отлетающими от мостовой брызгами.

Поскольку все равно заблудилась, возвращаться не имело смысла — пошла по ответвлению вперед. Только теперь то и дело пугливо поглядывала вверх. Судя по встречающимся на земле следам, из окон сливали отходы и менее безобидные, чем мыльная вода.

Поскорей бы выбраться на нормальную улицу!

Проулок вывел к какому-то монастырю, а там уже было проще. Следуя вдоль стены, Пелагия вышла к маленькой площади и у первого же прохожего, одетого в европейский костюм, спросила, как пройти к Дамасским воротам.

А отыскать дом Салаха и в самом деле оказалось нетрудно.

Монахиня остановилась возле уличной арабской кофейни, сказала «Салах» и изобразила, будто держит поводья. Ее отлично поняли и ответили на том же языке: прямо, потом направо, а там увидишь ворота (очерченный в воздухе полукруг, и рукой «тук-тук-тук»).

На стук открыл сам хозяин, расставшийся с Полиной Андреевной каких-нибудь три часа назад.

— Вы, наверное, удивлены, — произнесла запыхавшаяся гостья. — Но у меня к вам дело.

Увидев недавнюю пассажирку, Салах изумленно вытаращил свои карие, несколько навыкате глаза, однако услышав про дело, замахал руками.

— Нельзя! Нельзя дело! Гости пришла — добро жаловать. Кофе пить будем, пахлава кушать. Потом дело говорить.

Пелагия хотела сказать, что дело не терпит отлагательства, но вспомнила об обидчивом восточном этикете и покорилась. В конце концов, что изменят лишние несколько минут, а другого кучера в Иерусалиме она все равно не знает.

Снаружи дом Салаха смотрелся неважно: облупленные стены, прямо у ворот мусор и отбросы, поэтому Полина Андреевна приготовилась увидеть тягостное зрелище бедности и запустения. Однако гостью ждал сюрприз.

Дом представлял собой замкнутое прямоугольное пространство с открытым двором посередине. Внутренние стены строения сияли белизной, а посередине двора, под балдахином, возвышался весьма уютный помост, накрытый ковром.

Пелагии вспомнилось суждение, прочитанное в книге одного путешественника: азиатское жилище, в отличие от европейского, заботится не о внешней видимости, а о внутреннем удобстве. Именно поэтому восточные люди так флегматичны и нелюбознательны — мир их обитания заключен в стены собственного дома. Европейцам же, наоборот, под своим кровом неуютно, вот они и бродят по всему свету, исследуя и завоевывая дальние земли.

А ведь азиатский путь правильней, вдруг подумалось Полине Андреевне, с наслаждением опустившейся на мягкие подушки. Если жизнь — поиск себя, то зачем тащиться на край света? Сиди себе дома, пей кофе с медовыми лепешками и созерцай свой внутренний мир.

Толстая женщина с довольно заметными усиками поставила на ковер вазу с засахаренными фруктами, разлила кофе.

Салах перемолвился с ней несколькими фразами по-арабски, потом представил:

— Фатима. Жена.

На помост Фатима не поднялась — опустилась рядом на корточки с кофейником в руках и, всякий раз, когда гостья хоть на миг опускала чашку, подливала еще.

Потратив минут пять на этикет (красивый дом, чудесный кофе, милая супруга), Пелагия объявила о цели визита: нужно съездить в Мегиддо. Сколько это будет стоить?

— Нисколько, — ответил хозяин, покачав головой.

— Как так?

— Я не сумасшедший. Никакие деньги не еду.

— Двадцать пять рублей, — сказала Полина Андреевна.

— Нет.

— Пятьдесят!

— Хоть тысяча! — сердито всплеснул руками Салах. — Не еду!

— Но почему?

Он стал разгибать пальцы:

— Болотная лихорадка. Раз. Разбойники-бедуины. Два. Разбойники-черкесы. Три. Не еду ни за сколько.

Сказано было не для того, чтобы поднять цену, а окончательно — монахиня сразу это поняла.

Выходит, время пропало зря!

Раздосадованная Пелагия отставила чашку.

— А хвастался: отвезу, куда пожелаешь.

— Куда пожелаешь, но не туда, — отрезал Салах.

Видя, что гостья больше не притрагивается к кофе, Фатима о чем-то спросила мужа. Тот ответил — должно быть, объяснил, в чем дело.

— Значит, опять наврал, — горько констатировала Полина Андреевна. — Как мне тогда про русскую жену, а американцам про американскую.

— Кто наврал? Я наврал? Салах никогда не наврал! — возмутился палестинец.

Хлопнул в ладоши, закричал:

— Маруся! Аннабел!

Из двери, ведущей вглубь дома, выглянула женщина, одетая по-восточному, но с таким румяным, курносым лицом, что не могло быть никаких сомнений в ее национальности. Волосы женщины были повязаны арабским платком, однако не на подбородке, как это делают туземки, а на затылке, по-крестьянски.

Отряхивая перепачканные мукой руки, славянка вопросительно уставилась на Салаха.

— Сюда иди! — приказал он и заорал еще громче. — Аннабел!

Когда отклика не последовало, поднялся на ноги и скрылся в доме.

Изнутри донеслись его призывы:

— Honey! Darling! Come out!*

— Вы в самом деле русская? — спросила Полина Андреевна.

Круглолицая женщина кивнула, подходя ближе.

— Вы — Наташа, да? Ваш супруг мне рассказывал.

— Не, я Маруся, — протянула соотечественница густым голосом. — А «наташками» тутошние мужики всех наших баб зовут. Так уж повелось.

— Разве здесь много русских женщин?

— Полным-полно, — сообщила Маруся, беря с подноса цукат и отправляя его в полногубый рот. — Которые из баб-богомолиц помозговитей, не желают в Расею воротаться. Чего там хорошего-то? Горбать, как лошадь. Мужик пьет. Зимой нахолодуешься. А тут благодать. Тепло, свободно, плоды-ягоды всякие. Ну а кому свезет мужа найти, вовсе рай. Арап, он водки не жрет, ласковый, опять же не в одиночку с ним управляться. Когда баб три или четыре, много легше. Так, Фатимушка?

Она затараторила по-арабски, переводя сказанное.

Фатима кивнула. Налила себе и Марусе кофе, обе присели на край помоста.

Из дома всё доносились англоязычные призывы.

Маруся покачала головой:

— Не выйдет Анька. Она об это время книжку пишет.

— Что-что? — моргнула Пелагия. — Какую книжку?

* Милая! Любимая! Выйди! *(англ.)*

— Про бабскую жизнь. Она для того и замуж вышла. Говорит, поживу годик с арапским мужиком, а после книжку напишу, какой еще не бывало. Название у книжки такое. — И Маруся произнесла безо всякой запинки. — «Лайф-ин-арабиан-харем-син-фром-инсайд»*. Это по-американски, а по-нашему: «Сказ про арапских мужиков». Говорит, вся Америка такую книжку купит, мильон денег заработаю. Анька баба ученая, а умная — страсть. Почти как Фатимка. Потом, говорит, поеду в страну Китай, выйду замуж за китайца. Тоже книжку напишу: «Сказ про китайских мужиков». Бабы должны знать, как нашей сестре где живется.

Заинтригованная Полина Андреевна воскликнула:

— Да как же она уедет? Ведь она замужем!

— Очень запросто. Здесь это легче легкого. Салаша три раза скажет: «Ты мне больше не жена», и всё — сожай куда хочешь.

— А если не скажет?

— Скажет, куда ему деться. И не три раза, а тридцать три. Баба мужика завсегда доведет, если пожелает. А уж три бабы того паче...

Маруся перевела Фатиме, та опять кивнула.

Сидеть вот так втроем, пить крепкий вкусный кофе и разговаривать о женском для монахини было непривычно и увлекательно — на время она даже забыла о неотложном деле.

— Да как вы все уживаетесь с одним мужчиной?

* «Жизнь в арабском гареме, увиденная изнутри» *(англ.)*.

— Очень отлично. Одной Фатимке с ним трудно было: и хозяйство веди, и за детями доглядывай. Вот она и позвала меня в жены — мы на базаре познакомились. Видит, баба я крепкая, работящая, с совестью.

— И Салах согласился?

Маруся засмеялась, передала вопрос товарке. Та тоже прыснула. Сказала (а Маруся перевела на русский):

— Кто же его спрашивал?

Полине Андреевне всё это было ужас до чего любопытно.

— А чем у вас американка занимается?

— Анька-то? Детей учит и в постеле за нас отдувается, особенно по жаркому времени. Она молодая, тощая, ей нежарко. Опять же для книжки ейной польза. Когда допишет, уйдет — другую заместо ее возьмем, тоже молоденькую. Уже порешили. Какую ни то жидовочку из здешних. Они бойкие.

— Разве ислам дозволяет на еврейках жениться?

Маруся удивилась:

— А ты что ж, думала, я свою веру на ихнюю променяла? Нет уж, в какой родилась, в такой и помру. Салаша меня неволить не стал. Ислам — вера незлая, хорошая. Хрестьянки и юдейки поихнему «люди Книги» считаются, Библии то есть. На них жениться не зазорно. Это на поганых язычницах нельзя, а кто их видел, язычниц-то?

Тут Фатима впервые произнесла что-то, не дожидаясь перевода.

— Спрашивает, зачем тебе так надо в Мегиддо?

— Очень нужно одного человека отыскать, а Салах не хочет, боится. Даже за пятьдесят рублей.

Усатая толстуха внимательно смотрела на гостью, будто оценивала.

— Очень любишь его?

От неожиданного вопроса Пелагия смешалась, не зная, как объяснить. Проще всего было соврать:

— Да...

Сказала — и густо покраснела. Стыдно инокине врать-то.

Но Фатима поняла по-своему.

— Говорит: раз красная стала, значит, вправду сильно любишь.

Жены поговорили между собой по-арабски. Потом старшая погладила Полину Андреевну по щеке и сказала что-то короткое.

— Поедет, — перевела наташка Маруся. — А пятьдесят целковиков Фатимке отдай.

Закавыка

Длительное путешествие по волнам, горам и долинам настроило Якова Михайловича на философский лад. В его профессии нечасто выпадало этак вот мирно, неспешно перемещаться по лику матушки-Земли. Особенно отрадно было на водном отрезке пути. Следить за объектом незачем — куда она денется, с корабля-то. Наоборот, требовалось держаться подальше, чтоб не намозолить глаза. За время плавания Яков Михайлович даже покруглел от сытного питания и здоровой дремы на палубе.

Однако благоприобретенное жировое наслоение улетучилось быстро. Отмахайте-ка по жаре семьдесят верст на своих двоих.

Сойдя на берег, Яков Михайлович счел необходимым преобразиться — на пароходе был незаметным господином в панаме и полотняной паре, а стал еще более незаметным мужичком-паломником. Таких в пресветлый город Иерусалим по дороге тащится видимо-невидимо.

Объект следовал на конной тяге, но препаршивой, так что козликом бежать не пришлось.

В Иерусалиме же Якову Михайловичу целесообразней показалось обратиться в иудеи. Этой публики здесь имелось невиданное многообразие, причем все они дичились друг друга и изъяснялись каждый на своем наречии. Несколько раз к лжелитваку подходили такие же халатники в шляпах и о чем-то заговаривали по-своему, но Яков Михайлович лишь мычал в ответ — евреи ведь тоже глухонемые бывают. Литваки жалостно цокали языком и оставляли бедолагу в покое.

И всё шло самым отличным манером, пока не случилась закавыка.

Следовал себе Яков Михайлович за объектом по узкой улочке. Держал дистанцию, не лип, но и из виду не выпускал, не доверялся одному только цокцок каблучками.

И вдруг сверхъестественное происшествие, прямо фата-моргана, иначе не скажешь.

На секундочку всего и обернулся, посмотреть, не идет ли кто сзади. Вдруг впереди плеск. Глянул — со второго этажа из окошка льется вода, а монашка будто сквозь землю провалилась. Потер глаза — не сон ли. Только что здесь была, и здрасьте-пожалуйста: на мостовой одна лужа мыльной воды. Растаяла она, что ли, как Снегурка? Или заметила слежку, да и припустила со всех ног?

Он кинулся вперед, но через сотню шагов уперся в тупик. И лишь двигаясь в обратном направлении, обнаружил справа узенький проход, куда, должно быть, и шмыгнула Рыжуха.

Да поздно — не догонишь.

Потыркался немножко по закоулкам, употел весь. Другой, похлипче характером, непременно впал бы в отчаяние, но Яков Михайлович, как уже было сказано, свято верил в мощь человеческого разума. Не бывает неразрешимых задач, бывают бестолковые решальщики.

Остановился в тенечке, покумекал.

Нуте-с, нуте-с. Что подскажет в такой ситуации разум?

Идти на Русское подворье, в женскую гостиницу? Ждать резвушку там?

А саквояжик у ней в руке зачем? Если не собирается она возвращаться в гостиницу, тогда что?

Покумекал еще. Кивнул себе головой, сказал: «Умничка».

И повернул назад, в сторону еврейского квартала.

Сутулый жиденок оказался на том же самом месте, где его окликнула Рыжуха. Стоял, прислонившись спиной к стене, шмыгал носом. Потом сел на корточки, подобрал палочку и принялся чертить на земле какие-то каляки. Так увлекся, что и не заметил, как подошел Яков Михайлович.

Тот выждал, пока улица опустеет, и тронул мальчугана за плечо.

В устремленных на Якова Михайловича черных глазах отразился розовый отсвет заката, а еще там прочитался страх.

Заморыш залопотал на еврейском жаргоне, замотал головой — вроде как оправдывался.

— Пойдем-ка со мной, дружок, — сказал ему Яков Михайлович, слегка сжал худенькое плечо и рывком поставил еврейчика на ноги.

— Я ничего, — пролепетал паренек по-русски. — Я ей только воды дал...

— Пойдем, пойдем, — мирно повторял мнимый литвак, ведя мальчишку за собой. — Вот сюда, в закуточек. Потолкуем ладком, и никто нам не помешает. О чем она тебя спрашивала, рыжая-то?

Жиденок посмотрел в спокойные глаза Якова Михайловича и, похоже, увидел в них нечто особенное, потому что судорожно сглотнул, и губы его задрожали.

Это было хорошо, что он такой понятливый. Для пущей экономии времени Яков Михайлович еще и ткнул ему пальцем под ключицу, где нервный узелок, а другой рукой своевременно припечатал пареньку рот, чтоб не вышло лишнего крика.

Крика и не было, одно мычание. Зрачки у мальчишки расширились — это от боли. Якову Михайловичу по роду деятельности неоднократно доводилось наблюдать это примечательное явление, а недавно прочитал в одном научном журнале: это такая физиологическая реакция, происходящая от острого раздражения зрительного нерва.

— Так о чем она тебя спрашивала? — повторил Яков Михайлович, подождав, чтоб зрачки немножко сузились.

Ладонь со рта убрал, но недалеко — на пару вершков. Палец, которым ткнул в болезненное место, тоже держал на виду, для наглядности.

— О русском пророке, — быстро сказал еврейчик. — Об Эммануиле... Есть тут такой.

Яков Михайлович улыбнулся, одобрительно похлопал паренька по лбу — тот от страха зажмурился.

— Правду говоришь, верю. А куда она отправилась, знаешь?

У самого сердце так и ёкнуло. Ну как не знает, тогда что?

— Не знаю, дяденька... — расстроил Якова Михайловича еврейчик, но, увидев, как помрачнело лицо страшного человека, скороговоркой прибавил. — Она про Изреэльскую долину говорила. Спрашивала, как туда попасть. И еще про Мегиддо.

«Дяденька» облегченно вздохнул.

— А больше ничего сказано не было?

— Н-ничего...

Похоже, мальчишка и в самом деле был выдоен досуха.

Яков Михайлович задумался.

— Дяденька, я, честное слово, всё вам рассказал...

— Помолчи, дружок, не мешай. Я думаю, можно ли оставить тебя в живых, — пробормотал тот, почесывая висок.

И тут еврейчик возьми и выпали — торжественно так, с убеждением:

— Меня убивать никак нельзя, я еще должен спасти человечество!

Это и решило. Если он из спасителей человечества, то точно разболтает, понял Яков Михайлович. Знаем мы ихний еврейский телеграф.

Успокаивающе улыбнулся пареньку, одной рукой погладил его по шишковатому затылку, другой взялся за узкий подбородок и коротко, сильно дернул в сторону.

В цыплячьей грудке что-то пискнуло, и, когда Яков Михайлович убрал руки, заморыш бесшумно сполз по стене. Раздутая от учености голова склонилась на плечо, и спаситель человечества приложился к народу своему.

Содержание

По вопросам оптовой покупки книг
издательства АСТ обращаться по адресу:
Звездный бульвар, дом 21, 7-й этаж
Тел. 215-43-38, 215-01-01, 215-55-13

Книги издательства АСТ можно заказать по адресу:
107140, Москва, а/я 140, **АСТ – “Книги по почте”**

Литературно-художественное издание

Акунин Борис

Пелагия и красный петух

Роман в 2 томах
Том I

Художественный редактор О.Н. Адаскина
Компьютерный дизайн: С.В. Шумилин
Технический редактор О.В. Панкрашина
Младший редактор А.С. Рычкова

Общероссийский классификатор продукции
ОК-005-93, том 2; 953000 — книги, брошюры

Гигиеническое заключение
№ 77.99.02.953.Д.008286.12.02 от 09.12.2002 г

ООО «Издательство АСТ»
368560, Республика Дагестан, Каякентский район,
с. Новокаякент, ул. Новая, д. 20
Наши электронные адреса:
WWW.AST.RU
E-mail: astpub@aha.ru
Отпечатано с готовых диапозитивов
в Государственном ордена Октябрьской Революции,
ордена Трудового Красного Знамени Московском
предприятии «Первая Образцовая типография»
Министерства Российской Федерации по делам печати,
телерадиовещания и средств массовых коммуникаций.
115054, Москва, Валовая, 28